马金萍◎著

往事苍壮

时代文艺出版社

图书在版编目（CIP）数据

往事茁壮 / 马金萍著. 一长春：时代文艺出版社，2018.1（2023.7重印）

ISBN 978-7-5387-5567-1

Ⅰ. ①往… Ⅱ. ①马… Ⅲ. ①长篇小说－中国－当代 Ⅳ. ①I247.5

中国版本图书馆CIP数据核字（2017）第253695号

出 品 人 陈 琛
责任编辑 刘 兮
装帧设计 孙 利
排版制作 隋淑凤

往事茁壮

马金萍 著

出版发行 / 时代文艺出版社
地址 / 长春市福祉大路5788号 龙腾国际大厦A座15层 邮编 / 130118
总编办 / 0431-81629751 发行部 / 0431-81629755
官方微博 / weibo.com / tlapress 天猫旗舰店 / sdwycbsgf.tmall.com
印刷 / 三河市嵩川印刷有限公司
开本 / 710mm×1000mm 1 / 16 字数 / 345千字 印张 / 19
版次 / 2018年1月第1版 印次 / 2023年7月第3次印刷 定价 / 55.00元

图书如有印装错误 请寄回印厂调换

谨以此书献给我童年的那些朋友，因为在人生的途路上，我们都曾经是一群迷途的羔羊。

目 录
CONTENTS

第一章
文化街与戏园子胡同

王老爷子自杀的那天下午，天气极其闷热。当时他们家没有人，我们一群小孩子在他家的后院藏猫猫玩，不知是谁趴在他家的后窗户朝屋里瞅了一眼，就对我们说，快来看呀，老王头儿把脑袋挂在他家的横梁上了。那时，我们这些小孩子还不知道那就是上吊自杀，还以为那是很好玩的一件事呢，就跑到院子里当新鲜事大声吵嚷起来。

我们的吵嚷声很快就惊动了院子里的大人，大人们听了我们的述说很是奇怪，就走上台阶隔着窗玻璃往屋子里一看，这才知道大事不好，说老王头儿上吊了。人们就急忙冲进屋去，七手八脚把他从横梁上卸了下来。把他卸下来的时候，他的身上还有热乎气，可不一会儿就凉透了，身子僵硬得就像一截木头桩子似的。

那是我此生第一次看见吊死的人，那样子很是吓人，舌头伸出很长，脸色青灰，眼睛圆睁，好像在怒视着一件什么不平的事情；而那从嘴巴里伸出来的舌头，又好像是在把憋在肚子里的恶气都要吐出来似的。大人们把他卸下来的时候，我挤上前边看了一眼，那一眼当时就令我毛骨悚然，那是我这一生第一次受到的惊吓。在以后很长的一段时间里，那青灰的脸色、大睁的眼睛和那伸出好长好长的舌头总是反复不断地在我的幻象中出现。

我们谁也不知道王老爷子是因为什么自杀的。他的儿子是我们县白酒厂的一个干部，他的儿媳妇是我们文化街的街道委主任。在我们这个院子里，他们家是最有权势的人家，我们不明白他们家的老爷子为什么要以这种方式来结束自己的生命。

后来他的儿子和儿媳妇就都回来了。那时候，王老爷子的尸体已经彻底僵硬了，根本不可能再抢救过来了。所以，他的儿子儿媳妇回来也没有张罗要往医院送，而是在屋子里的地中间搭了一张木板床，把王老爷子放在了那木板上边，后来我才知道，这就叫停尸。

在老王家张罗丧事的时候，我们这些孩子除了围在他家的窗户外边看热闹之外，又开始了我们的游戏。我那年已经十岁多了，刚刚上小学二年级，世界在我面前显得非常单纯，我想，我们的灵魂被这个世界污染大概就是在我们渐渐懂事之后的事情吧。

我们家住的这条胡同叫戏园子胡同，而我们所在的街道则叫文化街。戏园子距我家只有百米之遥，我的整个童年就是在这里度过的，这里是我人生的梦幻的始发地。我后来所做的一切似乎都与这里有关，这条胡同后来已经成了融会在我的血液中的一个无法抹掉的生命存在了。

这个戏园子是日本人留下的，日本人在我们这个小县城只留下了两样东西，一个是这个戏园子，还有一个是坐落在县城东南角的县医院。后来我总是想，日本人在我们这个小县城留下了这么两个"院"可谓用心良苦，医院是用来治疗身体的疾病的，而戏院则是用来治疗灵魂的疾病的，身体强壮可以为他们出劳工当炮灰，而灵魂的被麻醉则更便于他们的统治。日本人为了能够长久地统治这块土地，真是费尽了心思。

在我没有走出我们这个小县城之前，戏园子曾是我永恒的骄傲。

那拱圆形的小门，那尖尖的铁皮屋顶，那木质的楼梯，那紫红色的大幕，还有那明亮的灯光，以及舞台上那些脸上涂抹了各种油彩的演员们在明亮的灯光下的表演，曾是那样令我骄傲和向往。我骄傲我家离戏园子住得这样近，可以每天晚上想尽办法去看戏；向往着有一天自己也像舞台上的那些演员那样，脸上涂了油彩在那明亮的灯光下让千百人的目光注视着自己，在掌声和喝彩声中频频地向台下的观众挥手致意。

这就是我童年时经常做的一个令我的父母鄙视的梦幻。

我的父母鄙视那些演员，并鄙视一切与"戏子"有关的东西。但是，他们无法阻止艺术对一个初谙世事的小孩子的诱惑。

记得老王头儿吊死的那天晚上，我钻进戏园子里看了半场戏。我之所以说是"钻"进戏园子，是因为我没有花钱买票就进去了，我那时长得极矮小，在那些买票看戏的大人们的夹带下，很容易就骗过把门人的眼睛，从大人们的裤裆底下或胳膊底下钻进去。在我十五六岁之前，我从来没有花钱看过戏，都是这样"钻"进去或者从戏园子后面的大墙跳进去看戏的。

老王头儿吊死的那天晚上，戏园子里演的是一出鬼戏《女吊》，是一个女吊死鬼的故事。戏的前半部分我没有看到，不知那女鬼为什么上吊，等到我钻进去看戏时，那女鬼已经在找一个白面书生开始报仇了。那女鬼也伸出好长好长的红舌头，披头散发，眼睛里喷射出一种疯狂的光芒。

看那个女鬼复仇的时候，我就想起了我们院刚刚吊死的老王头儿，我的身上不由自主地就哆嗦起来。我不知道那老王头儿会不会像这个女鬼这样也来这人世间报仇，如果他来报仇，他首先会找谁呢？难道他会找他的儿子或儿媳妇？我已经说过了，他儿媳妇是我们这个街道的委主任，岁数跟我的母亲差不多，但辈分要比我母亲大，因为从我记事时，母亲就让我管她叫王奶奶，我不知我们家跟她的这个辈分是怎么论的。

那天晚上看完《女吊》，戏园子散戏时，已经很晚了。外边很黑，我随着散戏的人流，很快就走到了我家的大门口。我站在大门洞子往院子里一看，老王家的窗户外边停着一口大棺材，棺材前亮着几只忽忽燎燎的昏黄的电灯，有一阵阵的阴风在院子里边环绕，并在房檐下边发出低低的吼叫声。老王家的窗户里边好像有人影在晃动，时不时地从屋里边有人影出出进进。也不知咋回事，我忽然就想起了戏里边的女鬼和下午刚刚吊死的老王头儿，毫无来由地就把这两个人叠加到了一起。老王头儿每天拄着小棍儿，从院子里进出的样子就在我的眼前浮现。我一下子就哆嗦起来，我站在大门口，大声喊着："妈，妈，我回来了，妈，我回来了，给我开门哪！"

我母亲在屋子里大概是睡着了没有听见，或许是听见了故意不出来迎我，反正我喊了半天，屋里也没有出来人。

散戏的人群很快就走尽了，我们院子的大门洞子就像进入地狱的鬼门关那样可怕，我细瘦的身子就好像一根摇曳在风中的枯草，在黑洞洞的胡同里显得极其孤独和弱小。后来我就哭了，我边哭边喊："妈，妈，你出来接接我呀！妈，你出来接接我呀！"

我不知我在黑暗中站了多长时间，在阴风凄惨的夜里，我哭得很是伤心，鼻涕眼泪抹了满脸，那样子肯定是极其可笑又极其可怜。后来上屋就出来人了，好像是在往棺材头压黄仙纸，他们大概是听见了我的哭声，就问："谁呀？谁在大门口哭呢？"

我就搐着鼻涕说："是我呀，我是狗剩儿。"

那人就走过来，说："是狗剩子啊，咋不回家呢，站那儿哭啥呀？"

我一看，是老王头儿的儿子，我得管他叫王爷爷。于是我说：

"王爷爷，我不敢进院。"

王爷爷说："怕啥呀？"

我说："我怕，鬼，吊死鬼！"

王爷爷就笑了。王爷爷说："哪有什么鬼呀，狗剩儿，别怕，这世界根本就没有鬼！"说着，王爷爷就拉起我的一只手，说："走吧，我送你回家！"

我从王爷爷的脸上一点儿也看不到那种悲伤的痕迹，他的父亲上吊死了，按理说，他应该很悲伤，可是，他一点儿悲伤的样子都没有。他拽着我，走到我家窗下，敲了几下窗户，大声喊道："狗剩儿他妈，狗剩儿他妈，给孩子开门。"

我很快就听见了我母亲的声音，我母亲在屋里答应说："唉，来了。"

不一会儿，我母亲就下地把外屋门给开开了。那时，我家住的是东厢房，三间房子两家住，两家共用一个外屋（厨房），我家住南屋，北屋住的是一家姓侯的。为了不惊动对面屋侯姓人家的休息，我母亲把我往屋里拽的时候，并没有打我，而是狠狠地掐着我的手腕子，把我拽进了屋里。

一进屋，她就狠狠地在我的脸蛋子上掐了一把，用恶狠狠的声音小声问道："上哪儿疯去了，俺？五更半夜不回家，上哪儿疯去了？"说着话，她又狠狠地掐了我一下。那年头，我的母亲打我们，除了用烧火棍子和笤帚疙瘩抽之外，再就是用手掐。这种掐既不用费很大的气力，又能收到很好的效果，因为这样掐人是非常疼的。我的母亲认为，只有疼才能收到警示的作用。

我咬着牙，用默不作声来表示对她的这种暴行的反抗。对母亲的这种暴行我已经司空见惯了。那时候，只要我一淘气，她就会用各种办法来打我。她不懂什么叫思想教育，再说，我们哥儿好几个，那么一大帮孩子，也教育不过来呀，只有打，是她唯一的教育方法。她有句口头禅："惯子如杀子，棍头出孝子。是儿不死，是财不散，打出的孩子揉到的面。"她认为，这才是教育孩子的最好的办法。

母亲见我不出声，就恨恨地说："上炕睡觉吧，再这么晚不回家，我就让你在外边睡。"

我梗梗着脑袋，一种毫不屈服的样子，脱鞋上了炕，往被窝里一钻，就用被子把脑袋蒙上了。在被窝里，我让自己的泪水尽情地流淌，把那一肚子的委屈都顺着这汹涌的泪水流了出来。很快，我就在这泪水的涌流中进入了梦乡。

老王头儿的上吊自杀，一时间成了我们这个胡同大人们议论的话题。有人说，他的自杀是因为他的儿媳妇给他气受，他受不了儿媳妇的气才上吊自杀的；也有人说，是因为他的那个在白酒厂当干部的儿子才上吊自杀的，据说，他的儿子在白酒厂跟一个女人搞破鞋，被人给抓住了，受了处分，工资也降了好几级，老王头儿受不了儿子的这种伤风败俗、丢人现眼带给他的耻辱，干脆一死了之。

大人们议论的这些话题我们这些孩子一点儿也不感兴趣，也不知道什么叫搞破鞋。有一次，我问梁林福："福哥，什么叫搞破鞋呀？"

梁林福眨着诡秘的眼睛笑着说："搞破鞋……搞破鞋就是……算了，不跟你说了，跟你说你也不懂。"梁林福一副高深莫测的样子。

他越不告诉我，我就越想知道，于是我就说："福哥，你告诉我我不就知道了吗？"

梁林福看我追问得紧，为了证明他比我们这些小嘎蛋子知道的事情多，于是，就像老师在课堂上给我们讲课那样，很认真地说："其实搞破鞋就是男人跟女人在一起睡觉。"

"男人跟女人在一起睡觉？男人跟女人在一起睡觉就叫搞破鞋？"

梁林福说："对呀。"

"我不信！"我大声说，"男人跟女人睡觉怎么会叫搞破鞋呢？"

梁林福说："你不信拉倒！你不信，你回家问你妈去。"

我嘟着嘴说："我问我妈，我妈会打我的。"

梁林福淫笑着说："你现在还小，跟你说你也不懂，等再过两年，不用我说你就懂了。"

梁林福是我们戏园子胡同年龄最大的孩子头儿，那时已经十七八岁了，什么事都懂，是我们戏园子胡同的象征。如果别的胡同有野孩子来欺侮我们，我们就去找梁林福，他一高兴，就会帮我们去打架，而且，他非常会打，下手也狠，从来也没有被别人打败过。他虽然十七八岁了，却不念书，他说他不喜欢念书，他说念书没意思，他说坐在课堂上念书就像老和尚在庙里念经似的，有什么意思呀。那些年，他有时候帮他那赶老牛车的父亲赶赶车，有时候在码头上干点儿零活，但大多数时间是在社会上无所事事地闲逛。我的母亲总是嘱咐我不要跟他玩，但是，我没有办法不跟他玩，因为他是我们的精神领袖，是我们戏园子胡同的象征，是我们这帮野孩子的旗帜，我们只有跟了他，才不会受别人的欺侮。

梁林福说搞破鞋就是男人跟女人在一起睡觉，我有点儿不太相信，男人跟女人在一起睡觉怎么能叫搞破鞋呢？他爹他娘还总在一起睡觉呢，我爸我妈也在一起睡觉，难道他们在一起也叫搞破鞋吗？那时候我们家家都好几个孩子，男孩儿女孩儿兄弟姐妹都在一铺炕上睡，难道这也叫搞破鞋？我觉得他说的一点儿道理都没有。他就是为了证明他懂的比我们懂的多，故意在糊弄我们呢。因为我们比他岁数小，他经常用一些假话和恶作剧来糊弄我们。

　　为了弄清什么是搞破鞋，我问了许多跟我一样大的孩子，他们都说不知道。为了这三个字的词组，我想了好长时间，最终也不得要领。有一天，我在家写作业，看母亲挺高兴的样子，我就问她说："妈，他们说老王头儿是因为他儿子跟别人搞破鞋，怕丢碴碜，才上吊自杀的。妈，什么是搞破鞋呀？"

　　母亲听我这么一说，立刻板起了面孔，说："你问这个干啥呀？"

　　我说："不干啥。梁林福糊弄我，说搞破鞋就是男人跟女人在一起睡觉……"我的话还没有说完，母亲的脸上陡然就变了颜色，就在我还眼巴巴地等着她回答我提出的问题时，她猛地一个巴掌扇了过来，当时就打得我眼冒金星，脸蛋子火赤燎地疼。母亲骂道："梁林福那嘴里还能放出好屁来，你跟在他的屁股后还能捡着好粪吗！狗剩子，我要是再看见你跟他在一起玩，看我打折你的腿不！"

　　我不知道母亲为什么要发这么大的火，更不知为什么只为这一句话她竟然动手打我，我恶狠狠地瞅着她，然后，作业也不写了，眼睛里含着泪水，摔门就走了。

　　搞破鞋这个词在很长一段时间一直像一个没有谜底的谜一样折磨得我吃不好睡不香，直到过了两三年之后，我才渐渐明白了它的特殊含义。这时，我已经初谙男女之事了。

　　我们文化街到底有多大我不知道，但我们戏园子胡同有多大我是知道得清清楚楚。我们这条胡同有五六百米长，是东西走向。南北两排院子，我们家住的那个院子原先叫池贵大院。所谓池贵，是一个人名，据说是我们这个小县城伪满时期的一个警察局长，新中国成立后，他家的院子就分给了穷人。这是一幢典型的北方四合院式格局的院子，修建得相当气派、精细、豪奢。整个院子的院墙全是用青砖砌成的，磨花对缝，白灰做泥，青砖白缝，棱角分明，墙脊上用青瓦压顶，弧圆形的墙脊下边是非常讲究的砖雕，除了飞禽走兽，再就是花草鱼虫，雕刻得相当细腻精美。后来，这些砖雕在"文革"中都被毁掉了。

池贵大院的大门楼子更是气派非凡，高大的青砖青瓦修砌起来的门楼有两丈多高，房脊两边是两只麒麟的大嘴，大门两侧是两只石头狮子，再往里凹进去，是两只木头狮子，两扇木头大门上雕刻着奇花异草，简直就是一幅精美绝伦的雕刻画。可惜的是，后来这两扇大门被我们院子住的人家给垫柴火垛了。而那两只石狮子则被当时的人民政府拉走，摆在县政府的大门口了。那两只木头狮子后来被梁林福用斧子给劈碎当引炉子的烧柴了。

走进大门，是一条青砖甬道，甬道的中间是圆形花圃，绕过花圃一直通向上屋的石头台阶。上屋是三间大瓦房，西屋住的就是上吊的老王头儿的家。东屋是一家白姓人家，东西厢房分别住着我家和另外三户人家，梁林福家就住在西厢房的北屋，我家则住在东厢房的南屋。虽然是厢房，但房子盖得极有气势，青砖青瓦，雕梁画栋，方格窗户，上面雕刻着各种花草和飞禽走兽。可惜的是，这么好的一个四合院后来被我们这些人家给住得面目皆非，破烂不堪，最后各家划地割据，扒房翻盖，把一个好端端的四合院硬是给弄得无影无踪了。

池贵大院对面的院子住着三户人家，高大眼珠子就住在这个院子里，他爸爸高大虎是县里某机关的一个厨子，做得一手好菜，高大眼珠子经常在我们面前吹嘘他家又吃了什么什么好东西了，馋得我们直淌哈喇子。高大眼珠子有一个妹妹叫高丫，比我们小两岁，也是经常和我们在一起玩的野丫头。

老高家的对面屋是一户姓江的人家，这户人家在我们这个胡同里显得极其神秘。他们家的孩子从来不与我们这些孩子玩，这家的大人也不与我们这些人家的大人来往，大伙儿都说这家人家的日子过得死性。江家的老爷们儿是我们这个县唯一的一家高中的语文老师，他的媳妇则是县医院的一个医生。他们家有一儿一女，老大叫江山，是个男孩儿，跟我同岁。他的妹妹叫江萍，比他小两岁。后来，这哥儿俩都成了我的好朋友，我在后边将专门拿出一章来讲述我与他们家的故事。

我们家的东院是孔家大院，老孔家新中国成立前也是一家大地主，但孔家大院比起我们的池贵大院来那可要逊色许多了。孔家大院虽然很大，但院子里的房子都是大草房，也是四合院的格局，周德理家就住在这个院子的东厢房，周德理的母亲外号叫花蝴蝶，长得非常好看，是我们这个胡同最惹人注目的大美人。听说新中国成立前她曾是西南营子妓院里的一个妓女，后来，周德理的爷爷因为儿子年岁大、说不上媳妇，当妓院解散花蝴蝶无家可归，周德理他爷爷就把她收留在家里，后来就给他儿子当媳妇了。花蝴蝶的男人，也就是周德理的父亲，是白酒厂出酒糟的一个糟腿子。那时，大伙儿背后都骂他是王八，因为我们年纪小，不知道王八是什么意思，反正知道那不是好话。周德理比我大一岁，比我早上一年学，但因学习不好，留了一年级，这样，我们俩就同在一个年级了。他有一个妹妹叫周德华，比我小一岁，那时还没有上学，长得跟她妈一样漂亮，那时候，我非常喜欢跟她在一起玩，每次藏猫猫，我都会想办法跟她分在一伙。

孔家大院的对面就是井房子了，我们这个胡同所有的人家吃的都是这个井房子的水，黄老师家就住在这个井房子的院里。黄老师外号叫黄瓜种，在我们学校教体育，有一段时间他还当过我的班主任，我和他就是在那段时间结下仇了。这是后话，这里暂且不提。

黄老师有三个儿子，大儿子叫黄福来，二儿子叫黄福志，老三叫黄福义。这哥儿仨当年曾是我们这个戏园子胡同的一霸，号称黄家三只虎，经常找碴儿欺侮我们，他们的父亲黄老师后来在班上总是看不上我，总是给我"小鞋"穿，也是与我经常跟他的儿子打架有关。

我们池贵大院的西边是一条胡同，胡同的后边是县中心小学，也就是我最初念书的学校。胡同的西院是抗美援朝期间临时安排朝鲜孤儿的一所特殊的学校，1958年朝鲜孤儿回国，我们中心小学就搬到了这个大院子里，改名为实验小学，我就是从实验小学考上中学，又从中学走向社会、走进人生的这个大破烂市场的。实验小学的对面就是戏园子了，学校为了不影响学生们上课的注意力，在与戏园子相对的那一排教室的外边种植了一排榆树墙，以遮挡学生们的视线。

与我家西胡同相对的南边，也就是高大眼珠子家西院住的是章多星家。章多星是剧团的团长，是一个满面红光、发福很早的男人，我小的时候，很少能见到他的面，我一直不知道他还是一个剧作家，直到"文革"他挨批挨斗，我才知道他曾写过许多对我有影响的好作品。而我后来之所以能走上以写字卖文为生的途路也多亏了他的举荐。

这就是我们的戏园子胡同，我的童年就是在这里度过的，这条胡同以它独有的文化氛围浸洇了我的整个人生，这里是我人生的始发站，我后来的一切似乎都与这里有关。几十年之后，当我在人生的中路回望我的童年的时候，当我站在老戏园子的废墟上回想我童年的那一幕幕生活的活剧的时候，不禁感慨万端，热泪横流，我决定要以这里为发端写一部小说。但我没有想到，在挖掘我的童年的记忆的时候，最先想到的竟然是老王头儿的自杀。他几十年前的上吊自杀竟然成了我的这部小说的开头，这真是我始料不及的。一个人的生命的结束成了一部小说的开头，我不知这冥冥中有什么巧合，但我只能这样开头了。

小说将从这里开始写下去。

第二章
胡同里新搬来一户人家

在我的记忆里，那个夏天特别漫长。在许多个恹恹长日的中午，我们这些不知什么叫疲倦的野孩子，就坐在池贵大院的大门洞子里歇凉。因为大门洞子里有过堂风，有高大的门楼可以遮阴，比我们在家里要凉爽得多。我们在大门洞子里"打嘎儿""弹琉琉""踢马掌"（这些游戏现在基本上已经失传了）。这个大门洞子是我们儿时的俱乐部，儿时的许多欢乐时光就是在这里度过的。

老江家搬到我们戏园子胡同的那天，我们这些野孩子正在玩"抓土匪"的游戏。高大眼珠子领着梁林福的弟弟梁林禄、周大癞的儿子周德理等一些孩子充当"土匪"，我则领着我们班的同学赵发财、韩再军等几个孩子当解放军。那是一个流光似火的盛夏黄昏，天上满布了玫瑰色的火烧云，除了我们这些孩子，小小的县城呈现出一种燥热后的疲惫。

就在我领着赵发财他们要去"剿匪"的时候，从东边赶过来一挂三匹马的胶皮轱辘车，车上拉着家具。家具很简单，两只柳条包，几个行李卷，还有一些锅碗瓢盆之类的东西。车上坐着两个小孩儿，小男孩儿的年龄和我差不多，小女孩儿的年龄好像要小一些，有七八岁的样子。还有一个漂亮的女人，年龄跟我的母亲差不多，也坐在马车的后边，苍白的脸上似乎浮着一层难言的忧郁。

马车在我们池贵大院的门前停下了。那时，我们都很奇怪，不明白这挂大马车为什么要在这里停下。我们停止了游戏，围在马车旁看热闹，这时，高大眼珠子跑过来，埋怨地说："狗剩子，你还玩不玩了？你在这儿看什么热闹啊？"

我就指着马车问他："这家人家是咋回事啊？"

高大眼珠子说："这是新搬来的，搬我家对面屋去了，这有什么好看的呀！咱们接着玩呀！"

在我和高大眼珠子说话的时候，坐在马车上的小男孩儿和小女孩儿从车上下来了。他们手拉着手，站在马车的旁边，看着他们的母亲指挥赶车的老板往屋里搬东西。这时我忽然发现，这马车上除了简单的家具之外，还有许多书。那些书都挺厚挺厚的，有的差不多都快赶上一块砖头厚了。那是我此生第一次看见这么厚的书。那时我就想，这么厚的书可怎么能看得完呢？他们家谁能看这么厚的书呢？于是，我对这家人家立刻就产生了浓厚的兴趣。

马车上的东西很快就搬完了，那小男孩儿和那小女孩儿就跟着他们的母亲回屋里去了。忽然有一种怅然若失的感觉袭上了我的心头，我不知这种感觉从何而来，几乎是突然之间，我就对我们的游戏失去了兴趣。

高大眼珠子问我："狗剩儿，咱还玩不玩了？"

我说："不玩了。没意思。"

"你这人咋这样呢，玩也是你，不玩也是你，真让人扫兴。"高大眼珠子气哼哼地跺了一下脚，撇下我，自己找那帮孩子们玩去了。

后来我就坐在大门洞子里看着新搬来的那家人家的房子出神，自己也不知道自己都想了些什么。直到天黑，高大眼珠子他们玩得汗巴流水地来到我的身边，他们看我愣愣地出神，就问："狗剩子，你咋的啦？"

我说："我没咋的呀，你们玩你们的呗。"

"你咋不跟我们玩呢？"高大眼珠子他们奇怪地看着我说，"你不跟我们玩我们玩得还有啥意思了，狗剩子，你是不是有什么事啦？"

我说："我有什么事啊？我什么事也没有，我就是不想玩了。"

这时，天已经完全黑了，戏园子门口的那盏昏黄的门灯已经亮了，已经有稀稀拉拉的看客在等着买票入场。我就问高大眼珠子："今天晚上演什么戏？"

高大眼珠子说："还是《铡美案》，没意思。"

《铡美案》这出戏，我们已经看了不知多少遍，戏里的许多唱段都能唱下来，因此，对这类熟戏就失去了兴趣。

天上的星星已经出来了，在黑蓝色的夜空上眨着眼睛，白天的闷热已随着这夜色的来临逐渐减弱，有习习柔柔的凉风从西边的松花江面上吹刮过来，让人感觉特舒服。大门洞子里，除了我和高大眼珠子之外，还有梁林福的弟弟梁林禄、周大癞的儿子周德理等几个孩子了，他们见我不玩，也都失去了玩的兴趣，于是，我们就坐在大门洞子里胡乱吹起牛来。

高大眼珠子说，他爸爸给苏联老毛子做过饭，他说，苏联老毛子贼拉能吃，一个人一顿能吃一锅馒头半锅菜；他说，咱中国人吃不过老毛子，也干不过老毛子，他说老毛子贼拉有劲，好几吨重的坦克车一个人能推两辆，左手推一辆，右手推一辆，那力气大了去了。

高大眼珠子还说，当时老毛子在东北，中国女人让他们给强奸老多啦。

我就好奇地问高大眼珠子："你老说强奸强奸的，什么是强奸呀？"

高大眼珠子说："你这人真完蛋，这都不懂，强奸就是搞破鞋的意思。"

我就和他争执说："怎么能是搞破鞋的意思呢？搞破鞋是男人跟女人在一起睡觉，强奸是男女睡觉的意思吗？老毛子怎么会跟中国的女人睡觉呢？你说的这个意思根本就不对。"

高大眼珠子说："怎么不对呀？我说的就是这个意思。"

我就故意装出比他懂的样子，撇着嘴笑他说："还你说的就是这个意思，你说的根本就不是这个意思，它俩根本就不是一回事。"

高大眼珠子见我当着那么多孩子的面反驳他，就跟我急了，说："那你说，啥叫强奸啥叫搞破鞋？"

其实，这个问题我也弄不清楚，但我可以在梁林福面前服输，在大眼珠子跟前我绝不能服输，我不能败在他的手下，我必须给自己赚足了面子才能在他们面前树立起威信来。于是我就模仿着梁林福教给我的那番话说："搞破鞋是男人跟女人……算了，不跟你说了，跟你说你也不懂。其实，搞破鞋就是男人跟女人在一起睡觉的意思。强奸呢，是男人把女人抱住亲嘴，你没看戏园子里一闭灯就有男人和女人抱在一起亲嘴吗？那就是强奸。"

我的这套胡诌八咧的解释让高大眼珠子对我刮目相看了，高大眼珠子说："狗剩子你行啊，你咋知道呢？"

我有些扬扬得意地说："我当然知道。"

高大眼珠子说："谁告诉你的？"

"是梁林福告诉我的，福哥说的还有错吗？"我知道我一拿梁林福当挡箭牌他们就谁都不敢跟我疵拉毛了，梁林福是我们这个胡同野孩子们的精神领袖，但我没有想到，当天晚上，梁林福的弟弟梁林禄就把我的这番话告诉了他的哥哥。

第二天一早，我上学的时候，在大门口碰见了梁林福。那时，我早已把昨天晚上跟大眼珠子他们吹牛时说的那些话忘到脑后去了。我像每天一样，谦卑地跟他打着招呼："福哥，你干啥去了？"

梁林福用眼睛瞪着我，口气很冷地说："狗剩子，你他妈的昨晚上跟大眼珠子他们讲究我啥啦？"

我有些发蒙，我说："福哥，我没讲究你啥呀！"

"没讲究我啥？什么他妈的强奸、搞破鞋，乱七八糟的你都往我身上安，狗剩子你是不是想找揍啊？"

我当时一定是吓傻了，我磕磕巴巴地说："福哥，我，我……"我"我、我"了半天，也没有"我"出个所以然来。

这时，就有一些上学的孩子们围上来看热闹，在梁林福的逼视下，我更加显得无地自容。我低着头，眼睛瞅着鞋尖，脑子急遽地想着怎样才能摆脱这尴尬的境地。梁林福见我不说话，就又逼问道："狗剩子，你咋不说话呢？你他妈的哑巴啦！"

我仍然不吱声，那时我虽然岁数小，但脑瓜子还是挺灵的，我知道在这种情况下怎么跟他解释都是白费，现在我唯一招架的办法就是不吱声，装出一副可怜相，等到梁林福一可怜我，这事就拉倒了。

但是，梁林福没有可怜我，他见我不吱声，就更加生气了。他说："狗剩子你跟我装聋是不是？我问你话呢，你哑巴了呀你不说话？唵？你是不是皮子痒痒了想找揍啊！"

说着话，梁林福抬起脚照我屁股就踢了一脚。说实话，他这一脚踢得并不怎么太重，我也没有感觉出疼来。但他当着那么些人的面这么踢我，就是对我人格的一种侮辱，特别是还有许多认识我的小朋友都在看我，于是我就哭了。我说："福哥，你干吗踢我呀？我招你惹你啦？"

梁林福听我这么一说，就更来劲了，他骂咧咧地说："我他妈就踢你啦，你能咋的吧？"说着，他就又踢了我一脚。这一脚可比刚才踢我的那脚要重得多，差点儿把我踢了一个趔趄。

这时，忽然从围观的人群中响起一个男孩儿的声音："你为什么打人！你一个大孩子欺侮一个小孩子你不嫌碜吗！"

梁林福立刻把眼光转向那个说话的男孩子，骂道："你他妈是哪个衙门挑泔水的，跑到这里装王八犊子来了。"

这时，我也把眼光转向了那个抱打不平的孩子，我一下就认出来了，他正是昨天新搬到高大眼珠子对面屋那家的那个小男孩儿。他背着一个很大的书包，说话有些外地口音，脸色极白，白得没有一点儿血色。他的眼睛很亮，亮得没有半点儿杂质，他毫无惧色地迎视着梁林福射过去的凶狠的眼光，大声说道："你为什么骂人？真没有教养！"

梁林福本是一个善斗好勇的野孩子，又是我们这条胡同的野孩子头儿，他怎么能容忍别人用这种口气跟他说话。于是，他走过去，一下子就把那新搬来的孩子拽了过去，恶狠狠地说："我他妈就是没有教养，我就是要揍你，你他妈能把我咋的？"

说着，梁林福就给了那孩子一拳。

那男孩儿知道自己打不过梁林福，梁林福不但比他岁数大，而且也比他长得威猛，因此，在梁林福打了他一拳之后，他没有还手，仍然用他那没有半点儿杂质的眼睛盯着梁林福，没有一点儿畏惧的样子。在他的这种目光的逼视下，梁林福却有点儿畏缩了。梁林福说："你瞅我干什么？有章程你也打我一拳哪！"

那男孩儿仍不说话，仍然用他那清澈的眼光狠狠地逼视着梁林福。这时，就有上班的老师走过来说："你们不上学在这儿起什么哄呀，赶快上学去！"

梁林福见有老师来了，就指着那个男孩儿笑嘻嘻地说："老师，你得好好管管你们学校的学生，他不上学，在这里聚众闹事打架骂人，真没有教养！"

那男孩儿听梁林福这么一说，立刻涨红了脸，他气得哆哆嗦嗦地用手指着梁林福说："是，是他，他平白无故地打人。"

由于梁林福不是我们学校的学生，他根本就不怕我们学校的老师，他可以毫无顾忌地耍戏我们的老师，因此，当那个孩子说他打人时，他就给老师扮了个鬼脸，并且笑嘻嘻地说："老师，他说我打人了，这是诬赖我。"

老师见梁林福一副流氓相，就有些厌恶地说："你是哪个学校的？"

梁林福仍然笑嘻嘻地说："我是家庭大学屋里（物理）系的。"

老师听他这么一说，就更加厌恶了。老师说："他怎么诬赖你啦？"

梁林福说："他说我打人了，我打谁了？你让他说，我打谁啦？"

那男孩儿就指着我说："你打他啦！"

梁林福眨巴着眼睛笑嘻嘻着说："狗剩子，他说我打你了，我打你了吗？今天你得给我做证，我到底打没打你？你可不能让我背黑锅啊！"

那老师也盯着我说："他到底打你没有啊？"

那一刻，我真是被逼得走投无路，有点儿绝望了，我想不到事情竟然是这样的一种结局，弄来弄去又都弄到我的身上来了。梁林福我是得罪不起的，可我又不能昧着良心说他没打我，我要是这么说，那不等于把帮我的男孩儿给坑了吗！人家好心好意来帮我解围，我再坑人家那也太不是人了。这事弄得我左右为难真不知该怎么说好了。

老师见我不说话，就说："你怎么不说话呢？你倒是说话呀，他到底打没打你呀？"

我低着头，吭吭哧哧地说："我，我，我们是闹着玩呢……"

那男孩儿当时就跟我急了："闹着玩？他用脚踢你的屁股这也是闹着玩？有这么闹着玩的吗？"

梁林福得意地说："我们哥们儿就这么闹着玩，你能怎么着？"

那男孩儿恶狠狠地叫道："那你们就闹着玩吧，你让他往死踢你吧！"

说着，他扒拉开人群就气哼哼地走了。那一刻，我真是觉得有点儿无地自容了。虽然这件事已经过去了几十年，今天想起来仍为我那人生的第一次出卖而感到汗颜。我不知道我是怎样离开人堆去上学的，那一整天，我都觉得有人在我的背后用手在指着我议论我，我觉得我把我的人格都丢尽了，虽然我那时还不能明确地知道什么是人格，但是，我是知道我的这件事做得实在是太丢人了。

那天放学，我没有直接回家，我一直坐在学校的大门口在等着那个男孩儿。我知道他跟我是一个年级的，但我们不在一个班，他可能是新转来的，因为以前我从来没有在我们学校见过他。我们同年级的学生，虽然不全认识，但也认识个差不多，而他，我是昨天晚上在他们家搬来的那个时候才见到他的面的。

那天，他们班放学很晚，学校各个班差不多都放完学了他们班才放学。我坐在学校的大门垛子的一边，看见他排着队跟他们班的同学走出来了。在他走到学校门口的时候，我迎上去，对他说："你过来一下好吗？"

他冷冷地瞅着我说："干什么？"

我有些尴尬，我说："我想找你说点儿事。"

他站住了，晶亮的眼睛里仍然喷射着一股被人出卖后的愤怒，他说："说什么事？"

这时，他已经出了队列，放学的队伍像羊群一样从他的身边走过，他站在那里，苍白的脸上盈溢着一种鄙夷的神色。我不敢正视他的眼睛，我觉得自己心里非常发虚，我把自己的眼睛从他脸上挪开，顺着他那蓬乱的头发，让眼光射向天空，我嗫嚅着，用小得连我自己都觉得有些发飘的声音对他说："我想跟你说说今天早上的事。"

他用很冷很冷的声音说："今天早上的什么事？"

我把眼睛从灰色的天空中收回来，用一种愧疚的眼神瞅着他说："你刚搬来，你不知道梁林福有多厉害，我是得罪不起他的，你也得罪不起他，所以，今天早上我才那么说，你不要记恨我，我愿意跟你成为好朋友，你愿意吗？如果你愿意，就跟我拉一下钩。"

在我小的时候，小孩子拉钩就是一种很庄严的承诺，俩人一旦拉了钩，所定下的事就不许反悔了。

我把手伸过去，用右手的食指弯成一个钩，等着他来跟我拉。我等了好半天，他才把手伸过来，拉住了我的指头，有些不情愿地说："我真不想跟你这样的软骨头成为朋友。"

我说："我也不是软骨头，梁林福是我们这个胡同的头儿，我们是不能得罪他的，以后别人欺侮我们，我们还得指着他帮我们打架、给我们报仇呢。"

他冷淡地说："我不想跟他那样的人交朋友，也不需要他帮我打架给我报仇。你要是跟他好，你就不要来找我。"

说完，他就走了。

我急忙撵上去，说："哎哎，你还没有告诉我你叫啥名呢！"

"我叫江山。"他没有停脚，仍然快步向前走去。

我跟在他的后边，说："江山，我大号叫司马霖，小名叫狗剩儿，往后你就叫我狗剩儿好了。我们已经拉过钩了，这就证明我们已经是朋友了，以后咱们天天在一起玩，做完作业你来找我好吗？"

江山没有应声，很快就把我扔在了后边。

虽然我和江山是在这样一种尴尬的情况下相识的，但我们还是成了很要好的少年朋友。几天之后，江山把我领进了他的家里，他是轻易不往他家里领人的，这也许是他们家的规矩。在我们的这个戏园子胡同里，他们家显得与别人家不同，别人家大都互相串门来往，他们家却不，他的母亲从来不与我们这个胡同的任何人家走动，也很少与别人说话。据高大眼珠子说，江山的母亲是医院的大夫，好像是看内科的，这大概就是我们这些人家与他们家的距离，我们这些人家的母亲没有一个是有工作的，都是家庭妇女，而且都没有文化，当然他的母亲就不屑与我们这些人家的母亲们说话了。

江山第一次把我领进他家的时候，他的母亲没有在家，只有他的妹妹在，他的妹妹叫江萍，比他小两岁，小姑娘长得水水灵灵煞是招人喜爱。那时，江萍虽然已经七八岁了，但还没有上学，还在上幼儿园，每天早晨她的母亲把她送去，晚上再由江山把她接回来。幼儿园离我们这条胡同也不太远，就在中心小学的后边，所以，每天接送她并不是什么负担。在我和江山成为好朋友之后，我经常陪他去幼儿园接江萍，因此，有一段时间，江萍对我非常依恋，几乎是我走一步她跟一步。

我第一次进江山的家门，给我最深的印象就是书多，几乎半面墙都是书。那些书都放在一个很简陋的书架上，上边落了一层灰，看样子好长时间也没有人动了。

我就问江山："这些书都是谁的呀？"

江山说："是我爸的。"

"你爸的？你爸是干啥的，看这么多书？"

江山说："我爸是教书的，当然要看书了，不然的话他怎么给人教书呀！"

"你爸在哪个学校教书呀？"我问。

"在高中。"江山说，"我爸在高中教书。"

"那我怎么没有见过你爸呢？"

江山的神色有些黯然，他有些不愿回答地说："你当然没有见过了，他现在不在家，你怎么能见过他呢！"

我站在书架前，看着那些花花绿绿的书脊和书脊上的黑字，几乎没有几个字能认得的。我又问江山："这都是些什么书呀？"

江山走过来，拿起一本跟砖头一样厚的书说："这是《安徒生童话全集》，里边的故事可好了，其中有一篇故事说，一只丑小鸭经过自己的努力最后变成了白天鹅。还有，一个卖火柴的小女孩儿，在圣诞节的晚上又累又饿，她想用手中的火柴来取暖，但是，火柴是取不了暖的，在那荧荧的火光中，她看见了她那死去的祖母，后来，她被冻死了。"

那时候，我真是太羡慕江山了，虽然我们是同岁，但是，他比我知道的东西要多得多，那时候，我除了知道睡觉吃饭再就是知道跟我们胡同的那些野孩子们玩，其他什么都不知道。那时候，我仅仅会背"秋天到了，天气凉了，一群大雁往南飞，一会儿排成个'一'字，一会儿排成个'人'字"，仅此而已。什么安徒生，还有什么但丁、高尔基、奥斯特洛夫思基，我听都没有听说过。在江山的家里，我第一次知道了只有书才能使这个世界变得美丽和丰富多彩。书是人类智慧的精华，是通向这个世界知识宝库的唯一的门槛。我对书的热爱大概就是从这时候开始的吧。

但江山的父亲对于我来说，始终是一个谜。那时候，通过江山对他父亲的介绍，我对他的父亲已经很崇拜了。江山说，他的父亲读过两个大学，新中国成立前读过一个，新中国成立后读过一个，而且还在日本留过学。我非常想见一见他的父亲，想看一看他那个学识渊博的父亲到底是什么样子。但是，我始终也没有见过。江山好像不喜欢别人问起他的父亲，谁一问他的父亲，他苍白的脸上就会涌上一层不好看的颜色。如果你再继续问下去，他就会跟你急："你问那么多干啥？你管我爸干啥去了呢！"说完，他就会转身离去，不再跟我们玩了。

有一回，高大眼珠子非常神秘地对我说："你知道江山为啥不愿意别人说他的爸爸吗？"

我说："我不知道。为啥？"

"他爸爸是'右派'。"

"'右派'？'右派'是干啥的？"我那时对"右派"这个词还一无所知。

"'右派'就是反动派，你连这都不知道？"高大眼珠子用一种讥讽的口气说，"你也太完蛋了。"

"反动派？老师不是说，反动派都被打倒了吗，咱们唱那歌里也说'反动派，被打倒，帝国主义夹着尾巴逃跑了'，既然反动派都被打倒了，咋还会有反动派呢？"我仍然不解地问。

高大眼珠子也解释不明白，他说："反正'右派'就是反动派，这是我爸说的，我爸是听他们领导说的，领导说的还能有错吗？就因为江山他爸是反动派，所以才被公安局给抓了进去。"

那一刻我真是吃惊不小，我急忙问道："你说什么？江山他爸被公安局给抓进去了？"

"那还能有错吗？"高大眼珠子说，"要不然，为什么这么长时间咱们看不见他爸？"

　　对于高大眼珠子的这番话我真是半信半疑，我觉得江山的父亲不应该是"右派"，念了那么多年书的人还能是反动派吗？电影里的反动派大都是鬼头蛤蟆眼儿，歪戴着礼帽，叼着烟卷，没有一点儿正经人的样子。可江山这家人家也不像是那样的人家呀！他的母亲是一个非常慈祥漂亮的女人，虽然不怎么愿意说话，但对人还是蛮客气的，特别对我，非常热情。有一次我感冒了，我们家都没把我的病当回事，可是江山的母亲急坏了，又是让我吃药，又是给我打针，嘘寒问暖，关怀备至，她这么好的一个女人怎么能嫁给一个反动派呢？

　　可是如果我不相信，那为什么见不着江山的爸爸呢？他说他爸爸教高中，我是应该看见的呀，可他家搬来这么长时间我一次也没有见过他的爸爸，这不是很奇怪吗？

　　那时候，我是一个爱凿死铆的孩子，不管什么事，只要进了我的脑子，我就想把它弄清。对于江山的爸爸是不是反动派的问题，我想了很长时间应不应该问问江山，最后终于决定还是问。

　　于是有一天，放学后，江山招呼我跟他去接江萍。在去幼儿园的路上，我非常严肃地站住了，我瞅着江山说："江山，我们是不是好朋友？"

　　江山说："是呀，怎么啦？我有什么对不起你的地方吗？"

　　"我想问问你爸是怎么回事？你不应该骗我，因为我们是好朋友。有人说，你爸爸是'右派'，我想证实一下，这是真的吗？"

　　我注意到，在我说完这番话之后，江山的脸色唰地一下就变了，他那苍白的脸上立刻涂上了一层暗灰色的颓丧之气，他有些气急败坏地问："你听谁说的？"

　　"你甭管我听谁说的，我就想知道，这事是不是真的？"

　　江山定定地看着我，过了好半天，他才黯然神伤地说："我爸是被人整了，我爸不是'右派'，但他们学校有人整他，陷害他，硬说他是‘右派’，狗剩儿，如果你相信我，你就得相信我爸不是‘右派’！你到底相不相信我？”

看着江山那毫无杂质的眼睛，我轻轻地点了一下头，我说："我相信你。"

"那好，咱俩拉钩，从此以后，我爸在你的眼睛里就不是‘右派’了。不管谁说他是‘右派’，我们都不能承认他是‘右派’，你有这勇气吗？"

我点头说："我有。"

于是，我们又拉了钩。

这是我们的第二次拉钩，拉完钩之后，我们像大人那样庄严地把手握在了一起。

江山的父亲是在这年的冬天回来的，他是从哪儿回来的我不知道，后来听高大眼珠子说，他爸是从一个叫夹边沟的劳改队回来的。高大眼珠子说，江山的爸爸不是一般的"右派"，而是一个犯了严重罪行的大"右派"，若不然，是不会把他送进劳改队的。

由于我已经和江山拉了钩，在任何情况下，我都不能承认他爸是"右派"，因此，对于高大眼珠子的这番话，我听完之后，也没有表示什么。

我第一次见到江山他爸是在那个冬天的傍晚，天已经快黑了，我吃完晚饭，上他家找他去玩。一进屋，我就看见在他家的炕头上坐着一个胡子拉碴、花白头发，眼睛灰暗，脸上满布了皱纹的半大子小老头儿。那时，我还以为是他家来的亲戚呢，也没有怎么太在意。我说："江山，你作业写完没有？"

江山的表情有些不大自然，他答非所问地说："狗剩子，你吃饭了吗？"

我说:"我吃完了,作业也写完了。"

他说:"你回去吧,我今天不能跟你玩了。"

这时江萍就走过来,拉住我的手说:"狗剩儿哥,你今天怎么没去接我呢?"

我说:"你哥也没来找我啊,我怎么去接你呀?"

江萍撒娇地说:"啊,我哥不找你你就不能去接我啦?"

那时,江萍对我已经非常依恋了,每天从幼儿园一回来,就跟我起腻,让我跟她弹琉琉,跟她跳格子,她对我似乎比对他亲哥哥还要亲。

在我和江山、江萍说话的时候,那个坐在炕头上的半大子老头儿始终用一种我说不上来的眼光在看着我,江山也没有给我介绍那人是谁,我就有一搭没一搭地跟江萍说着闲话。我看江山好像有些不大高兴,而且他还说今天不能跟我玩了,所以,我跟江萍说了几句闲话,就离开了。

我从他家走到外边之后,江山跟了出来。这时,外边已经黑了,似乎有轻盈的小雪花在从黑漆漆的天空上飘下,我感到有些冷,就把手缩在了袖子里。江山陪着我走到大门口,拉着我站住了,那一刻,我感觉到江山好像有什么话要对我说。我瞅着他,黑暗中我看不清他是一种什么表情,我们就那样静静地站了一会儿,江山慢吞吞地说道:"狗剩子,我爸回来了。"

"哦?我有些吃惊,什么时候回来的?"

"今天,"江山说,"今天中午。"

"是炕上坐着的那个老头儿吗?"我问道。

江山点点头,说:"对,那人就是我爸。"

那一刻我有些失望,一个读了那么多书的人,一个念了两个大学的人,一个教高中的老师,怎么能是那种样子呢?在我的想象中,他的爸爸应该是一个相貌堂堂、神采奕奕、浓眉大眼、身材魁梧的男人，现在我看到的却是一个神情猥琐、貌不出众、与普通男人没什么区别的小老头儿。

江山见我不吱声，就说："狗剩子，我爸已经不是高中老师了。"

我点头说："嗯，他那样是有点儿不太像老师的样子，倒像是一个赶老牛车的。"

因为梁林福的父亲就是赶老牛车的，因此，我就拿来与江山的父亲相比较了。说完这句话我就有些后悔，我怕江山听了我这句话生气。但是，江山什么表示也没有，只是深深地叹了口气，好半天才说："将来，怕是连赶老牛车的都不如啦。"

那时，我还不明白江山说这句话的意思，几年之后，我回想起江山的这句话，才感觉到，他的爸爸确实有先见之明，因为，江山说的那句话并不是他自己思考的结果，而是他的爸爸说的，他只不过是把他爸爸的话重复了一遍而已。

后来，我们两个谁都不说话了，就那么静静地站着，天上飘下来的小雪花一会儿比一会儿大，有不大的小风吹拂着这些精灵般的小雪花，在灰黑色的暗夜里像无数只飞舞的玉色蝴蝶，这些蝴蝶般的小雪花落在脸上，凉丝丝的，就像有一只冰凉的女人的小手在脸上抚摸一样。我跟江山在雪地里不知站了多长时间，后来，周德理和他的妹妹周德华就走过来了，周德理说："你们俩人在这儿站着干啥呢？"

"没干啥。"我问周德理，"你们哥儿俩这是干啥去呀？"

周德理说："我们看戏去呀，老邵大叔给了我一张票，让我领小华去看戏，你去不去？"

我说："我没票也进不去呀。"

周德华就说："咱们三个小孩儿用一张票还进不去吗？"说着，

周德华就上来拽我，说："狗剩儿哥，跟我们一起去得了。"

那时，周德华早已经过了上学的年龄，好像已经十一二了，但不知为什么仍然还没有上学，在我们这个胡同里，有几个小姑娘跟我是真好，藏猫猫她们愿意跟我在一伙，踢毽子、踢口袋她们也愿意跟我在一起。我没有妹妹，只有两个弟弟，因此，我特喜欢女孩儿，我愿意跟女孩子在一起玩，跟我好的这几个女孩子里就有周德华，所以，她让我跟他们去看戏是真心的。

我见周德华拽我，我就说："小华，既然你想让我去看，你咋不管你老邵大叔多要几张呢？"

周德华说："人家就一张，是单位发的，他说他今晚上值班，所以就把票给我们了。"

周德华说的这个老邵大叔也是我们这条胡同的，只不过他家住在胡同的尽东边，已经快到胡同头儿了，所以，他家的孩子跟我们来往就少，我们也不把他算作我们这个胡同的人。老邵大叔是医院的大夫，是看中医的，据说，他是拉药匣子出身，由于有心计，每次大夫开完药方，他抓药时都把药方子收藏起来，天长日久，竟然懂得了医道，又拜一个老中医为师，学会了望闻问切，加之手中收藏的那些方子，再加上看好了几例特殊的病症，很快，他就成了我们这个小县城比较有名的中医了。在我们这个胡同，一提起邵大夫，没有不知道的。

邵大夫与周家的关系也是由于他给周德华的母亲花蝴蝶看妇女病建立起来的，后来走动得勤了，关系越来越好，几乎成了周家的常客。医院分了什么好东西他也不忘了给周家送点儿。那时候，我们这些人家的日子都过得非常艰难，一年到头很难看见点儿荤腥。但老周家的日子好像就比我们这些人家过得好一些，他家的菜里经常能看见点儿肉丝肉块什么的。大伙儿都说，是邵大夫在帮助他家。

周德华拉我去看戏，我就问："今天演什么戏呀？"

周德理说："我们也不知道，可能是《杨香武三盗九龙杯》吧，反正老邵大叔说，这出戏贼好。狗剩子你到底去不去呀？你不去我们可走啦。"

江山就说："狗剩儿，你跟他们去吧。"

我说："那你回去吧，明天早晨上学你来找我。"

江山说："好的。"江山跟我摆了一下手，就回去了。

这时，从天上飘下来的小雪花已经变成飞飞扬扬的鹅毛大雪了。

第三章
雪地中的花蝴蝶

就在我跟周家兄妹去看戏的那天晚上，他们家出事了。

那天晚上，我跟周德理他们兄妹去看的戏果然是《杨香武三盗九龙杯》，到了戏园子门口一瞅，才知道这天看戏的人特别多，演杨香武的那个演员是刚从沈阳请来的，据说武功十分了得。由于请的是新演员，又是第一场演出，因此，戏园子门就把得十分紧。平时，只有一个人把门，而这天竟然用了三个，门外边还有派出所的警察在帮着维持秩序。

周德理拿着一张戏票，前边站着他妹妹，后边跟着的是我，我们站在戏园子门外那长长的等着检票的队伍里，跟着队伍往戏园子门口一步一步地挪去。刚一到门口，我们仨就被把门的给拦住了，把门的这个人姓柴，我们平时都管他叫柴大平头。因为我和周德理我们两家都在这戏园子胡同里住，经常不花钱看蹭戏，所以，把门的柴大平头他都认识我们了。

"你们仨小孩儿的票呢？"柴大平头用手拦住了走在前边的周德华。

周德理急忙把手中的票递过去，大声说："票在我这儿呢。"

柴大平头接过票，说："怎么就一张呢？一张不行，一张只能进一个人。"

周德理说："我们三个小孩儿用一张票还不行吗？"

"不行不行。"柴大平头边说着不行，边用手把我们三个给推到了一边。

"那进俩人行不行？我领我妹妹进去？"周德理在一边哀求着问道。

"不行！"柴大平头正在忙着检票，没时间搭理我们。

我们三个退缩到一边，想等检完票再跟柴大平头商量商量看一张票能不能让我们三个小孩儿都进去。这时，雪已经基本停下了，戏园子外边的雪地被看戏的看客们给踩得乱七八糟，像长了秃疮一样；一盏晕黄的灯光照在这秃疮般的雪地上，把这门前显得更加肮脏不堪。看戏的人进得已经差不多了，戏也快开演了，门外边立时就显得冷清起来。周德理见门口没多少人了，就又凑了上去，跟柴大平头说："老柴大叔，你就让我们进去吧，我们三个小孩儿用一张票还不行吗？"

柴大平头说："这要是平时，我就让你们进去了，可今天不行，今天票都卖冒漾了，里边挤得登登的，我敢放你们进去吗？"

"那我们一张票进俩人行不行？"周德理继续哀求说。

柴大平头显得有些不耐烦了。柴大平头说："我不是说过了吗，一张票只能进一个人。你们谁进就快进，要不我可要关门了。"

周德理见实在没有办法了，就说："狗剩子，那今天这戏就得我看了，你领小华回去吧。"

我只好点头说："行，那我们回去啦。"

这时，戏园子里边就响起了开场的锣鼓声，周德理一听这声音，连他妹妹也不顾了，像条泥鳅鱼一样，刺溜一下就钻进戏园子门里去了。

这时，戏园子里开戏的锣鼓声已经铿铿锵锵密集地响了起来，听着戏院里传出来的锣鼓声，我只能恋恋不舍地领着周德华回家。

但令我万万没有想到的是，就在我们走到周德华家住的孔家大院大门口的时候，我们看见她家出事了。

那天晚上周德华她爸周大癞是夜班，他是傍晚四点半钟去接的班。他去接班不久，邵大夫就来了，邵大夫拿了一张戏票，把周德理、周德华兄妹打发走之后，就跟周大癞的老婆花蝴蝶脱光了衣服上炕了。他们算计着周德理、周德华兄妹咋也得九点多钟以后才能回来。因此，就放心大胆地在被窝里做起事来。

当然，这些都是后来高大眼珠子给我讲的。

邵大夫和花蝴蝶谁都没有想到，周大癞上班之后，他们白酒厂的变压器突然坏了，整个厂子陷入了瘫痪，若想生产，就得换变压器，因此，厂子只好暂时停产。

周大癞在班上没事可做，就回家了。一进院，看见自家的窗户上挂着窗帘，里边还亮着灯，当时也没往别的地方想。就在外边扫了扫沾在鞋子上的雪，一拽门，门在里边划上了。他就使劲敲了几下门，他这一敲门不要紧，屋里边的灯一下子灭了。周大癞的心里边就有点儿划魂儿：哎，好模样地闭灯干什么呀？就大声叫道："小华她妈，把门开开，是我。"

周大癞这一喊，屋里边正在被窝里做事的邵大夫和花蝴蝶就更加慌张起来，他们在黑暗中谁也找不着谁的衣裳了，邵大夫竟然把花蝴蝶的花汗褡儿穿在了自己的身上。他们极其忙乱地穿上了衣服，然后，花蝴蝶把邵大夫藏在了外屋暖格的一个破柜里。她把邵大夫藏好之后，这才把电灯打亮，强忍着慌乱说："来了来了。"一边开门一边问道："你不是夜班吗，咋又回来了？"

此时，周大癫已经在门外的雪地里站了足足有七八分钟了，火气已经在他的心里孕育着了，而且，他在心里边已经起了疑惑。

花蝴蝶把门打开之后，一下子就抱住了周大癫，边用嘴亲他边说："你不是夜班吗？咋回来了呢？咋的，你跟别人串班了？"

周大癫说："厂里的变压器坏了，干不了活了。"说着，他挣开花蝴蝶，说："你在屋里磨蹭什么来着，咋这么半天才开门呢？"

因为新中国成立前花蝴蝶在窑子里干过，所以很会跟男人发贱，她为了稳住周大癫不让他起疑心，故意用一种浪声浪气的声音说："我都躺进被窝了，刚眯了着正在做梦呢，你就回来了，把人家的好梦都给搅了。"说着，她就抱着一身凉气的周大癫往她和邵大夫的被窝里拱，而且手也伸到了周大癫的身下，她想转移周大癫的注意力来掩护邵大夫逃跑。

她这么一整，周大癫果然来劲了，也把手伸进了她的怀里，一边揉搓着一边用鼻子不住地嗅着说："哎，这屋里咋有一股男人味儿呢？"

花蝴蝶浪着娇滴滴的声音说："你不就是男人吗？"

周大癫说："不对劲，是一股生人抽烟的烟味，还有一股来苏水的药味，你跟我说实话，刚才谁来了？"

花蝴蝶说："没人来呀，就我自个儿。"

说着，花蝴蝶就脱了外衣。如果当时她不脱外衣，也就没什么事了，她一脱外衣，里边一下子露出了邵大夫的内衣——刚才在黑暗中，她和邵大夫互相穿错了衣服，她把邵大夫的内衣当成她自己的内衣穿上了。

周大癫一看，脸上立时就变了颜色。周大癫一下子推开花蝴蝶，指着她身上的内衣说："这是谁的衣服？"

花蝴蝶的脸色一下子就变了。花蝴蝶突然大声朝外屋的暖阁叫道："老邵你快跑，老邵你快跑啊！"

藏在外屋暖阁柜里的邵大夫听花蝴蝶这么一喊，也顾不了许多了，一下子从柜里钻了出来，连鞋也没顾得上穿，撒丫子就往外跑去。

直到这时，周大癞才真正知道自己当了王八。他怒火中烧，气冲两肋，猛一把推开了如同母狼般的花蝴蝶，顺手抄起挂在墙上的那杆老洋炮就追了出去。花蝴蝶一见他拿起了枪，一下子就把他的腿给抱住了，说："当家的，当家的，你饶了他吧，你饶了他吧，都是我不好，都是我不好啊……这事跟老邵一点儿关系都没有啊……"

当时周大癞眼珠子都已经红了，哪还听得进花蝴蝶的话，他一脚把花蝴蝶踹开，破口大骂道："你个骚娘儿们，你还以为你在窑子房呢，谁他妈想上谁上？现在你是我的人了，你让我当王八，你给我戴绿帽子，我饶他？我能饶他吗！"

周大癞撵到外边，邵大夫已经跑到孔家大院的大门口了，周大癞就在后边叫道："老邵你给我站住，你再不站住我就开枪了！"

周大癞说着，就冲着邵大夫的背影开了一洋炮，邵大夫一个趔趄，就倒在了雪地里。

这时，花蝴蝶就从屋里跑出来，声嘶力竭地喊叫道："不好啦，不好啦！出人命啦，出人命啦！"她披头散发，光着脚丫，不是好声地叫着，她的声音在夜间那冰冷的空气中显得十分瘆人，很快就把附近的邻居都给惊动了。

于是，我们戏园子胡同的家家户户都打开门跑出来看热闹了。

我和周德华就是在这个时候从戏园子回来看到这令她一生都感到耻辱的一幕的。

其实，周大癫的那一洋炮并没有打着邵大夫，邵大夫倒在地上是被洋炮声给吓的，他趴在雪地上，大声叫着："老周大兄弟，老周大兄弟，有话好好说，千万别开枪，千万别开枪啊！"

这时周大癫已经追了上来，周大癫跑到邵大夫跟前一把揪住邵大夫的头发，大声骂道："你敢偷我的女人，我今天非一洋炮打死你不可！"

周大癫边骂边用洋炮的枪托打邵大夫的脑袋，邵大夫双手抱着脑袋，在雪地上一边打滚一边不是好声地叫唤："老周大兄弟，你饶了我吧，饶了我吧，我再也不敢了，再也不敢了！"

那时，周大癫已经气红了眼，哪还能听得进邵大夫的讨饶，他一脚把邵大夫踢翻在雪地上，然后往洋炮里又塞了一把砂子，对准邵大夫的脑袋大声说："我今天非打烂你的脑袋不可！"

就在周大癫举枪瞄准邵大夫的脑袋刚要搂扳机之际，花蝴蝶披散着头发跑过来了，她用双手一下子拽住了周大癫的枪管，把枪口对准了自己的脑袋，声嘶力竭地叫道："周大癫，你要打就打死我吧，这事跟邵大夫无关，都是我自己愿意的，我就愿意跟他睡！你要打就打死我吧！你开枪吧！开枪呀！"

花蝴蝶这么一闹腾，周大癫还真就下不了手了。他那端着枪的手在冰冷的空气中剧烈地颤抖着，他舍不得打死自己的媳妇，他认为这一切都是邵大夫造成的，他要惩罚的是邵大夫而不是他的媳妇，现在他的媳妇把他的枪口对准了自己，他怎么能下得了手去钩扳机呢？

这时候整个戏园子胡同已经被看热闹的人群给围满了，没有谁上前去劝解，也没有人上前去拉架。我和周德华站在看热闹的人群后边，她就像一只被伤害了的小猫，全身瑟瑟发抖地蜷缩在我的怀里，她的脸上流满了眼泪，那种无助的样子真是令人怜惜。

　　就在花蝴蝶和周大癫僵持的时候，花蝴蝶朝跪在雪地上的邵大夫大声喊道："老邵，你还不快跑还搁那儿跪着干啥呀！快跑呀！"

　　邵大夫在花蝴蝶的提醒下，这才想起逃跑来。他站起来，刚要跑，周大癫猛地把枪从花蝴蝶的手中搋出来，大声吼道："你往哪儿跑！"

　　说着，他就钩动了手中的扳机，巨大的洋炮声震动得寒冷的雪夜都颤动了。看热闹的人们都被周大癫的这一举动给吓坏了，人们以为他真的朝邵大夫开了枪，因为人们看见，就在枪响的时候，邵大夫一下子又摔倒在雪地上了。

　　人群立刻骚乱起来，大伙儿都说："可不好了，可不好了，出人命了，赶快叫派出所的警察来吧。"

　　就有人离开人群去附近的派出所找警察去了。

　　其实，周大癫的洋炮并不是朝着邵大夫放的，他是朝天上放的，他无法排解心中的愤怒，无法销蚀掉心中的怒火，他只有用开枪来发泄耻辱。

　　这时就有人从看热闹的人群中走出来，劝周大癫说："老周大兄弟，我看这事算了吧，黑天瞎火地，闹腾啥呀？拉倒得了！"

　　"拉倒？"周大癫瞪着发红的眼珠子，说，"这事能拉倒吗？你要是当了王八你能拉倒吗？"

　　人们见周大癫说的不是人话，也就没人劝他了。他们三个人就那么在雪地上僵持着，周大癫不时地用脚去踢邵大夫，边踢边骂："姓邵的，你让我当王八，我平时拿你当朋友，你却来偷我的老婆，你他妈也太不是人造的了，俗话说，宁穿朋友衣，不占朋友妻，你可倒好，啊，你是又穿朋友衣，又占朋友妻，事都让你做绝了！"

　　邵大夫跪在雪地上，全身造得就像泥猴似的，他不住地磕头作揖，说："老周大兄弟，我错了，我错了还不行吗，咱别在这里让人看热闹了，咱回家说还不行吗，咱们回家，你愿打愿罚咋的都行，咱别在这儿丢人了！老周大兄弟，我求你了还不行吗！"

周大癫说："现在你嫌丢人了？你跟我老婆一个被窝睡觉你咋不嫌丢人呢？你让我当了王八又害怕丢人，早知道丢人你别干那事啊！"

周大癫的这番话说得大伙儿都哈哈大笑起来。

后来警察就来了。

警察走进人群对周大癫说："咋回事，咋回事啊？五更半夜你拿着枪这是咋回事啊？"

周大癫说："他跟我媳妇搞破鞋，让我给抓住了！正好你们来了，你们说咋办吧？"

警察说："你们先回去好不好，有啥事咱们坐下来解决行不行？"

周大癫说："不行！坐下来怎么解决？他睡我媳妇是躺着解决的，睡完了想坐下来解决，那怎么能行！"

周大癫的这番话说得大伙儿又哈哈大笑起来。

那两个警察也强忍着笑说："那你想咋解决？"

周大癫脖子一梗梗，说："他要了我的女人，我就得要他的命！"

后来，在警察的劝说下，周大癫终于让步了，同意坐下来解决。于是，警察便领着他们上派出所去了。那些看热闹的人也都跟着上了派出所。

这时，周德华对我说："狗剩儿哥，你跟我回家吧，我自个儿不敢在家待，你跟我回家好吗？"

看着她那种无助的样子，我只好点头同意。

我把周德华送回了家，她的家造得凌乱不堪。由于屋门一直开着，屋子里已经没有一点儿热乎气了。炕上的被子褥子被掀得稀乱，炉子里已经没有一点儿火星了。我帮着周德华把炉子里的灰扒出来，重新生好炉子。这时戏园子的戏已经散了，周德理从外边一回来，就有些傻眼，说："小华，咱家咋的了？咱爸咱妈呢？"

周德华就哭了，说："哥，这回咱家丢人可丢大发了！咱爸咱妈都让派出所给带走了。"

周德理瞪大了吃惊的眼睛，说："为啥呀？"

周德华看着我，好半天才说："妈跟老邵大叔搞破鞋让咱爸给抓住了，爸就把老邵大叔给打了，爸拿着洋炮要打死老邵大叔，妈不让，他们从屋里一直打到外边，整条胡同子的人都出来看热闹，真是丢死人了！"

说着说着，周德华就哇哇大哭起来。

那时，我们还不能非常明白地知道搞破鞋是什么意思，就知道这是一件很不光彩、很丢人的事，至于搞破鞋的含义到底是什么，我们也说不清。

那天晚上，我陪着周家兄妹在他们家一直等到很晚，他们的父母才从派出所回来。周大癫拎着一杆老洋炮，像押着犯人一样跟在花蝴蝶的身后进了屋。他们俩人的脸上都带着一种灰涂涂的生气样，一进屋，花蝴蝶就放声大哭，撕心裂肺地叫道："周大癫，我要跟你离婚，我要跟你离婚！"

周大癫这时也蔫了，一点儿也没有在雪地上放洋炮时的豪气了。他像一个被霜打了的茄子一样，低头耷脑一声不吭，任凭花蝴蝶大哭大闹。周德华上前抱住花蝴蝶，说："妈，你别哭了，也别闹了，妈，咱家这就够丢人的了，你再这么闹下去不更丢人了吗！"

花蝴蝶就一把抱住周德华哭得更厉害了，花蝴蝶边哭边说："妈这人都让你爸给整得丢尽了，妈没法活了，妈今晚就死去。"

这时，一直闷在一边的周德理突然大声叫道："要死你就死去吧，没人拦你，你死去吧！我们这个家的名声都让你给丢尽啦！"

周德理这么一喊，一下子把花蝴蝶给弄愣了，她像不认识自己的儿子似的，愣眉愣眼地瞅着周德理，好半天才小声说："你说啥？德理你说啥？"

周德理狠狠地瞅着她，那几个字好像是从牙缝里挤出来的，周德理一字一顿地说："我要你去死！你要不死，我就去死！"

周德理那恶狠狠的样子当时把屋里所有的人都吓呆了，周大癫哆哆嗦嗦地说："儿子，你说啥？你要去死？你凭什么要去死？这有你什么事啊？唵，你为什么要去死呀？"

周德理大声喊道："你说我为什么要去死？我跟你们丢不起这个人啦！"说完，周德理猛地朝外跑去。

周德理往外这么一跑，把我们几个人都给造傻眼了，周大癫愣了愣神，忽然大声对我说："狗剩子，你还搁这儿愣着干啥呀，你赶紧去撵德理子去呀！这五更半夜的，他真出点儿啥事可咋整呀！"

听周大癫这么一说，我就急忙撵了出去，我边跑边喊道："周德理，周德理，你别跑啊，你听我说，我有话要跟你说。"

外边的雪已经停了，这正是半夜时分，天嘎嘎冷，往外一走，就好像有一片小刀片往脸上刮似的，剜心般地疼。我一直跑到戏园子门口才把周德理撵上，我拽住他说："周德理，你这是上哪儿去呀？这黑天瞎火的，你不怕让拍花子把你给拍去呀？真要让拍花子给拍去，你想回家也回不了啦！"

那时候，我们那个小县城出了几起专门拐卖小孩子的人贩子案件，大伙儿都管那些人贩子叫拍花子，传说他们有一种药，抹在手心上，往小孩儿头上一拍，小孩儿就被迷住了，就不由自主地跟着拍花子走。拍花子把小孩儿拐走之后，有人说，他们专门挖小孩子的心吃；还有人说，他们把小孩儿领到南方卖了。反正说得非常吓人。因此，我才用拍花子来吓唬周德理。

周德理听我这么一说，就哭了。周德理说："狗剩子，你说往后我还咋跟你们玩了，你们还能瞧得起我吗？我妈跟人搞破鞋，你们得咋看我呀！我活着还有啥意思啦，我那个家我真是待够了！"

就在周德理呜呜地跟我哭诉他心里的委屈的时候，周大癫和花蝴蝶也追了上来，周大癫和花蝴蝶好说歹说总算把周德理给劝回去了。花蝴蝶说："德理子，妈错了还不行吗？妈给你道过儿还不行吗？妈往后再不跟人胡扯了还不行吗？你饶过妈这一回还不行吗？"周大癫说："儿子，快跟爸回去吧，爸往后再也不跟你妈打仗了，快回去吧，都半夜了，咱快回家睡觉去吧。"

周德理跟着他爸他妈回家了，我也回家了。我敲了好半天门，我妈才把门给我开开。我一进屋，我妈就狠狠地瞪着我说："你干啥去了？俺，都半夜了，你干啥去了？"

我嗫嚅着说："我上老周家帮他们看家去了。"

"那你咋不在他家住呢？你还回来干啥呀？你在他家住多好啊！"我妈一直瞧不起老周家这家人家，她不愿让我跟他家的孩子来往，更不让我跟他家的孩子玩，所以她才对我这么凶恶。

面对母亲的责骂，我一声不吭。我梗梗着脑袋，上了炕，钻进被窝里，很快，我就在母亲的责骂声中睡着了。

第四章
书中自有黄金屋

　　我与江山的父亲很快就熟了，由于他刚刚从劳改农场出来，还没有分配工作，就整天在家里待着，给江山的母亲做饭洗衣服，接送江萍的这些事也用不着江山去做了。我每天放学去江山家做作业，他的父亲都很热情地欢迎我，有时还给我们买一些时鲜的水果吃。在与江山父亲的接触中，我感觉这是一个极好接近的小老头儿，他一点儿架子也没有，对待我们就像对待大人一样，他从来都不把我们当作小孩子来看，事事都跟我们讲民主，这让我感到非常亲切和新鲜。在与他的接触中，我感觉自己也成了一个大人了。

　　有一次，在他的书架上，我拿起一本厚厚的《全唐诗》，胡乱地翻看着，那里边的字大多数我都认不下来，我记得有一首《将进酒》，不是李白的那首"君不见，黄河之水天上来"的《将进酒》，而是一个叫陈陶的人写的《将进酒》。这首诗里边的字我几乎一个也认不出来，就在我笨笨磕磕地胡乱念的时候，江山的父亲轻轻地把书拿过去了，他看了一眼那书上的字，然后把书又还给我，接着对我说："孩子，我来给你读一遍，你看着那上边的字，就照着我读的来认字。"说罢，他便朗声地诵读起这首诗来……

江山的父亲念得声情并茂，念完之后，他又逐字逐句地给我解释，虽然他解释的我并不十分明白，但我仍然听得津津有味津津乐道。在这首诗里，我不但认识了一些极其生僻的古汉字，而且我还进入了我从来没有进入过的世界，在这首古诗里，让我知道了许多的神话故事，除此之外，我还渺渺地知道了中国文字的魅力。

我大概就是从这时才真正认识了江山的父亲的，他真是一个见多识广的语文老师，他给我讲的那些东西比我们老师在课堂上讲的要生动有意思多了，就是在这时候，我深深地喜欢上了语文。我今天之所以能够成为一个作家，与他最初的启蒙是有着直接的关系的。那一段时间，我不仅跟他学习了好多唐诗宋词，而且还跟他学习了怎样写好文章的方法，他还给我讲了好多好多的外国名著，像什么《堂·吉诃德》《羊脂球》《钢铁是怎样炼成的》《红与黑》《安徒生童话》等等。我跟着他，跟着他的那些书，走进了一个五光十色的世界，我觉得我一下子就长大了，我就是从那时候喜欢上读书的。

后来我才知道，江山的父亲在那一段时间里，一直也没有间断向有关方面申诉，他不承认自己是"右派"，他被划成"右派"是学校有人在故意整他。可还没等他的申诉起效果，就被学校给开除了公职，彻底成了一个无业游民了。

那一段时间他非常苦闷，但是他不喝酒，他只是抽烟。有一天夜里，我去给江山做伴，那天，江山对我说，他的父亲晚上不回来了，他母亲是夜班，让我上他家去给他做伴。睡到半夜，我让尿给憋醒了，我下地撒尿，一睁眼，看见黑漆漆的屋子里有一个荧荧的火亮在一闪一闪的，我吓了一跳，我说："你是谁？"

黑暗中，响起了江山的父亲的声音："我。狗剩子，是我。"

我一听是江山的父亲的声音，我就说："大叔，你不是不回来了吗？咋又回来了呢？"

他没有直接回答我的问话，他说："我影响你睡觉了吧？"

我说："没有，我想撒尿。"

他说："那你下地撒吧。"

我下了地，往尿盆里撒了一泡尿，又钻进了被窝。这时候，我的眼睛已经适应了屋子里的黑暗，在黑暗的昏蒙中，我看见他的脸上满布了一种无奈的愁苦，他的胡子遮盖了他的下半张脸，眼睛里暗含了许多说不清的愤懑，他一支接一支地抽烟，屋子里的烟气已经有些呛人了。

我趴在枕头上，用下巴颏儿垫着枕头，定定地看着他。过了好半天，我说："大叔，你也睡觉吧。"

他把眼光转向我，说："你睡吧，大叔还不困。"他顿了一下，又说："大叔不影响你睡觉吧？"

"不影响。"接着我又说道，"大叔，你好像有什么心事？"

黑暗中，他苦笑了一下，他说："你们小孩子，不懂，大叔的心事你们没法懂啊！"

他不说话了，沉思着，好半天才吸一口烟，吸完烟，让那吸进肚子里的烟再一点儿一点儿地徐徐地吐出来，他的眉头似乎已拧成了一个大疙瘩，眼睛里的愁苦随着那袅袅的轻烟越积越厚。他手中的烟蒂终于抽尽了，那越燃越小的烟头似乎已经烧着了他的手，他却浑然不知。我忍不住提醒他说："大叔，烟头烧你手了！"

他冷丁一激灵，忙把烟头扔掉，把眼光投向我说："狗剩子，你怎么不睡觉呀，睡觉吧，明天还要上学呢。"

我说："大叔，你也睡吧，都半夜了吧？"

他说："嗯，可不半夜了咋的，你睡吧，大叔睡不着呀。"顿了一下，他又说："狗剩子，你是个好孩子，是个聪明的孩子，将来，大叔万一有什么闪失，江山，还有江萍，你要替大叔多照顾他们点儿，好吗？这也是大叔求你了。"

在他说这番话的时候，我在昏蒙的漆黑中似看见他的眼睛里含满了晶莹的泪花，那一刻我真是有点儿傻了，我不明白他为什么要跟我说这样的一番话，他是个大人，我是个小孩儿，他跟我说这番话是什么意思呢？但在当时，我只能不住地点头，眼中含满了迷惑。我不错眼珠地瞅着他，似乎想从他的脸上瞅出点儿什么来。但我什么都没有瞅出来，黑暗中展现在我面前的，依然是他那张被黑胡楂子包裹着的脸。

他停顿了一会儿，接着又说道："好好读书，不要老是贪玩，只有书才是知识的源泉。古人说'书中自有黄金屋，书中自有颜如玉'，这话不是没有道理的，别看现在读书人不吃香，将来有一天，这个国家还得依靠读书人、依靠知识来强大呀！"

对于他的这番话，当时我一点儿也听不懂，只记得了什么黄金屋、颜如玉什么的，但这黄金屋、颜如玉到底是怎么回事、到底是什么东西，我干脆就不清楚。

那一夜，在昏黑的朦胧中，他絮絮叨叨地跟我还说了好多好多话，后来，我就是在他的这种絮叨声里睡过去的。

第二天早上我们起来时，他已经给我们做好了早饭，他的脸上依然有一层厚厚的阴云，尽管他仍像平时那样跟我们又说又笑，但在我看来，他那说笑是做出来给我们看的。

吃饭时，他问我："狗剩子，我昨晚跟你说的那些话你都记住了吗？"

我边吃饭边点头说："记住了。"

江萍就问我说："我爸昨晚都跟你说啥了？"

我头也不抬地边往嘴里扒拉饭边说："你爸说，书中自有黄金屋，书中自有颜如玉。"

听我这么一说，江山的父亲竟然哈哈大笑起来。他说："狗剩子，你知道什么是颜如玉吗？"

我抬起头瞅着他，说："不知。"

他说："颜如玉就是美丽漂亮的女人。"

我不解地瞅着他，问道："书中怎么会有美丽漂亮的女人呢？你说的那是画报吧？"

听我这么一问，江山的父亲笑得更厉害了，连眼泪都笑出来了。这是我唯一一次看见他这么开心地大笑。那天早上的饭桌上充满了欢乐的气氛。

几天之后，江山的父亲被公安人员给带走了。那之后，我上江山家去得就更勤了，每逢晚上他那个当医生的母亲值班，我就要上他家去给他们哥儿俩做伴，我、他，还有他的妹妹江萍，我们三个小孩儿就成了一个家。那时候，江山就已经会做饭了，往饭锅上贴苞米面饼子，熬粥，还有捞小米饭什么的，他都能做得来。每逢他做饭的时候，我就给他烧火，帮他择菜，给他打下手。有一次，我妈说，我都快成他们老江家的人了。

是的，我跟江山真的成了非常要好的朋友了，我们无话不说，我们在一起学习，在一起写作业，在一起玩，我们觉得我们真的都长大了。那一段时间，我很少出去跟我们胡同里的野孩子们玩了，几乎是放学就回家，然后就上江山家去做作业，做完作业，就帮助他去接江萍，或者帮他做家务。

有一天晚上，江山的母亲没有吃晚饭就上班了，临行前，让江山晚上去给她送饭。那时候，家家的日子都过得非常清贫，谁也舍不得花钱在食堂或外边的馆子买着吃，所以，江山经常要给他母亲送饭。

因为那天晚上天太晚了，晚上六七点钟的样子吧，北方的冬天，六七点钟就已经很黑了，那天还刮着好大的风，江山一个人上医院有点儿不敢走，就让我跟他去。我们把江萍送到了我家，让我妈给看着，然后我就跟他上医院给他妈送饭去了。

医院在我们这个县城的东南角上，南边就是松花江了，医院的西边是一条大道，道旁就是一大片树林子，树林子里边是烈士陵园，有苏联红军烈士塔，还有好些个没有主的荒坟。这一片树林子一直延伸到松花江的边上，在我们小孩子的眼睛里就显得相当的大，不要说是黑天，就是在白天，一个人在这大片树林子里走也觉得瘆得慌。而我们要想上医院，还必须得通过这片大树林子。

我们在走进这片树林子边上的时候，我问江山："你害怕不？"

江山说："我不害怕，我已经走惯了。"

我说："你撒谎，你走惯了还要我来干什么？"

江山不好意思地说："今天天太黑。"

我们俩边说边走进了树林子，树林子里的风显得比外边的风要大，风声像小孩子吹的哨子似的，在树尖上不是好声地尖叫着，一声比一声尖厉，那声音就像鬼号差不多。我和江山紧紧地靠着，在一条羊肠般的小路上快步走着。

这时，前边突然出现了一条黑影，黑影在一棵树底下好像在吃着什么。我们俩吓得站住了，谁也不敢往前走了。在寒冷的风声中，我发觉江山的身上在瑟瑟发抖，我的身上也在瑟瑟发抖，我们谁也不敢出声，也不敢往前迈步，就那么傻呆呆地站着。也不知过了多长时间，我觉得我的腿都站麻了，脚也冻麻了，我小声说："江山，你看那是啥呀？"

江山说："好像是狼。"

江山一说是狼，我看着那黑影也像狼了。我哆哆嗦嗦地说："那、那咋办哪？"

江山说："咋办也得给我妈送饭哪，我妈不吃饭我妈不得饿吗！"

我说："狼怕火光，你带手电筒没有？"

江山说："带了，我怕费电池就没有打。"

我说："你把手电筒给我。"

江山就把手电递给了我，我接过手电，胆胆突突地说："江山，那狼要是扑过来，你可不兴扔下我就跑呀！"

江山哆哆嗦嗦地点点头，连话都说不出来了。

我拿着电筒，冲着那黑影，猛然按了一下电门，一束强烈的光柱猛然晃了过去。借着那强烈的光柱，我看到，有一只说黄不黄，说灰不灰，说狼又不像狼，说狗又不像狗的野兽正在树根底下啃吃着什么东西。手电光冷不丁这么一晃，那野兽也吓了一跳，它抬起头，我看见有两只绿色的眼睛在手电的光柱下惊惧地眨巴了两下，然后，它冲着我们晃晃脑袋，便噌地一下跑掉了。

我跟江山走到那树根底下一看，原来那野兽正在啃食一个死孩子，死孩子的肚子都已经被那野东西给掏光了。看着那树底下的死孩子，我突然大声地干哕起来，身子也不由自主地颤抖起来。

我看见江山的身子也哆嗦起来，他用磕磕巴巴的声音说："走，快走，好吓人！"

说着，我们俩就快步地小跑起来，似乎那是一片死亡之地，再不走，我们就要葬身那里似的。

第五章
男孩儿和女孩儿的区别

我几乎成了江家的人了，江萍已经把我当成了她的亲哥哥，她对我甚至比对她的亲哥哥江山还要好。她有什么事，都对我说，有什么委屈，也都跟我诉。除了上幼儿园，她几乎一时一刻都离不开我了。

那一段时间，我一放学就上她家去，我和江山一起写作业，写完作业就一起去接江萍。每当我和江山在幼儿园的门口一站，那些小孩子们排着队从幼儿园里走出来，排在队伍里的江萍一看到我们，就像一只翩翩欲飞的蝴蝶似的，张着两只小手向我们扑来。一般情况下，她不扑向她的哥哥，而是扑向我，用她两只小嫩手钩住我的脖子打滴溜，然后就在我的脖子上脸上连连亲吻。那时候我们也不知道这就是亲吻，只觉得这样近便，亲，好。

每当这时，江山就会妒忌，江山就会说："江萍你要是觉得狗剩儿比我好，干脆你就给他当妹妹得了。"

江萍就会说："狗剩儿哥就是好嘛。"

这时候我们三个人就会手拉着手，沿着那条弯弯曲曲通向我们家的胡同边说边笑地走，整个胡同都会洋溢着我们的笑声，那些听了我们笑声的麻雀就会在电线杆子上叽叽喳喳地飞走。

我总觉得那时候的天比现在蓝，树叶青草也比现在的绿，花儿也比现在的美，就连那时候刮的风也比现在干净。那时候的空气中总是飘溢着一股淡淡的苦丁香的花味。这种味道现在已经没有了，就是在丁香花的树下，也闻不到那种味了。现在的空气中飘散的是一种汽油味、液化气的残液味、垃圾味，这多种味道混合在一起，让人的脑袋疼，现在人们得的许多怪病就跟空气中的这种气味有关系。

我们回到家之后，江萍就会拿出她的《看图识字》，让我教她认字，从"人口手""马牛羊"，到"一群大雁往南飞"，她会不厌其烦一遍又一遍地让我教她，直到把我整得不耐烦为止。每当她看到我不耐烦了，就会用她的小嘴说些好听的话来哄我，直到把我哄高兴了，她才又生出别的花样来让我跟她玩。

有一回江山去给她母亲送饭，让我在家看江萍。那时天已经晚了，我们在她家的炕上，翻看那些小人儿书。江萍突然搂住我的脖子，神秘地说："狗剩儿哥，你为什么是个男的呢？你要是个女的该有多好啊。"

我笑着说："女的有什么好，女的撒尿还得蹲着。"

江萍说："你要是个女的，就是我的姐姐了，我已经有一个哥哥了，我不缺哥哥，我缺的是姐姐。"

我说："你缺姐姐我也不能当你姐姐呀，我是个男的，我只能当你哥哥。"

江萍说："狗剩儿哥，你说，为什么男孩子有小鸡鸡，而女孩子却没有呢？"

我跟她解释说："这就是男孩儿和女孩儿的区别。要不，男孩儿跟女孩儿怎么区别呀。"

这时，江萍突然说："狗剩儿哥，那你让我看看你的小鸡鸡呗。

我想知道，男孩儿和女孩儿，为什么要用这个来区别呀？"说着，江萍就过来解我的裤腰带。

我连忙抓紧裤腰，心怦怦直跳，有些慌乱地对她说："江萍你真坏，你为什么要解我的裤子呀！"

江萍还以为我生气了呢，就一把搂抱住我，一边用嘴亲我，一边说："好了好了，狗剩儿哥，你别生气了。我再也不扒你裤子了还不行吗！"

我甩开搂抱着我的江萍，故意背对着她，不理她。江萍就又走过来，在身后抱住我说："狗剩儿哥你这是干啥呀？你真不理我了？"说着说着就好像要哭的样子。我怕她真的哭了我还得哄她，于是就转过身子对她说："以后我们不许这样玩了，这种事是很砢碜的！"

江萍说："这儿又没有旁人，就我们俩，砢碜啥呀？"

我也不知道该怎么跟她解释才好，就说："就我们俩也不行！反正以后也不能解裤子玩。"

江萍看我不生气了，就说："我听你的，狗剩儿哥，不过，我听你的，你得永远跟我好，等长大了你也得跟我好，不许跟别人好，长大了我就是你的媳妇，咱们像那些大人一样过日子，你说行不行，狗剩儿哥？"

我搂着她，摸着她的小脸蛋儿，身子有些颤抖地说："行，长大了你就是我的媳妇。"

江萍一下子高兴起来，她钩着我的脖子不住地用嘴亲我说："狗剩儿哥，长大了咱俩就是一家人了，对吗？"

我说："对。"

这是我人生第一次感觉到女孩儿对自己心灵上的冲击，那种冲击真是太强烈了，强烈到让我不由自主地浑身颤抖，心脏乱跳。

后来我总是想，我的男人的生命真正的萌动，大概就是从那天开始的。

第六章
在黑黑的柴火垛底下

我知道我长大了。虽然那天我和江萍并没有真正做什么，但是在经历了一个小女孩儿对我心灵的撞击之后，我才感觉自己长大的。也正是从那时候开始，男女之事就像魔鬼一样总是紧紧地缠绕着我。那一段时间，我就像得了病似的，一天天总是打不起精神来。大约在十四五岁的时候，我有了第一次遗精，但是，我不敢跟家里人说，我只能隐瞒着，因为我知道，这不是什么好事，一旦传扬出去，不但我要丢人，连我的家人也要跟着丢人。

我不敢再单独跟江萍在一起了，一跟她在一起，我就有一种难以控制地想要跟她亲近、想要摸她亲她的冲动，尤其是她主动跟我亲近的时候，我怕我控制不住自己，而做出丢人现眼的事来。所以，那段时间我不得不躲着她，这使得她非常伤心。有一次，她从学校回来，见我一个人在大门洞子里站着，就跑过来，非常伤心地对我说："狗剩儿哥，这些天你为什么不理我了呢？你不是说，你永远都会跟我好吗？你还说，长大了你要让我当你的媳妇，可是，现在你就对我不好了，狗剩儿哥，你说，你为什么不理我呀？"

我也不知道自己怎么了，不知道为什么一见江萍心就不由自主地乱跳。我一看江萍缠着我起腻，只好笑着对她说："江萍，现在我们都是大孩子了，我们不能再像一小时那样，再那么男女不分了。我对你好，你对我好，只能在心里好，不能让别人看出来，包括你的哥哥江山，也不能让他知道咱俩好，你明白我的意思吗？"

江萍拽着我的手说："我不明白，咱们又没干什么丢人的事，为什么怕别人看出来呀？我就是让所有人都知道，我跟你好，长大了我要给你当媳妇！"

我虎着脸，故意恶狠狠地说："江萍，你要是这样，你就把我坑了，我永远都不会跟你好了！"

江萍见我生气了，就低眉顺眼地说："那我听你的还不行吗，我不会让别人看出来你跟我好的，这还不行吗？"

我一看她这么听话，像个温顺的小猫似的，我就笑了，搂过她狠狠地亲了一口，说："这才是我的好妹妹呢！"

从那以后，江萍果然不在人前跟我亲昵了，但是，没有人的时候，仍然让我搂她，抱她，亲她。那一段时间，江萍缠我缠得非常厉害，而我对她却没有了兴趣，我也不知道这是为什么，就觉得跟她在一起有一种犯罪感，有一种见不得人的感觉。

时间过得很快，转眼就又过了两三个夏天。我觉得我已经长成了一个大孩子了，滚滚红尘中的许多花花事情正在我的面前渐次铺排开来，我觉得我已经懂得了不少人世间上的事情了。在我考中学的那一年，我已经很少跟我们戏园子胡同里的那帮野孩子们结帮搭伙地玩了。那一年的暑假，我上砖厂去干临时工，给砖厂挖土方，一方土三毛钱，我干了大半个暑假，挣了二十多块钱，这是我这一生第一次用自己的劳动挣来的钱。

快开学了，母亲不让我干了，我就在家把没有完成的暑假作业赶紧做完。一天晚上，高大眼珠子突然来找我，说："好长时间我们都没有在一起藏猫猫玩了，今天人挺齐，大伙儿都在外边等你，咱们今天好好玩一玩呀！"

我这次暑假上砖厂干活，就是高大眼珠子帮找的活，我能挣着钱，多亏高大眼珠子了，所以，他来找我玩，我不能拒绝他。我就说："都有谁呀？"高大眼珠子就掰着手指头说，有江山，有周德华、周德理，有梁林禄，还有梁林环、黄福来、黄福志、黄福义、王荧，除此之外，还有我们班同学罗云浮、赵发财、韩再军、张燕（外号"小不点儿"）、钟蕾等。

高大眼珠子一口气说出了十多个以前常跟我们玩的小朋友的人名，但是，在这些孩子们的名字中，却没有江萍的名字。说实话，我真是有点儿害怕跟江萍在一起了，我真害怕她把我跟她的事整漏了，让别人知道，那我可就完了。所以，我一听没有江萍，就很爽快地答应了高大眼珠子，说："那好，咱们走吧。"

天色已经麻麻地黑了，星星在黑蓝色天空上密密麻麻地拥挤着，有一弯很细很细的月牙儿在西边天上歪歪斜斜地挂着，在星星们的拥挤下，好像有点儿摇摇欲坠的样子。没有风，也没有了白天的燥热，空气很新鲜，新鲜的空气中，"燕蝙蝠"煽动着它们那肥大的翅子在院子里忽上忽下地浮游着。家家户户都开门开着窗户，大人们仨一帮俩一伙地在院子里或大门外说着闲话。近在咫尺的戏园子外边的灯光也已经亮了，已经有看客们在门外等着检票了，卖瓜子、花生、冰棍的小贩们已经扯开了他们那嘹亮的喉咙开始了叫卖，声音在清新的空气中飘得很远很远。

胡同里的孩子们已经在大门洞子里聚齐了，他们一见我跟高大眼珠子从我家走出来，就都围了上来，七嘴八舌地说："狗剩子，今天咱们怎么玩啊？是抓特务还是藏猫猫？"

我说："怎么玩都行啊，你们说怎么玩就怎么玩！"

大伙儿七嘴八舌地议论了一气，最后决定藏猫猫玩。用手心手背来决定谁跟谁是一伙，被抓住的一伙输了之后，给赢家每人买一根冰棍。那时的一根冰棍三分钱，尽管大家都很穷，但一根冰棍还是能买得起的。

经过几轮的手心手背，我跟江山、周德华、黄福来、王荧、韩再军、梁林环等为一伙，高大眼珠子领着其他人为一伙，最后我跟高大眼珠子用"石头、剪子、布"来决定哪一伙藏，哪一伙抓。几个来回下来，终于决定，我们这伙藏，他们抓。于是，我就领着我们这伙人来到我们这个院子的后院，我让江山领着王荧、韩再军，黄福来领着梁林环，我领着周德华，分别藏在几个不同的地方。我一再嘱咐他们，千万不能让高大眼珠子他们抓到，谁被抓到了，谁自己花钱给他们买冰棍，反正不能让大伙儿跟着吃瓜落儿。分配完之后，我们就分头行动了。

当时我们的游戏规则有个范围，就是说，藏的这伙不能出了我们这个院和孔家大院。我们只能在这两个院子里藏。此时，天已经黑透了，由于我们以前经常藏的地方很容易就能让他们找到，于是，我这一次决定不再往以前我们经常藏的地方藏了。我让江山、韩再军他们上老孔家大院藏去，我领着周德华没有离开我们家的这个院子，因为我知道，高大眼珠子他们绝对想不到我能在他们眼皮底下藏猫猫。于是，在黑漆漆的夜色的掩护下，我拉着周德华的手从后院绕到了前院，这时我听到，高大眼珠子正在给他手下的那些孩子们分派任务，他们兵分三路，向各个院子找去，我则领着周德华趁他们上别的院子的时候，迅速地钻到了梁林福他们家的柴火垛底下。那时候，我们院子里的那些人家几乎都烧毛柴，所谓毛柴，就是从甸子上打来的蒿草晒干之后捆成捆，用来烧火做饭。由于毛柴怕潮，所以，在垛毛柴时必须把底下垫起来，这样才能保证通风良好，下面的毛柴才不至于腐烂。因此，那时候看一个人家的日子过得好不好，柴火垛的高矮是一个很重要的标志。

我领着周德华钻进柴火垛底下之后，就屏声敛气地不敢动弹了。由于柴火垛底下只有半米多的高度，我们不能坐着，只能躺着。上边是一垛散发着柴草气的柴火，下边是软柔柔的碎草，躺在那里边等着对方来抓，是一动也不能动的。我们不知道躺了多长时间，一直也没有听见外边的动静。这时我就感觉到，周德华把她的小手搭在了我的肚皮上，用很小的声音说："狗剩儿，我有点儿害怕！"我说："你怕啥呀？"她说："我也不知道怕啥。"我说："你别怕，别出声，咱指定不能让他们抓住，让他们抓住咱可就惨了，还得花钱去给他们买冰棍，还得让他们笑话咱们。"周德华听我这么一说，就往我的身边靠了靠，我就势用一只手把她搂了过来，在她的额头上亲了一下。她似乎下意识地躲了一下，但没有反抗。这时候，我忽然又有了那一次跟江萍在一起的感觉，就觉得自己心跳得不行，浑身不由自主地哆嗦起来。我不由自主地抱住了她，把嘴唇贴在了她的嘴唇上。她扭动了一下脸，似乎想躲开我的亲吻，我担心她不高兴，赶忙把贴在她嘴唇上的嘴巴挪开了，可我刚把脸挪开，她竟然主动贴了上来，用手扳住我的脑袋，让我亲她，嘴里还发出了一阵含混不清的呜呜声。我急忙挪开嘴唇小声对她说："别吱声，小心让高大眼珠子他们听见。"听我这么一说，她就不呜呜了，却紧紧地用双手抱住了我，小声说道："狗剩儿哥，我妈跟邵大夫是不是就是这样啊？"我说："我也不知道啊。可能是吧。"我紧紧地搂着她说："这种事是不能让任何人知道的，你千万不能跟任何人说咱俩的事啊。"周德华说："我知道啊。"说着，就把她那细瘦的小身子像一条蛇一样在我的身上缠绕起来，一种说不出来的巨大的快感开始缠绕我。周德华趴在我的身旁，过了好半天，才在我的耳边小声说："狗剩子，和你在一起真好。"我没有吱声，只是轻轻地搂抱着她，像是在做梦似的。

在柴火垛底下，我们感觉不出时间的流动，世界在我们的意识里，仿佛静止了。由于缠绵和亲昵，我甚至都不知道我跟她在柴火垛下面躲了多长时间了，也不知道现在是什么时辰了。反正从我们藏在这下边之后，一直也没有人来抓我们，柴火垛外边一点儿动静也没有，我跟她都已经沉浸在这种额外游戏的巨大的快乐里边了，对于外边的游戏，已经没有了一点儿兴趣。过了一会儿，周德华在我的耳边低声说道："狗剩儿，你知道我妈为什么跟邵大夫好吗？"我摇头说："不知。"周德华说："我妈说，邵大夫那人懂得体贴人，不像我爸似的，什么都不懂。狗剩儿，你知道什么叫体贴人吗？"我又摇头说："不知。"周德华把脸蛋儿贴在我的胸脯上，不知不觉地我们竟然睡着了。

不知睡了多长时间，当我醒过来的时候，我看见，周德华仍躺在我的身边呼呼大睡，于是，我用手轻轻地摸了摸她的脸蛋儿，她一下就醒了。她醒过来的第一句话就是："狗剩儿，现在什么时候啦？"我说："我也不知道啊。"她说："他们没来抓我们吧？"我说："没有。"她说："咱们回家吧，回家晚了我妈又该骂我啦。"我说："小华，今天咱俩这事永远也不许说出去，你能做到吗？"周德华说："能，我知道这事让别人知道是砢碜事，我不会让别人知道的。"我说："包括你哥周德理也不能让他知道。"周德华说："我知道。"

我领着周德华从柴火垛底下爬出来，院子里已经没有了声音，整个胡同子都没有了声音，戏园子好像已经散戏了，夜深得就好像一片看不见边的大海。周德华说："我哥跟高大眼珠子他们都上哪儿去啦？"我说："他们找不着咱们，可能回家了吧？"周德华说："狗剩儿你送我回家吧？"我说："走吧。"于是，我拉着她的手把她送回了家。她叫门的时候，是她哥周德理给她开的门，我在外边听见周德理说："你跟狗剩子你们藏哪儿去啦？"周德华没有吱声，跟周德理进了屋。我回家时，我家也已经把门插上了，我叫了好半天，我妈才骂骂咧咧地来给我开了门。我妈问我死哪儿去了，我没有回答她就脱鞋上了炕。在昏暗的灯光下，我妈恨恨地看着我说："你瞅你那浑身上下的柴火末子，咋整的？"我闷着头说："跟高大眼珠子他们藏猫猫玩了。"我妈拿起笤帚疙瘩狠狠打了我几下："去，自个儿出去扫扫。"我拿着笤帚到外边把身上的草末子扫掉，回屋就钻进了被窝。那一夜我睡得很死很沉，睁开眼睛时，外边的太阳已经很高了。

早晨上学的时候，我碰见了高大眼珠子，他非常生气地问我："你们昨天晚上藏到哪儿去了？"

我得意地说："就藏在你们的眼皮底下呀。"

高大眼珠子说："那你们怎么不出来呢？"

我说："出来不被你们抓住了吗？"

这时，周德华与她的哥哥周德理过来了，我发现，周德华一看见我，脸就红了，她用一种饱含着许多内容的眼光看着我。在她那眼光的注视下，我忽然觉得我真的长大了，有一种从来没有体验过的幸福感像柔柔的春水一样在浸漫着我。在这种柔情之中，我仿佛体会到了一个男人被一个女人爱着是种什么滋味。

第七章
无意中的出卖

时间就好像一阵阵从树梢上掠过的风一样，不知不觉就从我们的身边刮过去了。1964年那个闷热的夏天，我考入了中学。也不知为什么，我觉得自己仿佛在一夜之间，就长成大孩子了。长成大孩子很重要的一个标志，是我学会了一个词，这个词就是"阶级斗争"。

我记得我上中学的第一天，我们的班主任老师就给我们讲了社会主义是一个漫长的历史过程，在这个漫长的历史过程中，始终存在着阶级、阶级矛盾和阶级斗争。我们的班主任老师是一个女的，好像是一个新毕业的大学生，她长得并不怎么漂亮，脸上有雀斑，梳着短发，当时叫五号头，由于当年有一个很有影响的电影叫《女篮五号》，电影里的女运动员们都剪这种头，因此，这种发型在当年是一种很流行的发式。女老师对我们非常好，不像小学那时候，老师说批评我们一顿就批评我们一顿，这个女老师不，她对待我们就像对待大人一样，无论什么事，她都跟我们商量着来。这也是我在感觉上觉得自己长大了的一个很重要的原因。我们的女班主任姓白，叫白枚，是教政治的。那时，我们觉得她懂得的知识太多了，讲起课来滔滔不绝。后来我们才知道，白枚是他们那拨大学生里唯一的中共预备党员，是我们学校重点培养的后备干部。

那时，她还没有结婚。

就在我考入中学的那一年，我们戏园子胡同发生了很多大事，当然，这些大事都是后来我一点儿一点儿悟出来的。当时，并没有感觉这些事算什么大事。因此，当我长大成人之后，我才经常深刻地对一些朋友说，生命和历史都是渐变的，而不是突变的；所以，在生命行走的过程中，我们才感觉不出来时间之风吹过之后的巨大的裂变的痕迹。当时的那些大事都是什么呢？

首先的一个事就是高大眼珠子、周德理等一些孩子都没有考上中学，他们没有考上中学，实际上就等于与我们考上中学的这些孩子拉开了距离。他们无书可读，就成了社会青年。江山考上了，但是，他考上的是四中，而我们考上的则是一中。由于不在一个学校，再加之中学的学习课程要比小学的课程复杂得多，因此，就不能像小时候那样天天在一起玩了。高大眼珠子没考上中学，成了社会游民，很快，他就学会了抽烟，并且在社会上找到了干临时工的工作。他有了收入，有了钱，很快就比我们更像一个大人了。偶尔在上学的路上碰见他去上班，骑着他爸爸的那个破飞鸽车子，车子后边夹着个饭盒，样子显得很是牛气。

由于高大眼珠子没有考上中学，他家对孩子的上学也就失去了信心，高大眼珠子的妹妹高丫，在这年的暑假过后也辍学了，也跟高大眼珠子去干临时工去了。我知道高丫的学习成绩一直不好，但是，那年她刚刚十三四岁，那么小就上社会上去闯荡，我们胡同里的大人都说，高丫非学坏不可。到底怎么学坏，我那时候根本就不懂，就觉得高丫那小小的年纪，不上学念书实在是太可惜了。

就在我考上中学的这年冬天，江山的父亲回来了。这回他从什么地方回来的我不知道，我也没好意思去问江山，因为江山对他父亲的事一直讳莫如深。他父亲回来之后，我曾去看望过几次，他父亲比以前显得更苍老了，也更瘦弱了。但是，他对我依然还是那么好，还那么热情。而且，他几乎像是对待大人那样对待我，跟我聊天，跟我讲一些唐诗宋词。他的记忆力非常好，许多唐诗宋词他几乎张口就来，背得呱呱的。

但是这时我已经知道"右派"意味着什么了，白枚老师不止一次给我们讲过反右派斗争，讲过右派反党反社会主义。所以，我在与江山他父亲的交往中，始终保持着一种下意识的警惕性。但在我的内心深处，总觉得他不像"右派"，不像坏人，就他那瘦弱枯干的样子，想颠覆我们的社会主义那不是胡扯吗？所以，我更相信江山跟我的解释，他父亲是被人给陷害了，这也是我能跟他们一直保持往来的主要理由之一。

这时候的江萍，已经上小学五年级了，她长得更加漂亮了，她也梳着那种流行的五号头，脸比小时候显得更白了，眼睛也更大了，细细的长脖颈托着一张瓜子脸，煞是招人怜爱。她已经不像小时候那样不分场合地跟我起腻了，一见我面，脸就红，我跟她父亲和她哥哥聊天时，她总是在一边静静地听，或是在一边写作业。她从不与我单独在一起，每当我跟她单独在一起时，她总是找借口躲开。我有时就暗暗地感叹，我们毕竟都长大了，都知道羞耻了，一想起小时候的那些事情，就觉得害臊得不行。

我上中学的那年冬天，"四清"运动在学校和我们居住的这条街道上展开了。但是，这运动和我们小孩子并没有什么直接关系，就觉得阶级斗争很紧张。街道的负责人把我们这些半大小子组织起来，每天晚上，我们沿着戏园子胡同巡逻一圈，碰见可疑的人就盘查一番，我们觉得，这比小时候玩"藏猫猫""抓特务"要有意思多了。而且，这也意味着我们已经参加革命了。

街道在组织巡逻队时，江山也报名参加了，但是那时在街道委主任王奶奶的眼睛里，他已经是"黑五类"子女了，就没有吸收他，这使得他非常伤心。有一天晚上，我们巡逻时，在戏园子对面，也就是实验小学临街的那一趟教室外边的榆树毛子里发现了一起异常的情况，树毛子里好像有什么东西。于是，我们就把树毛子给包围起来了，我指挥我们那个胡同与我一起考上中学的韩再军、钟蔷、张燕、赵发财等人慢慢地靠近了出事地点，然后一声大喝："谁！干什么的？"

过了好一会儿，从树毛子里出来一男一女两个人，那男的我们不认识，女的是高丫，两个人手里都拿着一张破报纸。高丫一见我，就有些不高兴地说："狗剩子，你舞马长枪的这是想干啥呀？"

我指着那个男的问道："他是谁？"

高丫说："他是我表哥呀，咋的？"

"你表哥？"我有些不相信地瞅着那个个子不太高、长了一脸青春痘的半大小伙子，说，"我咋不知道你还有这么个表哥呢？"

高丫有些不屑，说："你不知道的事多了，啥事都得让你知道知道啊？"

我有些不高兴地说："你跟你表哥上这树毛子里来干啥呀？"

高丫说："你管干啥呢，撒尿和泥，放屁崩坑，没事扯淡，说话聊天，你管得着吗！"

我知道我管不着，我也不想再管这套臭事。于是，我对高丫说："你该干啥干啥去吧，别让坏人给你拐走了就行！"

高丫撇了一下嘴，没吱声，领着那个半大小子就回家了。

放寒假的第二天，委主任王奶奶突然把我给找去了。虽然我们住在一个院子里，但我从来没有上她家去过，她女儿王荧跟我是同学，但是我们很少说话。我第一次走进王奶奶家有一种晋见或者朝拜的感觉。她的家里很宽绰，屋子很大，而且是木头地板，南北两铺大炕，炕上铺的不是炕席，而是用纸糊了又用清漆油了的那一种，这在当时是很时髦的。过了很多年之后，我家才这样用纸糊炕。

我一进屋，王奶奶就冲我笑了。我不知道王奶奶为什么要冲我笑，我也就假装朝她笑了一下。王奶奶说："狗剩子，你吃饭啦？"

王荧就在一边埋怨她妈说："人家有大号，你老叫人家小名干啥呀！什么狗剩子、狗剩子啊！"

王奶奶就又笑了，王奶奶边笑边说："叫惯了，叫大号就好像不得劲，不是叫你似的。"

我就说："王奶奶你愿叫啥叫啥吧，我不介意的。"

王奶奶就又笑，说："狗剩子真是长大了，长出息了，不像头些年那么淘了。"

我有些小心翼翼地说："王奶奶，你找我有啥事吧？"

王奶奶说："也没啥大事，就想跟你了解点儿情况。"

"什么情况？"我瞅着王奶奶问。

"你最近经不经常上老江家去玩了？"

我说："不经常去。"

"你跟老江家大小子不是挺好吗？咋不经常去了？"王奶奶那口气好像对我的这句话有些不太相信。

我就解释说："我跟江山已经不在一个学校了，他学习忙，我学习也忙，不像小时候，在一个学校，学习也不忙，能经常在一起。"

王奶奶沉吟了一会儿，又缓缓地问道："江源以前都跟你说过什么没有？"

"江源？江源是谁呀？"我有些发蒙地问。

王奶奶说："江源就是老江家他们家老爷们儿的名字呗，就是江山他爸。他都跟你说过啥？"

我这才知道江山他爸爸的大号原来叫江源。我看着王奶奶，吭吭哧哧想了半天，也没有想明白王奶奶问我这些话是什么意思，于是我说："他也没跟我说过啥呀。"

"他又不是哑巴，咋能没说过啥呢？"王奶奶用眼睛逼视着我，用一种引诱的口气说，"他总要跟你说点儿什么吧？"

我想了想，说："他以前跟我说过，说'书中自有黄金屋，书中自有颜如玉'，他还给我解释说，颜如玉就是漂亮的女人。"

王奶奶不动声色地点点头，说："还说过啥？"

我挠着脑袋绞尽脑汁也想不起来他还跟我说过什么，于是我说："他真没跟我说过什么，说的净是一些家长里短的闲话。"

王奶奶严肃地说："江源是大'右派'，以后他再跟你说什么，你要及时跟我反映，别上了他的当，中了他的毒。"

我说："王奶奶，我感觉江山他爸不像是'右派'，是有人故意陷害他。"

王奶奶立刻就把眼睛瞪圆了："谁说的？"

我当然不能说这是江山对我说的，我不能出卖朋友，于是我就解释说："没人对我说，这只是我的一种感觉。"

王奶奶严肃地说："你这感觉是错误的，江源不仅是'右派'，而且还是个大'右派'，直到现在他还贼心不死，坚称是被人陷害想翻案，他是我们街道重点注意的阶级敌人。"

听王奶奶这么一说，吓得我心里怦怦直跳。我怎么也想不明白，江源那样一个手无缚鸡之力的瘦弱枯干之人，怎么可能是"右派"、是阶级敌人呢？但是我不能把我的这种想法跟王奶奶说出来，我只是点了点头。

过了大约有半个月的样子，一天下午，在我家的大门外，我忽然跟江山他父亲走了一个对头碰。江山他父亲一见我，就站住了。江山他父亲说："狗剩子，你咋不上我家来玩了呢？"

我的脸肯定是红了一下，我有些嗫嚅地说："我，我这些日子帮我妈干临时工呢，没有时间。"

江山他父亲跟我笑了一下，说："晚上你没事，过来一趟。"

我点点头说："行。"

但是，没有等到晚上，江山就找到我，很生气地对我说："狗剩儿，咱们还是朋友不？"

我说："是呀。"

江山红头涨脸地说："既然是朋友，你为什么出卖我爸爸？"

我不服地说："我咋出卖你爸爸啦？"

"你是不是当老王太太说，我爸跟你说过，什么'书中自有黄金屋，书中自有颜如玉'的话？"

我辩解说："这算什么呀，这怎么是出卖呢？"

江山气哼哼地说："街道已经把我爸给找去了，说我爸向你放毒，用资产阶级的毒素来腐蚀你，他们还让我爸写检讨呢！"

这是我无论如何也没有想到的，我怎么在不经意间就把我的好朋友的父亲给出卖了呢？在江山的眼睛里，我成了什么人啦？我想跟江山解释，但是，江山不容我解释，狠狠地瞪了我一眼，扭身就走了。

晚上，我上江山家去了。我一进门，江山就带搭不理地说："你上我们家来干什么来啦？你也不怕我们家有毒把你给毒着、给腐蚀了？"

江山的话音还没有落，他父亲就狠狠地冲着他说道："江山，你这是咋说话呢？"

江山不吱声了。

我瞅着江山他父亲说："大叔，我真的不是故意的。"

江山他父亲摆摆手说："狗剩子，你不要说了，这跟你没关系，你一个小孩子，你知道什么！没关系的，大叔不会怪你的。等你长大了，你就会知道，大叔跟你说的话，都有用项呀。我只希望，你跟江山、江萍，永远都是好朋友，不要因为我，而影响了你们的友谊。"

我瞅着江山他父亲，似懂非懂地说："我跟江山、江萍永远都是好朋友，大叔你放心吧，我跟江山我们是拉过钩的。"

江山他父亲笑了，他用手摸着我的头顶说："狗剩子错不了，这孩子长大指定能有出息。"

从我进屋，一直到我出来，江萍始终没有跟我说一句话，我知道，她一定是生我的气了，因为我出卖了她的父亲，虽然那是一次不经意的出卖，但是，这无意中的出卖使我对于江山、江萍以及他们的父亲，终生都有一种负罪感。

第八章
意外的转机

　　我跟江山兄妹的芥蒂越来越深，以至于有一段时间，他们兄妹走道见了我都懒得跟我说话。我知道我对不起他们，可能是那无意间的出卖深深地伤害了他们兄妹的自尊，他们兄妹已经不屑于跟我做朋友了。我一次次找机会想跟他们兄妹重归于好，修复我们的友谊，可是，这种机会迟迟不来。由于我们不在一个学校，见面的机会真是越来越少。

　　又一个冬天很快来临了，这个难挨的漫长的冬天在一场纷纷扬扬的小雪落下来之后，很现实地就来到了我们的面前。那年头，冬天对于我们来说，就是一场灾难。我们家穷，没钱买煤，烧不起炉子，几乎要在大半个冬天过去之后，大人们才从嘴里肚里省出一点儿钱来去买煤过冬。而我们小孩子，就只能在放学之后去捡煤核。

　　我记得那天有风，灰蒙蒙的天空上有一种要下雪的态势。放学后，我上戏园子外边的煤灰渣子堆上去捡煤核。当时，跟我在一起捡煤核的还有我们院子的梁林环。梁林环是梁林福的妹妹，她那年也没有考上中学，在家里闲逛。那年，她好像能有十八九了，已经是一个大姑娘了。我跟她在一起捡煤核，她能帮我不少忙。那时，捡煤核要用筛子筛，把那些烧过了劲的煤渣子扔掉，捡那些还没有烧透的煤块，我们就管那种没有烧透的煤块叫煤核。干这种活，男孩子一般来说没有耐心烦儿，干干就觉得没意思了。梁林环一看我没耐心烦儿了，就过来帮我捡，那时我管她叫环姐，我一管她叫环姐，她就可来劲了，比给她自己干活还上心。

天快黑了的时候，我忽然发现，从我家胡同那边慌慌张张地跑过来一个小女孩儿，开始我并没有看清那小女孩儿是谁，当她跑到煤灰渣子堆下边时我才看清，原来是江萍。江萍喘着粗气，站在高高的煤灰渣子堆的下边，冲我大声喊道："狗剩儿哥，狗剩儿哥，你来一趟，你快下来！"

江萍已经好长时间不管我叫狗剩儿哥了，我知道由于我那一次无意的出卖，我在她的心目中已经不占什么位置了。现在她呼哧带喘地跑来找我，肯定是有什么事情。于是，我急忙从煤灰堆上跑下来，在灰蒙蒙的天光中，我注意到有一种惊恐在江萍的眼睛里往外漫溢。我急忙问她："江萍，你怎么啦？"

江萍一把拽住我的手说："狗剩儿哥，你快上我家看看去吧！"

我说："咋的了？"

江萍喘着粗气说："黄老师……我们班主任黄老师把我家门、把我家门从里面给插上了！"

我有些奇怪："黄老师为啥要插你家门呢？"

江萍拽着我，说："快走吧，你再不走我妈可就要出事了！"

江萍这一番没头没脑的话越说我越糊涂，江萍也不给我解释了，拽住我的手就朝她家跑去。此时，天已经完全黑了下来，戏园子门前那盏昏黄的电灯说亮就亮了，天空飘起了丝丝的小雪，像小米粒子似的，落在人们的脸上，凉丝丝的有些发痒。江萍拽着我，几乎是疯狂地往她家跑去。我们很快就跑到了她家的门外，我注意到，她家屋里没有点灯，黑乎乎的玻璃上挂着一层白霜。江萍拉着我走进外屋，所谓外屋，就是厨房。那时，她家跟高大眼珠子家住对面屋，她家是北屋，高大眼珠子家住的是南屋，两家共用一个厨房，我们管那个厨房就叫作外屋。

大眼珠子家里也没有人，屋里边也是漆黑一片。这时我就听见江萍家的屋子里有拉拉扯扯撕撕巴巴的声音，我使劲一拽门，屋门果然在里边插上了。我就使劲用手敲门，把那扇破门敲打得咣咣山响，我一边使劲敲门一边大声喊道："开门，开门！"

我这么连喊带敲地一咋呼，屋里边竟然没有动静了。过了好一会儿，屋里边的灯亮了，又过了一会儿，门开了。我拽开门，进屋一看，只见江萍的母亲头发蓬乱，衣衫不整，半截裤腰带在下身耷拉着。她苍白的脸上充满了愤怒。黄老师——我念小学时曾一度当过我的班主任的体育老师，在一旁有些不大自然地站着。我一进屋，黄老师就狠狠地瞪了我一眼，但是，他没有说什么。那时的我，已经不怕他了，我已经上中学了，已经不是他的学生了，他再也管不着我了。我看了一眼江萍的母亲，又看了一眼黄老师，我问江萍："怎么回事啊？"

江萍瞅着她的母亲，没有吱声。她母亲又整了整凌乱的衣衫，把系错了的扣子重新系好，过了好一会儿，她才对我说："谢谢你狗剩子，没什么，什么事也没有。"

我有些生气，就对江萍说："江萍，没什么事你找我做什么呀？"

江萍的脸上充满了委屈，但是，她也没有解释什么，就像一个小受气包似的低着头，不知所措地站在一边。

这时，黄老师点燃一支烟，抽了起来。抽了几口，对江萍她母亲说："江萍的情况我跟你介绍完了，以后我还会跟你联系的。"

说完，黄老师就叼着烟卷走了。

黄老师一走，江萍她母亲的眼泪如同泉水般流了出来，是那种啜泣地哭，虽然没有声音，但很是伤心，那种伤心的哀痛至今仍然在我的眼前浮动，我觉得一个真正受了伤害的女人的这种漠然的痛哭是最能让人产生怜悯之情的。我看了一眼江萍，又看了一眼她的母亲，小声问道："阿姨，咋回事啊？黄瓜种他把你咋的了？他是不是欺负你了？"

"黄瓜种"是黄老师的外号，我们背后都这么叫他。

江萍她母亲抹了一把眼泪，叹口气说："没啥事，谢谢你狗剩子，阿姨谢谢你啦。"

说实话，这些年来，我虽然跟江萍他们家来往得比较密切，但是，我对她的母亲了解得并不多，甚至都没有见过几回面。我这是第一次这么近距离这么仔细地端详她，她长得真是好看，江萍的脸就像是从她的脸上扒下来的似的。虽然那年她已经三十大多快接近四十岁了，跟我的母亲岁数差不多，但是，她显得比我母亲年轻许多。她在医院当医生，是一个知识女性，那种素质，那种气质，在我们戏园子胡同的这些女人中是绝无仅有的。

我又问江萍："你哥呢？"

江萍摇头，说："还没放学呢。"

我又看了一眼江萍的母亲，说："阿姨，江萍，没事我就回去了。"

江萍她母亲点点头，对我说："狗剩子，今天这事，你不要跟任何人说，阿姨求你了。"

我有些不解，但也没有细问，就点点头说："我知道了，阿姨，我不会跟别人说的。"

说完，我就走了。

外边的天已经黑透了，小雪花在黑漆漆的夜空中如同飞飞扬扬的玉色蝴蝶般飘飘洒洒地点缀着这个冬天的夜晚。我从江萍家走出来，就觉得心里边有些堵得慌，我也不知这种感觉是怎么来的。黄老师为什么要把江萍家的门从里边插上呢？为什么我叫了那么半天的门他们才把门给我开开呢？为什么江萍她母亲衣衫不整、头发凌乱、脸色异常又痛哭流涕呢？为什么她又一再嘱咐我不让我把这件事情跟别人说呢？

黄老师现在是江萍的班主任，听他那口气，好像是上江萍家来家访的。可是，家访为什么要把人家的门给插上呢？我怎么也想不明白。

我从江萍家的院子里走出来，还得上戏园子煤灰堆上去取我那些捡煤核的大筐、口袋什么的。大老远，我就借着戏园子门前那昏黄的门灯看见了煤灰堆上有一个人，我知道那是梁林环，她还在等我，等我跟她一起回家。有一丝感动在我这弱小的心灵上蠕动，我快跑了几步，冲上煤灰堆，只见梁林环已经筛出一大堆煤核了。她把筛好的煤核堆放在那里，见我来了，就有些埋怨地说："江丫找你啥事呀？咋去这么半天呢？"

江丫是江萍的小名，我们胡同的人都管江萍叫江丫。

我说："也没啥事。"

梁林环就笑了，梁林环说："没啥事她那么急着找你干啥呀？指定有事。"

我有些不高兴。我阴着脸子说："我说没事就没事，你打听那么多干啥呀？你怎么那么喜欢打听别人家的事呢！"

梁林环见我这么呲嗒她，她也不高兴了，就鼻子不是鼻子脸不是脸地说："狗剩子你急啥呀？啥玩意儿我喜欢打听别人家的事了？我打听谁家的事了？怎么一跟你说话你就这熊样呢？"

我一看梁林环急了，我就不说啥了。管咋的我得叫她一声环姐，而且她还帮我捡了这么一大堆煤核。于是，我就不吱声了。

梁林环见我不说话，她也不说话了。过了好一会儿，她才指着那堆煤核说："狗剩子，今儿我就捡了这么多，咱俩一家一半行吧？"

我说："你要大半，我要小半。"说着，我就把那一大堆煤核分成两半，给她分了多半堆，我要少半堆。但是，在往口袋里装的时候，我忽然发现，梁林环把少的那半堆煤核装进她的口袋里去了。我有些不解，我说："环姐，你这是干啥呀？这煤核都是你捡的，你干吗把多的都给我呀？"

梁林环这时缓和了口气，真的像一个大姐姐那样对我说："狗剩子，你明天还得上学，你没时间捡，环姐有的是时间，你明天上学，环姐捡的比这还得多，你多捡点儿，省得回家你妈骂你。"

我有些感动地说："谢谢你，环姐。"

梁林环笑了，说："狗剩子，以后跟环姐说话客气点儿，不许动不动就呲呲嗒嗒的，听见没有？"

我看梁林环笑了，我也笑了。我故意用不耐烦的口气说："听见了。"

我跟梁林环从戏园子外面的大煤灰堆上往家走的时候，戏园子门前已经有了看戏的人群，我记得那天晚上演的是时装评戏《野火春风斗古城》。看戏的人不是太多，那时候，戏园子已经不像前几年那么红火了，也不知道什么原因，看戏的人一天比一天少。

走到我家大门口的时候，我忽然看见江山从他家的院子里匆匆走出来，他大老远就冲我喊道："是狗剩子吧？"

我站住了，我对梁林环说："环姐，你先回去吧，我跟江山说两句话。"梁林环听我这么一说，就用一种异样的眼光瞅了我一下，然后轻轻地撇了一下嘴，就走进大门洞子里去了。

江山走到我跟前，定定地瞅着我说："狗剩子，谢谢你。"

我说："江山，你放学多半天了？"

江山说："刚放学不一会儿。江萍刚才已经跟我说了。"

我说："到底是咋回事呀？"

江山严肃地说："你别问了，黄瓜种那家伙不是个好东西。"

我说："他当然不是好东西啦，他给我当班主任时，就老欺侮我，老逼我交学费，贼王八犊子！"

江山说："今儿个这事等以后我再跟你细说。谢谢你啦狗剩儿，我以前误会你啦，你别生我气，咱们哥们儿重归于好，还像原先那样，行吗？"

我点头说："行。"

江山说："那好，咱再重新拉钩！"说着，江山把手指头伸向了我，我也伸出我的手指头，我们的手指头在经过了几年的风风雨雨和误会之后，又重新紧紧地钩在了一起。

后来我才知道，那一次，黄老师——也就是被我们称为黄瓜种的那个小学体育老师，竟然想强奸江萍她母亲，由于我的冲撞，才使得他未能得逞。但是，这一次的突发事件使我找回了几乎失去的友谊。

第九章
黄瓜种使的坏

寒假很快就来了。在寒假就要来临之前的一个很冷很冷的上午，江山他父亲被公安局抓走了。他父亲被抓走的时候，我们都不在家，我们都上学了。中午放学的时候，我一进屋，我母亲就对我说，老江家那老爷们儿又让公安局给抓走了。当时我吓了一跳，我说："妈，你说什么？"我母亲就又重复了一遍。那一瞬间，我突然觉得我的脑子里一片空白，我在那一刹那忽然想到，江山的父亲被抓，一定与我的出卖有关，我太对不起他们了。于是，我瞅了我母亲一眼，急忙推开门，就上江山家去了。

江山家没有什么变化，江山不在家，只有她母亲跟江萍在家。江萍好像也是刚刚放学，对家里的事情好像还不太知道。我一进江家，并没有直接问江萍她父亲的事，我对江萍说："江萍，你哥呢？"

江萍瞅了她母亲一眼，说："我哥中午不回来，他带饭了。"

其实，我是知道江山中午不回来的，因为四中离家比较远，回家吃饭再上学就会不赶趟。但是，我不好直接问他们的父亲的事情，只好没话找话。过了好半天，江萍她母亲叹口气对我说道："狗剩子，你大叔的事你知道啦？"

我点了一头，说："知道了。阿姨，这是为啥呀？"

江萍她母亲吁了一口长气，说："也不为啥，像他这种身份的人，有人想整他，抓他还用什么理由吗？狗剩子，以后，江山，还有江萍，就多靠你了。"

那时候，我没有办法问江山他父亲的被抓是不是跟我的那一次出卖有关，但是，在我那弱小的心灵里，就觉得他们父亲的这次被抓肯定与我的出卖有关，我觉得非常对不起他们。但我不知道该怎么跟他们忏悔才好，我也不知道我能帮他们做什么。我在他家呆呆地站了能有十几分钟，这时，江萍她母亲已经把饭给江萍做好了。江萍她母亲说："狗剩子，你也在这儿吃吧？"

我摇摇头说："我不吃，阿姨，我回去啦。"

我从江萍家走出来，外头那天阴得好像要塌下来似的。灰涂涂的空中蒙着一层雾状的潮湿的气体，把整个世界笼罩得就好像到了末日似的。我用脚踢着一块小石子，心里边堵得不行。我回了家，母亲已经把午饭给我放在桌子上了，母亲说："你又上老江家去啦？"

我说："嗯。"

"江山他妈都跟你说啥啦？"母亲问。

我闷着头边吃饭边心不在焉地说："也没说啥。"

母亲就说："老江家那老爷们儿看着挺老实的，咋还犯那种错误呢？看来，书念多了也没什么好处。"

我白了母亲一眼，我说："你知道啥呀，他不是犯错误，是有人整他。"

母亲说："那咋不整别人呢？为啥单整他呢？还不是他有让人整的地方？自古以来，有文化的人老也得不到好下场。"

我不跟母亲说了，我知道跟她说不明白。我闷头吃饭，刚把饭吃完，江萍就来找我了。我母亲说："小萍，你是来找狗剩儿的吧？"

江萍没有吱声，江萍瞅着我，说："狗剩儿哥，你能上我家来一趟吗？"

我说："啥事啊？"

江萍说："我想跟你说点儿事。"

我说："走吧。"

我母亲在我们身后大声说："狗剩子，别忘了下午上学。"

我没有理会母亲的吆喝，领着江萍就上她家了。在路上，我问江萍："你找我啥事啊？"

江萍低着头，没有吱声，好像有满腹心事的样子。我就又问了一句，江萍仍然没有吱声，只抬起头瞅了我一眼，我看见，她的眼睛里，含了一泡眼泪。

江萍她母亲已经上班了，家里凌乱不堪。我跟江萍进屋后，我又问了一句："江萍，你找我到底有啥事啊？"

江萍就呜呜地哭了。江萍边哭边说："狗剩儿哥，你知道我爸为什么被抓进去的吗？"

我说："不知道啊，你妈不是说，没什么原因吗？"

江萍说："我爸是让黄瓜种给坏了。"

我吓了一跳："黄瓜种咋能坏你爸爸呢？"

江萍说："黄瓜种一直打我妈的主意，那天，他上我家来家访，一进屋就对我说：'江萍，你出去一会儿，我跟你妈说点儿事。'当时我还以为他是向我妈反映我在学校学习上的问题呢，所以我就出去了。我在外边站了一会儿，就听见屋里边我妈大声喊道：'黄老师，你想干啥呀？黄老师你再不走开我可就喊人啦！'我听我妈这么一喊，就急忙趴窗户往屋里看，由于窗户上有霜，我也看不太清楚呀，于是，我就进了外屋。我扒门一看，黄瓜种已经把我妈抱着按在了炕上，一边亲我妈一边解我妈的裤腰带，我就使劲拽门，可是，门让黄瓜种在里边插上了，我怎么敲门他也不给我开开。没办法了，我只好去找你，多亏你来得及时，要不，我妈就让他给强奸了。"

说到这儿，江萍的脸红了，虽然脸上仍然还挂着泪珠，但是已经不哭了，一种难以抑制的愤怒在她的泪花间闪动。在她叙述的过程中，我一直静静地听，后来，我见她说得有点儿累了，就说："江萍，你慢点儿说，别着急。"

江萍吁了口气，接着说道："后来我不是找你去了吗，多亏你把黄瓜种给冲走了。再后来我爸就回来了，我就偷偷地把这事跟我爸说了，我爸当时并没有表现什么，但是，第二天，我爸去找了黄瓜种。我爸是拿着一把菜刀去的，我爸对黄瓜种说，他要是再敢打我妈的主意，就像剁小鸡那样把他给剁了！黄瓜种当时吓坏了，跟我爸说，他那只是一时冲动。其实，当年他跟我妈在一个学校念书时，就打过我妈的主意。刚才我妈跟我说，我爸的被抓，一定跟那天的事情有关。"

我有些如释重负地吁了一口气，不管怎么说，江萍她父亲的被抓与我的出卖没有关系了。我盯着江萍说："江萍，你跟我说这些是什么意思？"

江萍说："这事我就想让你知道，你不要告诉江山，我妈说，怕江山再干出别的傻事来。我妈说，我爸爸已经被他害了，不能再把我哥哥也搭进去。狗剩儿哥，这事你千万不要对我哥说，等有机会，你一定要帮我报这个仇，中不？"

我点头说："你放心吧，江萍，我一定会帮你报这个仇的！"

江萍伸出一个手指头，说："狗剩儿哥，为了你这句话，你得跟我拉钩。"

我也伸出手指头，拉住江萍的那根细细的指头，定定地瞅着她说："江萍，你相信我，我一定会为你报仇的！"

那一刻，突然有一种神圣感涌上了我的心头。

学校很快就放寒假了。

这是一个漫长而多雪的冬天，这一年冬天的天空始终是灰蒙蒙的。麻雀在房檐下边整天叽叽喳喳地乱叫，大概是找不着食饿的吧？一到冬天，我们戏园子胡同的孩子们又都开始野了。高大眼珠子、梁林福他们那些干临时工的半大小子也都没事可干，开始在家里猫冬了。在那一个漫长的冬天里，我除了把那点儿寒假作业写完，捡捡煤核，几乎没什么事可干。整天游游逛逛地东家进西家出，跟我们胡同的那些孩子们瞎扯。那个年代，我们院子里的那些老娘儿们也都喜欢串门子，她们坐在一起搓麻绳，或者纳鞋底做鞋。女孩子们则整天围坐在炕上玩嘎拉哈（一种用猪或羊腿的关节做的玩具，据说是满族人留下的游戏），我们这些半大小子也聚在一起胡侃乱煽扯大澜。

一天下午，外边下着很大的雪，我、高大眼珠子跟梁林福在他家下棋摞玩。所谓的棋摞其实就是象棋，但我们不会下象棋，就把象棋一摞一摞地摞起来，几个人像抓扑克似的，玩家每人抓几个棋子，按着大小，谁赢的棋子多，谁就算赢。那天梁林福他娘，还有他妹妹、他弟弟，都出去串门子了，就他自己在家，所以，他把我们找来跟他玩。那天，我的手气特好，净抓大子儿（将、帅、象都算大子儿），总是赢，后来，梁林福输得就不想玩了。我们躺在他家的炕上，听梁林福和高大眼珠子吹牛，因为他们俩都已经上班了，是社会上的人了，他们不但能挣钱了，而且也见多识广有吹牛的资本了。我一个中学生，没有什么值得炫耀的，只能听他们俩对吹。

我们躺在炕上，说了一气儿闲话，梁林福突然对我们说："哎，狗剩子，高大眼珠子，你们俩跟女人干过那事吗？"

梁林福的这一句话一下子把我说得心里边怦怦直跳，就好像做了什么见不得人的事被他给发现了似的。当时，我那脸一定很红很红，要不，梁林福不能笑话我。梁林福说："高大眼珠子你看，狗剩子那小脸儿红的，就跟猴屁股似的，看样他真是没经过什么事。"说完，梁林福又问高大眼珠子："高大眼珠子，你干过没有？"

高大眼珠子晃了晃脑袋说："没有。我光听人说过。"

梁林福说："听谁说过？"

高大眼珠子说："夏天那时候，我不是在油田工地上伺候瓦匠吗？有一天早晨上班，我去早了，就在工棚子外边站着抽烟，这时就听工棚子里边那帮老娘儿们说碙碜话，讲跟她们家老爷们儿做那事的细节。哎，福哥，做那事到底啥滋味啊？"

梁林福得意扬扬地眨着眼睛说："这你都不知道，那你们活得还有啥意思了？那滋味比当神仙还美。"

当时，我闭着眼睛，躺在炕上听他们俩对吹，其实，那时候我已经觉得，干这种事虽然很美妙，但那就像一种罪恶似的，是不可以与人说的，像他们这样躺在炕上胡说男女之间的那种私事，对那种妙不可言的事情真是一种莫大的亵渎。

梁林福跟高大眼珠子还在胡吹，听着他们的说话，我忽然觉得一阵阵恶心，有一种想吐的感觉折腾得我再也不想在他家待了。我坐起来，狠狠地瞪了一眼高大眼珠子，就下地走了。此时，他正在聚精会神听梁林福跟他传授"秘诀"呢。

第十章
在臭气熏天的空气中堕落

　　风雪和严寒把我们关在了屋子里。那是一个漫长的冬天，我们整天无所事事，除了在屋子里与梁林福、高大眼珠子他们吹牛扯淡，再就是上外边打雪仗、堆雪人。那时候，我们感觉生命特别漫长，似乎拥有挥霍不完的时间和精力。我们还不能知道生命是如此的短促，时间是如此的珍贵，那时候，我恨不得立时就能长大成人，像大人那样上社会去争取一块属于自己的空间。在寒风和大雪席卷那个冬天的每一个日子里，我在家里待得实在腻歪了，只好去找梁林福他们，跟他们一起奢侈地挥霍着直到日后才觉得宝贵的时间。

　　在我这生满了斑斑锈蚀的灰色记忆里，那一天不但有很大的风，而且还有很大的雪，早晨起来的时候，我家的外屋门都让雪给堵死了。我母亲费了好大的劲才把外屋门开开。吃完早饭，外边的雪仍然没有停歇，我上外边把院子里的雪扫了扫，但是，刚把雪堆起来，地面上就又铺满了一层。我在扫雪的时候，梁林福也在扫，他跟我说："狗剩子，你今天干啥？"

　　我说："不干啥。"

梁林福说："一会儿过来玩啊？"

我有些犹豫，说："一会儿看看吧。"

梁林福就有些不高兴，说："看什么呀？你以为我求你呢？我是看得起你我才找你玩，你他妈还跟我拿把！"

我赶忙赔笑说："福哥你说啥呢？我怎么敢跟你拿把呢？我是说，一会儿看看我妈让不让我去捡煤核，我妈要是让我去捡煤核，那我就不能跟你一起玩了。"

梁林福吐了口吐沫，说："你妈就能扯犊子，这么大的雪，上哪儿捡煤核去呀？"说完，梁林福跺了跺脚，回屋去了。

我之所以没有一下子答应跟梁林福玩，是因为我母亲不让我跟他玩，那时候我母亲总是对我说："你跟在梁林福的屁股后还能捡着好粪？那孩子早晚得蹲笆篱子（指蹲监狱）。我告诉你狗剩子，跟啥人儿学啥人儿，跟着巫婆学跳神儿，你就跟他混吧，早晚得混出事来。"

其实，我也知道我母亲说得有道理，但是，也不知道是咋回事，我总是禁不住梁林福他们的诱惑。以前，高大眼珠子在没有走向社会之前，他一直是我的跟屁虫。由于没有考上中学，走上了社会，现在也帮着梁林福唬上了，不像以前那样对我唯命是从了。我为了巩固我在我们戏园子胡同的力量，我只好屈尊跟在梁林福的屁股后，明知捡不着好粪，也得在表面上跟他维持着一种虚假的友谊。

由于冬天天短，我们学生又是在放寒假期间，因此，那时候我们家家几乎都吃两顿饭。快到中午的时候，梁林福他娘，还有他妹妹梁环，都上我家来串门子来了。那时候不像现在，人际关系这么生疏，住在一个楼的人互相都不认识，人跟人之间都好像隔着一层什么似的。那时，一个院子的人家都互相串门子，谁家吃点儿什么好吃的东西，也都互相送一点儿。平时，一帮女人们就盘腿大坐地坐在炕上在一起纳鞋底剪鞋样子，张家长李家短地在一起起腻。梁林环一进我家，就说："狗剩子，我哥正搁家等你呢，你咋不去跟他玩去呢？"

梁林环这么一说，我就瞅了我母亲一眼，我母亲装作没有听见的样子忙着跟梁林福他娘寒暄。我看我母亲没有表示反对，就站起来，故意问梁林环说："环姐，今天你还去不去捡煤核了？"

梁林环就笑了。梁林环说："这大雪天的，上哪儿捡煤核去呀。"然后她对我母亲说："三婶儿，你家狗剩子可真是个过日子的好手，这大雪天他还寻思捡煤核去呢，将来，哪个姑娘要是嫁给他，指定错不了。"

我母亲撇了一下嘴，没有吱声，梁林福他娘就说："你三婶儿要是没意见，咱两家轧亲家吧？把环子给你们狗剩子，你三婶儿同意不？"

梁林环他娘的话音一落，我跟梁林环的脸都红了，梁林环说："娘你瞎说啥呀，我比狗剩子大三四岁呢！"

梁林环她娘说："大三岁怕啥？女大三，抱金砖，养乎孩子专门养乎小子。"说完，她娘就嘎嘎地大笑起来。

我注意到，梁林环的脸红得就跟红布似的，眼睛里汪上了一层异样的如同春水般的温情。我趁她们叽叽嘎嘎说笑的时候，悄悄地溜出了屋子，找梁林福他们玩去了。

梁林福一个人在家正在翻看一本小册子，那本小册子的名字叫《科学家展望二十一世纪》。我记得这本书还是我从高大眼珠子那儿借来看的呢，怎么跑到梁林福这儿来了呢？肯定是高大眼珠子借给他的。梁林福见我进屋，就把小册子扔在了炕上，说："哎，狗剩子，你看过这本书没有？《科学家展望二十一世纪》，这书里说，到了二十一世纪，就用不着再炼钢炼铁了，做马掌钉的钢铁，都用塑料和陶瓷代替了。咱穿的衣裳也不用布做了，都是尼龙和塑料做的，将来塑料能代替木头、钢铁，就连咱们做饭的饭锅，都是塑料做的。到那时候就厉害了，家家都能喝上自来水，白酒厂把大管子接到每个家庭里，想喝酒，一开水龙头，想喝多少喝多少。"

我瞄了一眼他扔在炕上的那本小册子，说："这本书我看过。"

梁林福听我这么一说，一下子就失去了白话的兴趣，有些不高兴地说："你在哪儿看过？"

我说："我在高大眼珠子家啊，你这也是在他那儿借的吧？"

梁林福蛮横地说："什么我在他那儿借的。这是他孝敬我的，给我的！我看他的书还用借吗？他的东西我随便要，我跟他要东西就是看得起他，明白不？"

看着梁林福这蛮横自大的样子，我没有接他的话茬儿，一屁股坐在了炕沿上，随手拿起他扔在炕上的那本小册子，翻弄着说："二十一世纪好是好，就是离咱们太遥远了，得啥时候能到二十一世纪呀。"

梁林福说："你管它啥时候到干啥呀？反正早晚能有到的那一天。等到了二十一世纪，咱就啥都不用干了，整天在家拿着个茶缸子，在水龙头底下接酒喝。我寻思，天堂的日子也就不过如此呗。"

看着梁林福坐在那里一本正经憧憬的样子，我觉得有些可笑。虽然当时的大喇叭里天天宣传，说共产主义是天堂，还说我们这一代是共产主义的接班人，但我就是再笨，也知道共产主义这个天堂，绝不会就是守着自来水管子接酒喝这么简单啊！所以我觉得梁林福对共产主义的憧憬其实就是他自己的一种妄想。

梁林福见我不吱声，就说："我让你上我家来玩，你咋这半天才来呢？"我说我写作业来着，梁林福又问："我娘跟环子都上你家去了吧？"我说："嗯，都在我家呢。"我在地上绕了一会儿，然后又一屁股坐在了炕上，我觉得跟他在一起没啥意思，就想走。可又不知道该上哪儿去。这时，梁林福说道："咱俩就这么干待着也没啥意思啊，咱俩玩一会儿呗？"我说："干啥玩呀？"梁林福说："咱俩玩棋摞吧？"我犹豫了一下，说："玩吧。"于是梁林福就把他那副木头刻的象棋拿出来，又在炕席上铺了一张旧报纸，然后把象棋在报纸上摆好，我们俩就玩了起来。

抓完棋子之后，梁林福说："咱俩就这么白玩也没啥意思啊，咋也得赢点儿啥的吧？"我说："赢啥呀，反正我没有钱。"梁林福说："我就知道你是个穷鬼，咱不赢钱的。"我说："那赢啥的？"就在这时，梁林福来了一个屁，他拿起炕上一个瓶子，就把瓶子伸进了裤兜子，对着瓶嘴放了一个很响很响的臭屁，然后快速就把瓶嘴给盖上了。梁林福说："今天咱俩玩把邪的，谁输了谁闻屁。"我们俩把棋摞抓完，他一口气放了好几个臭屁，都放在了瓶子里。第一把他输了，我让他闻，他要赖说："第一把不算。"我看他要赖，就不想玩了。梁林福急了，说："不玩不行，我屁都放完了，你不玩，你要我呀？"说完，他就又把棋摞摆好。我知道我得罪不起梁林福，只好硬着头皮跟他玩。接下来，连着两把都是我输了，梁林福哈哈地大笑着拿起瓶子，使劲地抓着我的头发，把那瓶嘴对准了我的鼻子，拧开盖儿，一股熏天的臭气从那瓶子里弥散出来，差点儿把我熏晕过去，我一下子把瓶子从他的手里打掉，有一种受了极大侮辱的感觉油然而生。我觉得梁林福太坏了，他自己输了他不闻，我输了他却让我闻，这小子一点儿也没安好心眼子啊！那一刻，我的眼泪就在我的眼圈里含着，但我努力忍着没有让它流出来，我不想在梁林福面前流泪，我不想让他瞧不起我。当时我的脸色一定非常愤怒，若不然，梁林福绝对不会跟我拿出一副和好的姿态。梁林福笑着说："咋的了狗剩子，急啦？至于吗？不就是我输了一把没有闻吗？我闻还不行吗？"说着，梁林福捡起被我打掉在地上的瓶子，把瓶嘴对准了自己的鼻子，嗅了嗅，然后笑着把瓶子扔掉了，说："嗯，是挺臭的。"

但是我知道，瓶子里的臭气已经弥散出去了，绝对不会像我刚才闻时那么臭了。梁林福跟我说话我装作没有听见，仍然阴沉着脸色。梁林福一看我不给他面子，就不高兴了，说："狗剩子你还想怎么着呀，我输了一把，我不是也闻了吗，咱们不是已经扯平了吗？你还想让我咋的呀？狗剩子我发现你现在脾气越来越大了，跟我越来越牛逼了，你是不是以为你中学生就了不起啦？"

梁林福说了一大堆连冤带损的话，我躺在炕上，假装没有听见，任他说什么我就是不吱声。梁林福终于说累了，也躺在了炕上。我拿起一本小人儿书，心不在焉地胡乱翻看着。沉默了好长一段时间，梁林福说："狗剩子，你说，人世上顶数什么最有意思？"

我把小人儿书扔在炕上，想了想说："顶数过年最有意思。"

梁林福撇了一下嘴，说："过年有什么意思呀？一天到晚乱糟糟的。顶数过年没意思。"

我就有些不服地说："过年可以吃好吃的，平时上哪儿吃那么多好东西呀？"

梁林福说："你是属猪的呀，你咋就知道吃呢？"

我说："不吃咋能活着呢？活着就是为了吃饭。"

梁林福笑了一下说："你就知道吃。"

我说："对呀，我就知道吃，我认为人在世上顶数吃饭最有意思。"

梁林福说："人吃饭是为了活着，但是，活着绝不是为了吃饭，活着的乐趣有很多很多，吃饭只是为这些乐趣服务的一种本能。"

我觉得梁林福这番话说得有些深奥，也有些道理，这小子虽然没有念过多少书，但在社会上也真学了一些东西。于是我说："福哥，那你说，人活着顶数啥最有意思？"

梁林福眼望房薄，脱口而出道："我觉得，人活着，顶数跟女人干那事最有意思。"

我的心怦地一跳，但是，我故意用一种淡淡的口气说："那玩意儿有啥意思呀？"

梁林福说："那是你没有经历过，你不懂这里边的乐趣，你只要经过一回，你就知道这种事有多好多舒服了。"

梁林福正要开口继续讲，高大眼珠子进来了，他看了我一眼说："狗剩子，你跟福哥说啥呢，说得这么热闹。"梁林福说："我正在给狗剩子上课呢，开发开发他的男人的本能，让他知道知道当男人的最高境界是怎么回事。"

我们正说着话，高丫也来了。高丫是来找梁林环的。高丫一进屋，我就发现梁林福用一种异样的眼光盯了高丫一眼，那时虽然我还没有社会经验，还不懂得窥测人的心理，但是那一瞬间，我也看出来了，梁林福看高丫的眼睛里充满了淫亵的内容。

高丫在屋里待了一会儿，跟我们说了几句闲话，可能觉得没啥意思，就上我家去找梁林环了。高丫一走，梁林福就说："高大眼珠子，你猜，我跟狗剩子刚才干啥玩啦？"

高大眼珠子说："干啥玩啦？"

梁林福说："抓棋摞闻屁玩了。"

高大眼珠子不解地说："闻屁？咋闻屁呀？"

梁林福说："谁输谁闻屁。"

高大眼珠子感兴趣地说："这倒挺有意思，咱接着玩呗？"

我一看他俩如此臭味相投，我就从炕上下了地，说："愿玩你俩玩吧，我得回家了。"说完，我也不管梁林福愿不愿意，推开门就走了。

那一场大雪一直下了三天三夜，整个小城简直就要被雪给埋上了。第四天，学校的"联络网"——那时候学校一放寒暑假，都编"联络网"，各个班级把班上家庭住得近的学生编成网络，学校有什么事，就通过"联络网"互相通知——通知我上学校去扫雪，我带了一把大扫帚就上学了。下午回家，我看梁林福他娘还有他妹妹梁林环都在我家起腻呢，屋子里也没我待的地方啊，我就出去了。我本想上江山家去，但是，我害怕见着江萍。也不知咋回事，我一看见她，心就跳，羞于见她已经成了我的一块心病。我既怕见江萍，又想见她，但是，我又害怕我跟江萍的事被江山知道。如果江山知道了我跟江萍的事，我在他面前成啥人啦！所以，那一段时间，我找各种借口避免与江萍见面，我与她一切美好的交往，只能在晚上睡不着觉时闭着眼睛一点儿一点儿去品味。

我在院子里踯躅了一会儿，几乎是不经意地就走进梁林福家去了。我无处可去，只能上他家去消磨我那似乎是取之不尽、用之不完的时间，但是我发现，梁林福家外屋门的门帘被挂上了，大白天挂门帘子干什么呀？当时我也没有多想，伸手拉开门就进屋去了。我一进屋，不禁被眼前的景象给弄呆了，只见梁林福露着两瓣大屁股，正趴在一个小女孩儿的身上，那小女孩儿不是别人，正是高丫。那一瞬间，我的血往上涌，耳朵发热，心里边怦怦跳得像打鼓似的。我慌乱地瞅了他们一眼，转身就往外跑。这时，梁林福猛然从高丫身上爬起来，提着裤子从炕上跑下来，一把揪住我，厉声说道："狗剩子你给我站住！"

我在门口站住了，颤抖着用一种难以言说的复杂的声音问道："福哥，你、你想干啥呀？"

我瞅了一眼躺在炕上的高丫，她的裤子已经褪到了小腿下边，我既感到害怕，又感觉恶心，我忽然推开梁林福，不顾一切地从他家冲出来。跑到外边，我冲着雪堆大声地呕吐起来。

第十一章
一片黑蒙中，我看到了……

梁林福从屋子里追出来，一把揪住我，恶狠狠地说："狗剩子，今天这事你要是敢给我说出去，看我杀了你不！"

我也狠狠地瞅着他，眼睛里盈满了泪水。我不知这泪水是从哪儿来的，也不知为什么这事会给我这么大的震怒和刺激，会让我这么恶心。我站在雪地上，在猎猎的冷风中，我努力让自己的头脑清醒，再清醒。也不知过了多长时间，我才从那种极为复杂的感觉中清醒过来。我对同样也站在雪地上的梁林福说："福哥你放心，今天这事我跟谁都不会说的，你回去吧，高丫还在屋里等你呢，就当我今天什么都没看见。"

梁林福感激地瞅着我说："谢谢你，狗剩子，这事你可千万不要对任何人说呀，更不能让高大眼珠子知道，他要是知道了，往后我在咱这胡同子还咋做人了？我跟你说狗剩子，高丫跟我是她自愿的。"

我说："我知道了。"说完，我头也不回地走开了。

这件事像一个梦魇，很长一段时间一直在我的头脑里翻搅、萦绕、挥之不去，一闭眼睛我就会看见高丫躺在炕上两腿劈开那脏兮兮的样子。我甚至不敢看见高丫，一看见她就会想到那个天空灰暗的下午她仰躺在梁林福身下龌龊的情形。我也不知道我怎么了，就好像中了邪似的，对于男女之间的事情，感觉就好像是一种罪恶，一种万劫不复的难以逃脱的渊薮。在那个多雪的冬天里，我回避着见一切人，回避着江山兄妹，回避着高大眼珠子兄妹，也回避着梁林福。但是，从那件事情之后，梁林福对我的态度客气多了，他再也不像以前那样，动辄跟我吹胡子瞪眼骂骂咧咧了。他每次一看见我，不等我跟他说话，他就先跟我打招呼，并且是笑脸相迎。我知道他在我手里有短，他怕我把他的短处宣扬出去，他更害怕高丫的父母知道此事。如果事情闹大了，他梁林福包括他们老梁家都会在我们戏园子胡同无法再住下去了。

高丫似乎并不怎么在乎这件事，我碰见过她几次，每次当我一看见她就脸红的时候，她就先冲我笑了，并且主动打招呼："狗剩子，你咋老躲我呢？"

我的脸就更红了，每次我都嗫嚅着说："高丫你不要跟我瞎说八道啊，我躲你干什么呀？"

高丫就会说："我知道你不喜欢我，你喜欢江丫，我没江丫长得好看是不是？我要是像江丫长得那么好看，你早就跟我好了是不是？"

每当这时，我就会板起脸来对她说："高丫你再胡说我可跟你不客气啦！"

高丫就会嘻嘻地笑："不客气你还能把我咋的？"

我知道我不能把她咋的，我只能绕开她，离开她，避免跟她再纠缠下去。

我不知道梁林福跟高丫扯了多长时间，大概是过了年之后吧，有一次梁林福对我说："高丫没意思，我已经把她甩了。"

我假装糊涂说："甩了？为啥甩了？"

梁林福说："高丫没意思，整天缠着你干那种事，女人一上赶着这事就没意思了。再说，高丫长得也太丑了，越干越没情绪。"

我不知道梁林福跟我说的是真话还是假话，但是，不管是真话还是假话，我都尽量跟他保持一定的距离。我再也不像以前那样了，整天跟在他的屁股后像个小跟屁虫似的跟他起腻了。

过了年之后，学校很快就开学了，春天也很快就来了，我又长了一岁，我又成熟了一些。我知道的事情也越来越多了，我知道我已经是个大人了，我应该像大人那样在生活中有自己的主见了。

这个春天是个喧闹的春天，国家好像要发生什么大事，大喇叭整天哇啦哇啦地广播着党中央的各种决定，一场风暴就在这各种决定的不断发布中孕育着。在这个春天，我那一直是家庭妇女的母亲上外边去做临时工去了，她有了工作，更没有时间来照顾我了。我就像一棵长在荒原上的小草一样，自由自在地生长，没有人修理我，也没有人来关心我，没有人来给我浇水、给我施肥，我完全是靠大自然的养育才苗壮成长的。

暖洋洋的春阳在我们这个小县城的上空每天晨起夕落，挥发着它那永远也挥发不尽的热能。春天真好，松花江开了，百鸟又飞回来了，在泛着嫩绿色的杨柳树的枝条上叽叽喳喳地唱着春天的歌。我们这些憋了一冬的孩子们，又像缓了阳似的，在那蓝莹莹的天空下，开始了张扬我们生命活力的各种各样的活动。

我记得那是一个星期天的黄昏，我拿着一本俄文书，正在我家的窗户外边背俄语单词，忽然，周德华从院子外边跑来了。她的两颊泛红，有些气喘吁吁的样子。我一看她，就把书放在窗台上，迎上去问道："小华，你咋的啦？"

周德华说："狗剩儿哥，我想跟你说件事。"

我瞅着她，问道："什么事？"

周德华吭吭哧哧地半天也没说明白是什么事。但是，从她的表情里，我知道一定是一件难以启齿的事。由于我跟她的那种亲昵的关系，她一直把我当成她的大哥哥，有什么事都愿意跟我说。我也把她当成我的小妹妹，对她百般呵护。我们那个胡同几乎都知道，我狗剩子在戏园子胡同就喜欢两个女孩儿，一个是江萍，再有一个就是周德华。自从我跟周德华在一次藏猫猫时有了那种肌肤之亲之后，我们的关系一直非常微妙，她对我的那种感情比以前更亲柔了，更依赖了。但是，我总是怕自己把持不住自己，尽量避免着跟她过多的来往。所以，从那次藏猫猫完了之后，我跟她再没有了那种单独的接触，特别是我上中学之后，跟她接触的机会就更少了。现在她来找我，肯定是有难办的事情，不然她不会这么呼哧带喘地跑来找我。

我又盯着她问了一句："小华，到底咋回事啊？"

周德华红着脸瞅着我，又憋了一会儿，才吞吞吐吐地说："邵大夫，邵大夫又上我家来了。"

一听她说这话，我的心怦地就是一跳，因为我知道邵大夫上她家去意味着什么，于是我急忙问道："你爸呢？"

周德华说："上晚班走了。"

我又问道："你哥呢？"

周德华说："我也不知道他上哪儿去了，刚才我跟我妈正在吃饭，邵大夫就来了，邵大夫给了我一张电影票，让我找我哥去看电影，我知道他们这是在往外支我，我说我不看，我妈就生气了。我妈说：'小华你真不知好歹，你老邵大叔好心好意给你电影票你都不看，你这不是瞧不起你老邵大叔吗？快找你哥去，让你哥领你去。'"

"我一看我妈急了，就只好出来了，可是，我也不知道我哥上哪儿去了，所以就跑来找你来了。狗剩儿哥，邵大夫来找我妈，我怕再让我爸堵着，我家又该丢人啦！”

说这番话的时候，周德华的小脸儿红得跟什么似的，有一种极其不好意思的情感在她的脸上明显地写了出来。听她说完之后，我说："小华，那你找我是啥意思啊？"

周德华说："我想让你给我拿个主意呢，狗剩儿哥，你说这事可咋办哪？这要是让别人知道得多丢人哪！"

我想了一下，说："这样吧，咱俩假装什么都不知道，上你家去把他们冲开不就完了吗？"

周德华说："那就快走吧。"

于是，周德华拽着我，快步向她家跑去。此时，天色已经朦朦胧胧地有些擦黑儿了，胡同里有缕缕行行上戏园子去看戏的闲散人们；太阳已经从西边落下去了，西边那灰黑色的天空还残留着夕阳余晖的那一抹抹淡红。胡同里比我们小一些的孩子们正在拿着秫秸、柳条玩着骑马打仗的游戏。周德华拽着我走进他们家院子里的时候，我看见黄瓜种的二儿子黄福志、三儿子黄福义正从他们院子里出来，黄福义鬼头蛤蟆眼儿地瞅了我跟周德华一眼，黄福义说："你们俩跟小两口儿似的，这是干啥去呀？花蝴蝶正搁屋里办事呢，你们想去凑热闹啊？"

我知道黄福义说的不是人话，但是，由于我正急着上周德华家去，所以就没有理他，我狠狠地瞪了黄福义一眼，拽着周德华急忙走了。周德华家的窗帘已经拉上了，屋子里没有灯光，也没有动静，门也已经在里边插上了。周德华就使劲地敲了敲门，但是，屋里边就好像没有人似的。周德华怕引起邻居的注意，所以不敢大声张扬，也不敢大声叫喊。我们俩敲了一会儿门，见屋里边没啥反应，周德华就没了主意。她对我说："狗剩儿哥，你说咋办哪？我妈也不给我开门哪？"

我看了看那遮挡得严严实实的窗帘，对周德华说："你敢肯定你妈跟邵大夫在屋里呢吗？"

周德华紧张地点点头："嗯……我敢肯定。"

这时，天已经一点儿一点儿黑下去了，我跟周德华在外屋门口站了一会儿，就领着她走进了她家的菜园子里。由于她家住的是东厢房南侧，南边的窗外有一大块空地，她爹周大癞种了一些瓜果梨桃什么的，成了一小片绿地。我领着周德华进了园子，一看，南窗户的窗帘虽然也挂上了，但挂得不是很严，有很大一片玻璃可以看清屋里边有没有人。我找了两块砖头，然后站在砖头上，趴在窗户下边往屋里一看，一片黑蒙中，有一个半秃顶的男人正骑在周德华她母亲的身上吃力地做着一种动作……周德华站在我的身子后边，着急地说："狗剩儿哥，你看见什么啦？你看见什么啦？"说实话，我已经忘记了我上这里来的最初目的，一种完全没有想到的突然的窥阴令我的全身颤抖不已。这时，周德华突然一把拽住我的后腰，使劲往后一拽，我从那摞着的砖头上掉下来了。周德华急不可耐地说："狗剩儿，你都看见什么了？"直到这时，我才从屋里边那疯狂的男女之爱中回到现实。我瞅了周德华一眼，说："你别看了，不好！"

周德华不服地说："你们男孩子有什么了不起，为什么你能看我就不能看呀，邵大夫到底在没在屋里呀？"

说着，周德华就站在了那两块砖头上，她的眼睛刚刚往窗户一看，"哎呀"一声，就从砖头上掉下来了。我急忙把她扶起来，我说："小华，你咋的啦？"

周德华的眼泪哗地一下就流了出来，她一把拽起我就往园子外面走，一直走到大门外，在一个背静的旮旯里，她才松开我的手，低着头，泪水像是狂流不止的泉水，就差哭出声来了。我知道，她已经被屋子里的景象给羞辱得没脸见人了。

周德华擦着眼泪，好半天才说道："我妈太不要脸了……"

我用手擦了擦周德华脸上的眼泪，安慰她说："那你哭啥呀，你妈跟邵大夫也不是一天两天了，他们的事你也不是不知道，你就当没看见不就完了吗！"

周德华很不高兴地瞪了我一眼，说："换你你能当作没看见吗？"

我说："咱们是小孩子，大人的事咱们能管得了吗？小华，今天这事，咱俩就当谁都没有看见，跟任何人都不要说，包括你的哥哥。这事过去也就过去了，只要没人说，什么事都不会有的。你听我的好吗？"

周德华含泪点点头，眼睛里含满了感激之情。

第十二章
大幕后边的男女演员们

自从那次我和周德华偷窥她妈跟邵大夫那件事情之后，我再也没有单独跟她在一起玩过。等我们再单独在一起说话聊天，已经是几十年之后的事情了。

在那个春天里，我们的戏园子胡同似乎一点儿也没有感觉出正有一场"革命"要席卷而来，日子好像与平时没有什么变化。戏园子里边虽然不像以前那么红火了，但是，隔三岔五，也会有一些名角儿被邀请来做商业演出。我记得好像是四月下旬的一天，戏园子从哈尔滨请来了一个唱评戏的女演员，女演员叫什么名字我不记得了，据戏园子外边贴的大海报上说，这个女演员在哈尔滨非常出名，不但长得好看，而且唱得也好，大海报上写着"色艺双佳"的字样，这四个字到底怎么解释，我当时弄不太明白，反正就是好的意思吧。这是我们戏园子在"文革"来临之前最后一次大型的商业演出活动。那几天，冷落了几乎一冬天的戏园子又门庭若市了，看戏的人们把戏园子的小圆门挤得水泄不通。

我们没有钱看戏。由于票卖得格外的好，想从把门的眼皮子底下混进去是绝对不可能的了，唯一的办法就是去跳墙。当年日本人在修建这个戏园子的时候，可能是怕厕所有味熏坏了看戏的观众，因此就把厕所修在了戏园子的外边，看戏的人上厕所必须得从戏园子里走出来。为了看客们的方便，戏园子的领导们就把厕所用一道大墙跟戏园子的戏楼围在一起了。我们这些野孩子们若想不花钱看戏，只要从大墙跳过去从厕所就可以进入戏园子了。

我记得那天演出的是评戏《铡美案》，这个戏我已经看过好多次了，戏里边的许多唱段我都能唱下来。但是，由于是从哈尔滨请来的名角儿，所以，对我的诱惑力还是很大的。我知道我从门口混不进去，又不可能去花钱买票，正在我想看戏又没有办法的时候，我在大门外碰见了梁林福。梁林福对我说："狗剩子，你想看戏不？

梁林福这么一说，正中我下怀。于是我说："想呀，可是，进不去呀！"

梁林福说："跳墙啊。"

我说："那墙那么高，万一掉下来可不是闹着玩的！"

梁林福撇了一下嘴，说："你的命咋就那么值钱？别人都掉不下来就你能掉下来？"顿了一下，梁林福又接着说："大墙里边是厕所的房顶，从墙上跳到厕所的房顶上，再从厕所房顶上跳到地上，一点儿事都没有。"

我就有些担心地说："能不能掉到厕所里去呀？"

梁林福有些不耐烦："掉什么厕所掉厕所。那厕所的房顶上是铁皮盖儿，哪那么容易就掉进厕所里呀？"

听梁林福这么说，我的心就活了。我说："那好吧，等一会儿天黑咱就去跳墙。"

这时，高大眼珠子也来了，江山也来了，梁林福就鼓动他们都跟他去跳墙。高大眼珠子当然愿意了，他不但是个戏迷，而且还好凑热闹，这种事只要有人张罗，他没有不同意的。但是，江山没有同意，江山说："戏园子里就是有一块金元宝让我跳墙去拿我也不会干的，生命比任何东西都宝贵。"

梁林福本来就有些讨厌江山，一看江山给我们打破头楔，就不耐烦地说："你不跳拉倒，你该干啥干啥去吧。你想去我还不带你呢。"

江山就拽着我说："狗剩子，我劝你也别跳了，那么高的大墙，真要是摔坏了你后悔就晚了！"

那时我有点儿犹豫，我看了一眼梁林福，他正用一种期待的眼神看着我，那意思是说："我看你是听江山的还是听我的。"我知道江山对我的劝告是好意，加之我跟他的关系，我应该听他的才对。可是，我又不敢太得罪梁林福，虽然那时候我已经不是很怕他了，他有短处攥在我的手里，我随时可以揭发他。问题是，梁林福鼓动我去跳墙是为了看这出戏，我也是个小戏迷，我是真想看看这个戏好在哪里。我犹豫了半天，最后还是对江山说："江山，你不想看，你就先回去吧，我要是跳不进去，一会儿我去找你。"

江山看了我一眼，说："那我在家等你。"说完，江山就走了。

江山一走，我就对梁林福说："走吧。"

这时梁林福倒有些蒙了，梁林福说："干啥去？"

我有些不太高兴地说："你不是说跳墙看戏去吗？"

梁林福听我这么说，一下子就高兴了，梁林福说："狗剩子你小子挺够意思，挺给我面子的。我就担心你被江山给拽走了。看样子你小子还行，知道哪头轻哪头沉。"

高大眼珠就给梁林福打溜须说："狗剩子肯定得听福哥的。在咱们胡同，他江山算老几呀。"

我有点儿不愿意听高大眼珠子给梁林福打溜须的这个肉麻劲，所以就不耐烦地说："别磨叽了，要去就赶紧走吧，再等一会儿戏就开场了。"

我们仨翻墙进入戏园子的时候，戏已经开演半天了，正演到秦香莲领着儿子女儿不远万里到京城寻夫那一段。戏院里已经坐满了，楼上楼下都坐得满满登登的，有卖瓜果梨桃的商贩在观众中间来来回回地走动。我们三个进去之后，也找不到地方坐呀，楼上楼下串了一会儿，就都走散了。我实在找不到地方坐了，就从戏园子一侧的休息厅走到后台上去了。乐队的旁边站了不少人；都是戏园子职工的家属和县剧团的一些熟人，他们肯定也以为我是谁家的孩子呢，所以也没人注意我，我就站在一旁看了起来。这时，有一个画了大黑脸的演员从天幕后边走过来准备上场，我一看就知道，她准是我们县剧团的名演员金彩霞。金彩霞是个女演员，但是，她以善演反串包公而闻名。那年她已经三十多岁了，仍然没有结婚，她的婚姻成了我们这个县城老百姓茶余饭后议论的话题，而且，她也是我们这个县城"文革"前唯一的文化象征。

我用一种仰慕的眼光看着金彩霞端着一只大茶杯轻轻地喝了一口水，然后又把水杯递给了站在她旁边的一个男人，轻轻地清了一下嗓子，便从容地在"急急风"的锣鼓点中上场了。她一上场，立刻博得了台下边观众的一阵热烈的喝彩声和鼓掌声。此时，无论台上还是台下的人们都把眼光集中到了金彩霞和那个从哈尔滨请来的演秦香莲的女演员身上。我往台上看了几眼，只见那秦香莲正在跟包公哭诉她千里寻夫的不易，包公也正在安慰她。我看了一会儿觉得没啥意思，就溜溜达达朝天幕后边的化装室走去。化装室的门开着，里边好像没有人，墙上挂了一些胡子和头饰服装之类的东西，我往里边探了探脑袋，就缩回来了。我怕别人怀疑我是小偷，就离开了那里。就在我一回头的瞬间，忽然发现，在后台一块幕布的后边，一男一女两个演员正在搂着亲嘴。那一刻看得我耳热心跳，我怕他们发现，急忙离开了。

那天晚上回家之后，从哈尔滨请来的那个演秦香莲的女演员并没有给我多么深的印象，倒是那一对在幕后偷偷亲嘴的一男一女总是在我的脑子里转悠，那时我才知道，神圣的艺术殿堂后边，也有偷偷摸摸的男欢女爱呀！

那时，我似乎知道了什么是艺术。

第十三章
县城名人金彩霞之谜

金彩霞对于我们县这一代人的影响实在是太大了。我还是在八九岁的时候，就喜欢看金彩霞演出的《打龙袍》《铡美案》《赤桑镇》等戏。一开始，我还不知道金彩霞是个女的，后来经常听大人们议论她，才知道她原来是个女的。那时候，她在我的眼睛里岁数已经很大了，但是，从大人们的议论中我得知她还没有结婚。虽然没有结婚，她却有一个孩子，是一个小男孩儿，岁数跟我差不多，这孩子是从哪里来的，谁也说不清。有人说，这孩子是金彩霞领养的；也有人说，金彩霞在爱情上有过创伤，年轻时她曾爱过一个唱小生的演员，两人未婚先孕，等金彩霞的肚子大了的时候，那个唱小生的演员又跟别的女演员跑了，这令金彩霞非常伤心，自从那次爱情失败之后，金彩霞决定终身不嫁，她生下了那个孩子，领着他独自生活。

在我十来岁的时候，每当春夏之交，风和日丽的早上，我都能在我们戏园子胡同听到金彩霞们的喊嗓的声音，那高一声低一声的咿咿呀呀的喊嗓，是那么好听，那么有韵味。那时，在戏园子的东边，有一片不太大的小草坪，剧团的演员们经常在那块草坪上练功，翻跟头打把式，像金彩霞这一类的大牌演员们，则站在一边指导年轻的演员们练功。那时，剧团演员们的练功，是我们戏园子胡同一道靓丽的风景，我们的文艺细胞就是在这种熏陶浸淫下才渐渐长成的。

金彩霞是在"文革"开始后不久失踪的，她到底上哪儿去了，谁也说不清楚，她的失踪一直是个谜，被我们县城里的人长久地谈论不休。有人说，金彩霞是一个哲人，她有先见之明，她已经预见到了将要发生的事情会给她们带来什么样的结果，因此，当风暴刚刚将地皮上的小草刮得摇摆不定的时候，她这棵高草就已经为自己找好了退路了。

金彩霞失踪了，她的失踪使得我们这个具有很浓郁文化氛围的县城从此黯然失色。虽然后来也出现了一些比较有名的演员，但是，他们谁也取代不了金彩霞留给我们的印象和她在我们心目中的位置。 人们最喜欢的评剧因金彩霞的失踪而终于弦断音绝，唯一的一个评剧团也黄摊子了。

"文革"结束之后，评剧团曾经费了好大的气力去寻找金彩霞，但是最终也没有找着。金彩霞就像一阵风，一片云，一颗流星，很快就消失了，而且消失得干干净净，没有给这个世界留下一丝一毫的影子。

现在，当我长大成人之后，再去回忆二十世纪六十年代中前期戏园子胡同那喊嗓的声音，那种每天早晚都能听得到的锣鼓的声音，真好像是我生命中的一场大梦啊！1989年我在给一家电视台写电视剧《醉卧兰陵》时，也不知怎么忽然就想起了金彩霞，我想起了她饰演的包公的形象，想起了她用那有些沙哑的嗓子唱的唱段"忽听万岁宣包拯，陈州来了放粮的臣"，一时间竟泪水横流。于是，我在一种迷醉的性情当中，为这部电视剧写了一首主题歌词：

醉中的你可曾想过梦中的我

梦中的我却常吟你醉中的歌

红尘中有几人能把人生看破

人世间可凭谁把感情寄托

花非花梦非梦莫将真情错过

行千山走万水回头看看陈舸

几千年的梦境里留下了不醒的我

百代的红尘中传唱着你醉中的歌……

  金彩霞以及她的儿子成了一个永久的谜，将永远地储存在我们县城人的生命意识之中。

第十四章
小丑和他的漂亮媳妇

我记得好像是我们的穷日子刚有点儿过好的那年春天，我们戏园子胡同搬来了一个名叫于渺山的演员，他是演小丑的。他从哪儿搬来的我们不知道，但是，很快我们就知道了他的大名，因为他是演小丑的，所以非常引人注目。我记得在评剧《卷席筒》里他饰演男主人公仓娃，表演得好极了，于是，我们很快就认识了他。

于渺山之所以能搬到我们戏园子胡同来，与我们这个县的县评剧团团长章多星有着直接的关系。章多星就在我们戏园子胡同住，与我们池贵大院是斜对门，章多星的老婆也是家庭妇女，与我母亲关系都非常好，但是，由于职业的关系，章多星平时几乎从不与我们戏园子胡同的人们来往，我们也很少能见着他的面。他长得很胖，我小时候，他在我的心目中是一个很神秘的人物，直到"文革"后我才知道，他不仅是剧团的团长，而且，他还是一个剧作家。

章多星家有一个小暖阁，一直空着没有人住。于渺山是从外地请来的流动演员，到了我们这个小县城之后，就不想走了，剧团也想把他留下，就这样，他就租住在了章多星家的小暖阁里。

于渺山不像章多星那么高傲，他非常喜欢与我们胡同里的孩子们开玩笑。我记得有一天，我正在大门外与一帮孩子学着演戏玩，于渺山从戏园子那边过来了，他非常感兴趣地站在一边看我们表演。那时，我正学着他在《刘云打母》这出戏中的样子，学唱他那段著名的唱段："我给你做一碗热汤面，圆圆溜溜赶成片，用刀一切像条线，下在锅里滴溜转，再卧上两个大鸡蛋，保准你吃了能出一身透透的汗……"

我刚一唱完，于渺山就走过来，用手摸着我的头顶，笑着说："你这小崽子还行啊，学得挺有点儿意思的。"

我不好意思地笑了，我瞅着他说："你不是笑话我呢吧？"

于渺山一本正经地说："我干吗要笑话你呀？你想学唱戏吗？"

我说："想啊。"

于渺山说："为啥想学唱戏呀？"

我说："唱戏多好，唱戏多有意思啊！唱戏哪儿都能走，还能吃着好东西，演员往台上一站，台底下那么多人瞅着你，多威风啊！"

于渺山用手摸着我的脑袋，看了好半天，说："你想学唱戏，就跟我学吧。"

我有些不相信，说："你真能教我咋的？"

于渺山说："我跟你个小崽子开什么玩笑呀？走，上我那儿去。"

说完，他就领着我走了。我跟着他，来到了他租住的章多星家的小暖阁，我一进屋就看见有一个长得非常好看的女人从暖阁里迎了出来。在我们胡同我从来没有见过这个女人，她长得真是太好看了，鼻子眼睛镶在她那张瓜子脸上，显得特别匀称。我跟着于渺山一进屋，那女人就冲着我笑了，她对于渺山说："这是从哪儿领回个小客人呢？"

于渺山说："这是我新收的徒弟。"接着，于渺山又对我说："你得管她叫婶儿。"

于是我就冲着那个女人叫了一声"婶儿"。那女人笑着说："应该叫师娘才对呀。"听她这么一说，我就又冲她叫了一声"师娘"。我这么一叫师娘可不要紧，那女人乐得跟什么似的，屋里屋外又是给我找好吃的，又是给我倒水，整得我都有点儿不好意思了。

于渺山拉着我坐在他家的那铺小炕上，给我找了好几本书，都是一些挺厚的大书，上边密密麻麻地印着黑字。我拿起来翻看了一会儿，也没看出啥意思来，就把书又放在了炕上。于渺山说："你不是想学唱戏吗？想学唱戏就得先把这些书看了。"我说："我也看不懂啊！"于渺山说："看不懂没关系呀，一点儿一点儿看嘛，慢慢就看懂了。"我说："你不是说，你教我吗？"于渺山说："对呀，我是得教你。但是，你必须把这些基本的东西都弄明白了，我才能教你呀。"我说："这都是些啥书呀？"于渺山说："这都是一些剧本。唱戏得有剧本，就跟你念书一样，你念书不得有课本吗？我唱的那几出戏都在这几本书里呢，你先拿回去慢慢看，等啥时候看出意思来了，你再来找我。"

我拿着于渺山给我的那几本书回家了，可是回到家后，怎么看也看不进去，就觉得没意思，有些字我也不认识，也看不懂，看了没几篇就让我扔在抽屉里了。后来，运动就起来了，我就很少能看见于渺山了，有时偶尔能碰见他，他也不提教我唱戏的事了，可能是他忘了吧？

我上中学的那一年，再也没看见过于渺山，他好像从我们这个胡同失踪了似的。有一次，章多星他媳妇上我家来串门，在她跟我母亲闲唠嗑时，我才知道于渺山发生了婚变，他跟一个女演员私奔了。我记得当时我插嘴说："他媳妇那么漂亮他咋还跟别的女人私奔呢？"

章多星他媳妇一听我这么说，就嘎嘎地乐了。章多星他媳妇说："狗剩子还挺有眼力的呢，赶明儿个给你也说个那么漂亮的媳妇。"

　　我就问章多星他媳妇："于渺山自己有那么漂亮的媳妇，为啥还要跟别的女人呀？"

　　章多星他媳妇说："你还小，你还不懂男女之间的那些事情，男人这玩意儿呀，是吃着碗里的，想着锅里的，恨不得天下的美女都供他们享受才好呢！将来你长大了你也得是个爱逗风流的小子。"

　　说实话，章多星他媳妇说的那些话，当时我并没有全懂，但是，我知道了她说的意思，于渺山跟另一个女人私奔了，他不要他的媳妇了，这也就是说，我再想跟他学戏是不可能的了。我的演员梦到此大概就算结束了。

　　后来，于渺山被抓回来了，被判了个重婚罪，在监狱里关了不到两年，后被保外就医放了回来，又回到了章多星的小暖阁里，只不过这时他的媳妇已经跟他离婚了，他一个人住在阴暗的暖阁里。1966年夏天，大概是由于精神上的原因，他用切菜刀抹脖子自杀了。

第十四章 小五和他的漂亮媳妇

第十五章
我砸了黄福来的脑袋

　　这也是发生在那个春天的事情。我记得那是刚刚开学不久的一天傍晚，那天下午，由于我参加了学校的文艺宣传队，在学校排节目就晚回家了一会儿。当我快走到我们戏园子胡同口——也就是周德华她家大门口的时候，忽然看见一个十多岁的小男孩儿正在撕扯一个小女孩儿。那小女孩儿我一眼就认出来是江萍，那男孩儿却是我快走到他们身边时才看清的，原来是黄瓜种的小儿子黄福义。当时我那气就不打一处来，黄瓜种欺侮江萍她妈，他儿子现在又来欺侮江萍，黄福义虽然跟江萍的岁数差不多，但他毕竟是男孩子呀，打一小时我母亲就教给我，好男不和女斗，好狗不跟鸡斗。你黄福义一个男孩子欺侮一个小女孩儿也太不是玩意儿了。所以，我几步就跑上去，使劲拽开黄福义，大声叫道："黄福义，你为什么欺侮人？"

　　黄福义仗着他还有两个哥哥，从来也不把我放在眼里，因为他比我岁数小，所以，我一般都不咋搭理他。现在，他看我帮着江萍，竟然不知深浅地跟我叫起板来："狗剩子你他妈的算什么东西，你想帮狗吃食咋的？你帮狗吃食我连你都一块儿揍！"

我一看这小子也太狂了，我要是不教训教训他，他真不知我狗剩子在戏园子胡同的厉害。于是我把书包扔在了地上，走到他跟前，说："小黄瓜种，你知不知道我是干啥的？"黄福义让我这么一问，竟然蒙住了，不知所以地看着我，就在他还没反应过来是怎么回事时，我猛地抡起巴掌，啪地就给了他一个大嘴巴子。这一嘴巴子一下子就把他给打蒙了，趁他用手去捂脸蛋子的时候，我脚底下又使了个绊子，一下子就把他给绊倒了。我就势扑上去，一下子把他按在地上，然后便左右开弓打起了嘴巴子，这小子像杀猪般号叫起来："狗剩子，我他妈跟你没完！"然后他就大声地喊叫起他的大哥二哥来。

　　我没有想到他的大哥能来，也可能是黄福义的声音太大了，也可能是他大哥凑巧赶来，反正，当我把黄福义打得鼻口流血时，他大哥黄福来来了。黄福义一见他大哥，就哭着大声叫道："大哥，狗剩子欺侮我，快上呀！"还没等我跟黄福来解释，黄福来就捡起道旁的一块砖头，猛然朝我的脑袋砸了过来，我一闪，砖头贴着我的头皮飞过去了。黄福来一看砖头没有砸着我，就又挥动着拳头朝我的鼻子上打来，我往后一仰，那记老拳倒是闪过去了，但是，我被脚下的一块砖头给绊了个跟头，一下子就躺在地上了。黄福义、黄福来这哥儿俩一看机会到了，就一起扑了上来。我知道我若是被他们哥儿俩压在身底下非挨一顿胖揍不可，因此，就在黄福义刚要扑到我身上的时候，我猛地给他来了个兔子蹬鹰。由于黄福义长得比我小，所以，我一下子把黄福义给蹬了个大跟头，我就势爬起来，随手捡起地上的一块砖头，照着扑过来的黄福来的脑袋就砸了过去。这一块砖头正好砸在他的脑瓜顶上，一下子就把他的脑袋给开了。黄福来被砖头给打得"啊呀"一声惨叫就倒在地上了，脑瓜上也流出血来了。黄福义一看他大哥的脑袋给砸出血了，小脸儿立时就吓白了，撒腿便往家跑，边跑边扯开嗓子大声叫道："妈呀——不好啦——我哥让狗剩子给打死了——妈呀——出人命啦！出人命啦，我哥让狗剩子给打死了……"

我一看黄福来脑袋上一个劲儿往外流血，说实话，当时我也有点儿吓傻了，但是，在江萍的面前，我不能表现出有丝毫害怕的样子，如果我在她面前表现出懦弱或害怕的样子，我想她会瞧不起我的。因此，我故作沉静地看了一眼倒在地上的黄福来，然后捡起地上的书包，一把拽住江萍说："我们走。"

虽然我表面装得挺像个敢作敢当的爷们儿似的，但心里确实有些害怕了。我拽着江萍一边走，脑子里一边在急遽地转悠着，思考着，现在我把黄福来的脑袋给开瓢了，黄瓜种他们家绝不会善罢甘休的，他们家非得找我妈来告状让我家去给他儿子看伤不可，我要是这样回家，一会儿黄瓜种或者是他媳妇真要找上门来，今天晚上的这顿揍我就躲不过去了。所以，我不能直接回家，我必须得找个地方躲一躲。等我妈过去了生气的这股劲，我再回去。可是，不回家我得躲到哪儿去呢？上哪儿才能躲过这一劫呢？很快我们就走到了我家的大门口，我对江萍说："江萍，你先回家吧，我得上外边去躲躲去。"说这话的时候，我回头看了一眼，我看黄福义又折回来了，正坐在他哥身旁，帮他哥止血呢。他们哥儿俩坐在那里一边哭一边骂，在他们的旁边，围了不少人在看热闹，我知道今天这事整大了，心里就更加害怕了。

江萍见我不回家，就说："狗剩儿哥，要不你上我家来吧？"

我说："不行，上你家我妈一下子就能找着我，我还是上外边去躲一躲吧。"说完，我头也不回地顺着我们家西胡同子往北边跑去了。我一口气跑到我的同学赵发财家，赵发财正在家吃饭，一看我浑身是土狼狈不堪的样子，就说："狗剩子你咋的啦？"

我说："我跟黄瓜种他们家的那哥儿俩打起来了，我用砖头把黄福来的脑袋给开瓢了。"

这时赵发财他妈从外屋进来，看着我说："狗剩子你还没吃饭呢吧？快洗洗脸上炕跟发财吃饭去吧。"

我说："我不饿，大婶儿，你们吃吧。"

赵发财他妈说："狗剩子你这孩子咋这么外道呢？让你吃你就吃，咋这么假咕呢！"

赵发财听他妈这么说，就下地把我的书包接了过去，然后上外屋给我舀了半洗脸盆子凉水，让我洗脸，我洗了洗灰土土的脸，然后就上炕跟他们家的人吃起苞米糁子粥来。

吃完饭，不一会儿天就黑了。我心里有事，也没心思写作业，就对赵发财说："发财，你上我家去看看，看黄瓜种他们家找我们家去没有？"

赵发财应了一声就走了。我在他家的暖阁里想看书却怎么也看不进去，想写作业，也写不进去，我知道，今晚上的这顿揍我肯定是躲不过去了。但是，为了江萍，就是挨揍我也认了。不知过了多长时间，赵发财回来了，我急忙问道："咋样？黄瓜种找我家去没有？"

赵发财说："能不找吗？你妈领着黄福来上医院缝了四五针呢，你妈让你回去呢。"

我说："我不回去，今晚上我就在你家住了。"

赵发财说："你妈能让吗？"

就在这时，我妈找上门来了。我妈一进屋就说："他老赵大婶儿，狗剩子在你们这儿呢吧？"

赵发财他妈就急忙迎出去说："他三婶儿，你今天就让狗剩子在这儿住呗。别让他回去了。"

我妈笑着说："不行，这孩子太野了，不能让他在外边住。"我妈叹了口气又说："这孩子太能惹祸了，他大婶儿你说说，他的手多黑吧，用砖头子把人家老黄家大小子的脑袋差点儿给开瓢了，缝了四针，花了五六块钱。就这样，那黄瓜种还不依不饶呢，说是他儿子将来产生的一切后果都由我们负责，他婶儿你说，狗剩子这孩子多能惹事吧！"

赵发财他妈就说："哎呀！一个小孩子打架，教育教育就完了，能有什么后果呀？黄瓜种那就是吓唬人呢！你别理他！要我说呀，你家狗剩子挺懂事的，回去你千万可别打他！"

我妈说："他还少挨打了？咋打也是这没出息的玩意儿啦！"

我妈又跟赵发财他妈说了一些别的闲话，就领我回家了。一路上，她在前边走，我耷拉了个脑袋在后边跟着，我们谁也没有说一句话。进屋之后，我妈一下子就把门插上了，顺手抄起一把鸡毛掸子，我的那两个弟弟吓得躲在炕上的墙角里，用一种恐惧的眼神看着我妈怎么收拾我。我妈手里拿着鸡毛掸子，用掸子杆对准了我的脑袋，我本能地用双手抱住了头，掸子杆却迟迟没有抽下来。我疑疑惑惑地试探着抬起脑袋一看，我妈手中的掸子已经落下去了，她的眼睛里含着眼泪，嘴唇哆嗦着，好半天才说："狗剩子，你都多大啦？唵？你都上中学啦，你咋还给妈惹事呢？今天，给黄瓜种他儿子光看病就花了六块多，妈在外面给人家干临时工，一天才挣一块二毛钱呀，你惹这一个祸够妈干一个星期的啦，狗剩子，你咋就这么不懂事呢！"

说着说着，我妈就哭了，哭得很伤心。

我一看我妈哭了，我这心里也有点儿酸。我说："妈，要不你就打我一顿吧，今天是黄福来先用砖头打我的，要不是我躲闪得及时，脑袋也让他给开了。"

正在这时，江山、江萍跟他们的母亲也来了，他们在外边使劲地敲门，我妈一看来客人了，就擦了擦眼泪，给他们开门去了。江萍一进屋就抱住了我妈，说："三娘，你千万别打狗剩儿哥呀，今天是小黄瓜种欺侮我，让我狗剩儿哥给碰上了，狗剩儿哥一看小黄瓜种打我，就上来拉架，小黄瓜种就要打狗剩儿哥，这时候，小黄瓜种他哥又来了，拿着砖头子就朝着狗剩儿哥的脑袋砸了过去，狗剩儿哥一躲，砖头砸飞了，狗剩儿哥这才捡起那块砖头去打的他。"

江萍把打仗的过程跟我妈学了一遍，她说的所有的话都是对我有利的。她说完之后，江萍她妈又说道："三嫂，今天狗剩子是为帮我们家江萍才惹出事来的，起因都在江萍，你千万不要打狗剩子，医药费由我们来花。三嫂，看在我的面子上，你能不能不打狗剩子？"

我妈叹了口气说："曲大夫，你净说笑话，我能要你钱吗？祸是狗剩子惹下的，花俩钱也算是给他买个教训啦。他都上中学了，是大孩子啦，他爸又常年不在家，你说我能不管管吗？但是，我不能像一小时那样管他啦，我得让他懂得道理，我不打他，我让他自个儿想，想明白了道理再跟我说。"

在我的印象中，江萍她妈这是第一次也是唯一的一次上我家来，我妈对她非常客气，她对我妈也非常客气，她们俩人聊了好半天。后来，江萍她妈就走了，临走时，偷偷地塞给我十元钱，本来我不想要，但是她妈狠狠地捅了我一下，那意思是好像怕我妈知道。等他们走后，我把那十元钱拿出来，对我妈说："妈，这是阿姨给的十元钱，是留着给大黄瓜种看病用的。"

我妈狠狠地瞪了我一眼，说："人是你打坏的，要人家钱干啥呀？明儿给人家送回去。我告诉你狗剩子，你帮人打仗不是什么好事，你看他欺侮小萍，拉开不就完了吗，非得把人家脑袋给开了才算你英雄啊！"

由于江萍她母亲的说情，大概也由于我已经长大了的缘故，这一次，我妈非常破例地没有打我。虽然后来黄瓜种来我家找过几次麻烦，但是都让我妈给顶回去了，这一次脑袋瓜开瓢的风波就这样过去了。从那之后，黄瓜种家的三个儿子再也不敢欺侮我了，也正是从那时候起，我在我们戏园子胡同的威望更高了，连梁林福都对我礼让三分了。

几天之后，我把那十元钱又还给了江萍她妈，江萍她妈为了感谢我对江萍的帮助，特意用那十元钱给我买了一条裤子。那是我有生以来第一次穿从商店里买来的裤子。有一段时间，我跟江萍都误以为这是她妈有意为我们买的定情物品呢。其实，我们都领会错了，命运是不会按照人们给它设计好的轨道去行走的，命运永远都出乎人们的预料。

第十六章
我在宣传队演了回汉奸

　　我是在上中学一年级下学期时参加学校文艺宣传队的，我之所以能参加宣传队，大概由于我从小就热爱文艺的缘故吧。我上中学时，就已经会吹笛子了，但吹得不是很好。上中学的那一年，学校举行新生文艺比赛，在那次比赛上，我用锅底灰把脸涂抹得黢黑，跟我们班的同学们演唱了一支《美国黑孩子小杰克》的表演歌曲，博得了同学的一致好评，很是出了一把风头。从那以后，我就被学校的音乐老师给注意上了，学校的文艺宣传队就是由音乐老师组织的。

　　由于我会吹笛子，刚开始参加宣传队时，我在乐队，给乐队打梆子，因为乐队还有一个比我吹笛子吹得更好的高年级同学，我只能给他们敲梆子。为了鼓励我安心敲梆子，音乐老师总表扬我是个天才，说我的梆子敲得好，节奏感强。其实，那时我对他们已经有意见了，我认为他们对我不重视，让我敲梆子是看不起我。新学期刚开始的时候，我已经萌生了退出文艺宣传队的想法。但就在这时，学校不知从哪儿弄来了一个剧本，也可能是我们音乐老师自己创作的。剧本反映的是抗日战争时期，两个小八路被一个汉奸出卖了，凭着他们的机智勇敢，终于惩罚了汉奸的故事。

就在我萌生退出宣传队想法的时候，音乐老师决定排这个剧本，并且还给我安排了一个重要的角色，让我演那个出卖两个小八路的汉奸。因为我跟于渺山学过丑角，对演反面人物一直很感兴趣，那时候，正面人物几乎都没什么特点，都是英勇不屈、临危不惧，不像反面人物那样有特点，给人的印象深刻。所以，我非常喜欢那个汉奸的角色，我认为，只要我把那个汉奸演好了，很快就会在学校里出名的。

由于我们这个宣传队都是学生，也没有什么导演，导演就是音乐老师。所以，我们的演出完全是凭着自己的发挥，凭着自己的天性。那两个演小八路的同学的父母也都是剧团的演员，从小就受着艺术的熏陶，演得挺带劲；我从小就是在戏园子胡同长大的，从懂事时就受着戏园子胡同那种特殊的文化氛围的影响和熏染，并且还跟于渺山学过演丑，虽然他并没有教过我什么，但他演出时带给我的那种深刻的印象对我的启发还是非常大的，我凭着自己的悟性，凭着自己对那个反面人物的理解，终于活灵活现地把那个汉奸给立在舞台上了。

第一次演出是"六一"儿童节，在我们学校的大礼堂里，我把江山江萍兄妹和高大眼珠子他们都请来了，我想在他们面前显摆一下自己。那天的演出是极其成功的，我一上场，就把同学们都给逗乐了。我穿着一件灰色的大布衫，歪戴着一顶礼帽，叼着烟卷，屁股后挎着一把匣子枪，一张口说道白，台底下就给我鼓起掌来。有了同学的鼓励，我表演得更来劲了，有很多台词和动作都是我临场发挥的，我每说一句台词，台底下就响起一片哄笑声。我的表演令那两个饰演小八路的演员黯然失色。演出结束之后，我刚一下台，音乐老师就很不高兴地对我说："司马霖，你的戏演得太过了，谁让你那么演的？你是反面人物，演得那么过，把正面人物的戏都给抢了。"

对于老师的批评，我嗤之以鼻，我认为他是向着那两个演小八路的同学才这么说的。我敷衍了老师几句，就下台去看望我请来的那些朋友去了。我一下台，同学们纷纷向我竖起了大拇哥。我扬扬得意，走到高大眼珠子他们坐的位置，高大眼珠子一见我，就伸着大拇指说："狗剩子，你真行啊，演得真像那么回事啊。"

我瞥了一眼江萍，江萍冲我笑了一下，没说什么。江山往里串了串，让我挨着他坐下。我问江山："哥们儿演得咋样？"江山笑了，江山说："你还真行，演得挺有意思的。"对于江山的这种评价我有点儿失望，我原以为，他一定会对我大加赞赏的，会用很多赞叹的语言来评论我的这次演出，没想到，他就用了这么一句敷衍的话把我打发了。但是，我没有把我的失望表现出来，我跟他们说了一会儿话，又急忙上台给乐队敲梆子去了。

整个演出结束的时候，已经是中午了。我们从大礼堂走出来，六月的阳光泼洒在大地上，把刚刚泛绿的杨柳树的枝条镀上了一层金粼粼的暖意；蓝莹莹的天空上，有一架飞机拉着很长的白线在飞行；校园里，充满了春天的气息，到处是歌声笑声，生活的美好在每一寸明媚的阳光中滋长着。我在江山江萍兄妹还有高大眼珠子以及其他一些同学的簇拥下，走出礼堂，走在了春天的阳光下。我的心情跟这美好的春天一样，也明媚得几乎透明了。

高大眼珠子提议，中午由他请客，对我的演出成功表示祝贺。对于高大眼珠子的提议，我们谁都没有表示反对，因为那时候高大眼珠子已经参加工作了，他已经挣钱了，他请我们吃饭是应该的。我们跟着高大眼珠子来到了自由市场里边的一家小饭馆，他要了四碗大米饭，又要了一盆子炖大豆腐，我们几个就狼吞虎咽地吃起来。那年头每人每月只供应一斤大米，在家里我们常年也吃不着大米饭，供应的那点儿大米还不够馇粥的呢。高大眼珠子这一下可让我们饱尝了一顿肉头头的大米饭的滋味了。我记得一碗大米饭才一毛二分钱，那一顿饭，高大眼珠子总共才花了不到两元钱。我们几个吃得满头大汗，一直到走出饭店，我们仍然感觉吃得意犹未尽。

吃完饭，我们几个又上松花江边去玩了一会儿，松花江水悠然西去，江心岛上的各种鸟儿已经飞回来了，在嫩绿的草丛间飞起飞落；江面上，百舸争流，千帆待发，搬运工人正在从船上往下卸木头，他们唱着好听的号子，迈着整齐的步子，那真是一道具有特殊色彩的风景。

我从柳树枝上掰下一根柳条，做了一个柳树叫叫，学名管那叫柳笛。我用那柳笛吹了一支很好听的歌，那歌名叫《让我们荡起双桨》，高大眼珠子和江山他们合着我吹奏的音乐跟着哼唱起来。当我演奏完之后，江萍显得非常开心，她非要也吹吹那个柳笛不可，于是我就把那柳笛给了她。可是，她怎么吹也吹不出调调来。她让我教她，我教了她几遍，她终于会吹了，把她乐得跟什么似的。

我们从松花江边回家的时候，已经是夕阳西下了。晚霞在西边天上变幻着各种各样的图案，让人遐思不已。我们的小县城已经安静下来了，笼罩在夕阳下，就像一幅油画一样，真是太美了。走到我们戏园子胡同口的时候，江萍突然拉了我一下，我就站下了。高大眼珠子跟江山依然在我们前边往前走着，我瞅了一眼江萍，不知道她拉我是什么意思。江萍说："狗剩儿哥，我不喜欢你演的汉奸。"

我笑了一下，我说："那是演戏，又不是真的，你怎么那么在乎呢？"

江萍说："我怎么会不在乎呢？你应该去演好人哪，为什么要演汉奸呢？看着你在台上那种油腔滑调的样子，我都不好意思了。"

江萍说完，就走了，我呆呆地站在那里，不明白我认为是得意的事情为什么江萍会感觉到不好意思，难道我真的不该去演那个汉奸吗？江萍为什么对这件事这么在乎呢？

从小到大，江萍这是第一次对我提出反对意见。那时我就想，毕竟江萍也长大了，她也有自己的主见了。

第十七章
高大眼珠子他爸被抓

就是在那天晚上，高大眼珠子他爸被公安局给抓起来了。好像是晚上八点多钟的时候，高大眼珠子家已经睡下了，忽然外边有人敲窗户。高大眼珠子他妈刚刚眯着了，高大眼珠子也刚刚眯瞪着，他们全家都被这突如其来的敲窗户声给惊醒了。高大眼珠子他妈就问："谁呀，半夜三更的？"

外边人说："查户口。"

高大眼珠子他妈就有些不高兴，说："黑灯瞎火的查什么户口啊！"

外边的人口气有些横，说："让你开门你就开得了，咋这么啰唆呢！"

高大眼珠子他妈穿上衣服下了地，把门开开了，立刻就有好几束刺眼的手电筒光照进了屋子。四五个公安人员在委主任王奶奶的带领下涌进了屋子，一个脸上长着黑斑的公安人员说："这是高振理家吗？"

高大眼珠子他妈说："是呀。咋的啦？"

那个公安人员说："高振理呢？高振理干什么去了？"

这时正躺在被窝里的高大眼珠子他爸急忙从被窝里钻出来，说："我是高振理，我在这儿呢，你们是找我吗？"

那几个公安人员就把手电筒对准了他，那个领头的脸上长着黑斑的公安人员说："起来起来，把衣服穿上跟我们走一趟！"

高大眼珠子他爸就有些发傻，说："我咋的啦？你们为什么要抓我？"

那公安人员不耐烦地说："你自个儿干啥了你自个儿还不知道吗？别啰唆，快点儿起来跟我们走！"

就这样，高大眼珠子他爸当天晚上就被公安人员给带走了，整整一晚上也没有回来。高大眼珠子跟高丫都被这意外的变故给吓蒙了，他们的父亲被带走之后，他们连觉都不敢睡了，在被窝里听他们的母亲唉声叹气了一宿。

第二天一早，高大眼珠子就上我家把昨天晚上的事对我说了。我就问他："他们为啥抓你爸呀？"

他说："我也不知道啊，那些公安非常横，进了屋，也不问三七二十一，就把我爸给带走了。"

一时间，高大眼珠子他爸被公安抓走的消息像冬天刮起来的北风，在我们戏园子胡同很快就传播开来，人们纷纷猜测他爸被抓走的原因。有人说，他爸在外边搞了女人，把人家女人的肚子给搞大了，女人把他给告了，所以才被抓走的；还有的说，他爸在单位往家偷东西，犯事了；更有人说，他爸在旧社会当过胡子（土匪），有人命，现在被查出来了。不管怎么说，反正高大眼珠子他爸被抓走的消息在那些日子里成了我们戏园子胡同最热门的新闻。

在那些日子里，高大眼珠子跟他妈天天往公安局派出所跑，但是，他们跑了好多次，也没有见着高大眼珠子他爸的面，他妈托了好多人，但都无济于事。直到半个多月之后，大伙儿才弄明白高大眼珠子他爸被抓的原因。原来他爸在机关食堂给人做饭，每天能接触到粮票、饭票，他就想办法把那些粮票、饭票偷出来，然后再卖给机关的人。而且，他爸还趁着工作之便，往家偷食堂里的东西，什么米呀面呀鱼呀肉啊的，逮着什么偷什么，就这样，终于犯事了。

以前我总是纳闷儿，都是一样过日子，为什么高大眼珠子他家会比我们家要过得好呢？现在才弄明白，原来他爸能在单位往家偷东西呀！

高大眼珠子因为他爸被抓，在我们戏园子胡同的威信一落千丈。在那些日子里，他几乎不敢见人，整天猫在屋里，因为一见着熟人人家就问："高大眼珠子，你爸为啥被公安局给抓进去的呀？"高大眼珠子就无言以对，觉得丢了很大的人似的。

大约能有一个多月之后，公安局开公审大会，会场就设在我们家西院的实验小学的大操场上。那天是星期天，学校的老师学生们放假，由于广播大喇叭头好几天之前就宣传说要开公审大会，所以，那天来参加公审大会的人特别多。整个大操场黑压压地站满了看热闹的人，学校的大门两侧还有拿着枪的警察在站岗，从学校门口到审判台上，到处都是持枪站岗的警察，整个小学校显得非常森严肃重。我跟梁林福、赵发财、江山、江萍还有我的同学韩再军、钟蓄等一些人也挤在看热闹的人群里，高大眼珠子也跟我们在一起。由于他爸的被抓，他在我们这些人里显得有些灰溜溜的，不像以前那么爱咋呼了。

上午九点半，公审大会正式开始，一个戴着大盖帽的公安人员宣布把那些罪犯带上来。霎时间，几个持枪的公安人员就押着排成一字长队的罪犯从一间教室里走了出来。这些罪犯被押到主席台前，他们一律剃光了脑瓜，一个个低着头，有的戴着手铐，有的还戴着脚镣。每个人的胸前都挂着一块大牌子，上边写着他们所犯的罪行。有的罪犯胸前的牌子上还被画了红叉，这时我才知道，被画了红叉的那些罪犯都是被判了死刑的。

由于人多，我们的个子又小，站在人堆里根本就什么也看不着。为了能看清那些罪犯的嘴脸，我们又挤到了外边，从侧面看就看得比较清楚了。这时，江萍突然拽了我一下，她指着一个剃了光头却没有戴手铐脚镣的犯人说："狗剩儿哥你看，那不是高大眼珠子他爸吗？"

我的心里一拘挛，仔细一看，果然是高大眼珠子他爸。我就急忙四处撒目高大眼珠子，但是，他已经不见了。我在人群里找了半天，也没有看见他的人影。这时，我忽然恍然大悟，他一定比我们更先看见了他的父亲，这是一个令他丢人的伤心时刻，他不会在这里坚持下去了，他一定是先回家了。

我估计得没错，公审大会结束之后，我就跟江山直接上高大眼珠子家去了。我们一进屋，就看见他两眼通红，显然是刚刚哭过，高丫的眼泪还没有来得及擦掉呢。他们母亲正唉声叹气地在炕上缝什么东西，高大眼珠子靠在窗户旁边坐着，灰白的脸上充满了哀伤。他一见我们，眼泪就又流下来了。他那种默默的极度伤心的无声抽泣，弄得我们都非常难过。但是，我们不知该如何劝他，也没有办法劝他，更找不着合适的语言来劝他。我们在他家默默地坐了一会儿，就都走了。

高大眼珠子他爸被判了有期徒刑两年，缓期两年执行。不多日子他爸就被放回来了。后来清理城镇多余人口，大眼珠子家就被清理下去了。我记得那是一个细雨霏霏的早晨，我去上学，刚一走出我们大院的大门洞子，就看见高大眼珠子正站在大门洞子外边好像在等什么人呢，衣服已经被雨给淋湿了，头发被雨给淋得一绺一绺的。他家的院子门口，停着一辆大马车，一些人正在往车上装东西。我有些奇怪，就问他："你这是怎么啦？你怎么不上大门洞子里来呢？瞅你浇成那样！"

高大眼珠子瞅了我一眼，脸上带着一种悲哀的笑，说："狗剩子，我正在等你呢。"

我说："等我干啥呀？有啥事你就上我家去不就完了吗？"

高大眼珠子说："我们家搬家了。"话没等说完，他的眼泪就下来了。

那一刻我真是非常吃惊，我一把扳住他的肩膀，说："搬家？往哪儿搬啊？"高大眼珠子说："农村。"说到这儿，他的眼泪已经汹涌地流了出来，几乎是泣不成声地说："狗剩子，我再也不能跟你们在一起玩了，再也不能跟你们一起玩藏猫猫、一起跳墙看戏了。我真舍不得离开你们，可是……"

说到这儿，他说不下去了，呜呜地哭出了声音。

我的眼泪也流下来了，我抱住他的肩膀说："大眼珠子，别这样，往后勤来看看我们，你永远是我的好哥们儿。"

细细的春雨越下越大，我跟高大眼珠子泪眼相望，我们都不知该说些什么好，默默地互相瞅了好半天，他说："你还得上学呢，你走吧。"说完，他从兜里掏出一支黑杆钢笔，递给我说："狗剩子，这是我爸给我的钢笔，他原以为我能考上中学呢，可是，我没有考上，到农村也用不着了，给你留个纪念吧！"

高大眼珠子把笔塞在我的手里，转身就跑了，跑了一会儿，他突然站住了，但是没有扭过脸来，从他那耸动的双肩上，我看得出，他已经哭得不行了。

那一刻我也哭了，但是我没再叫他，我使劲地攥着他给我的那只黑杆钢笔，就好像攥着一颗童年的心一样，我知道，我的童年已经一去不复返了。

等我再看见高大眼珠子的时候，已经是八年之后的事情了。

第十八章
梁林福也被公安抓走了

　　大约是高大眼珠子他家搬走不几天之后，忽然有一天，我们院子里来了好几个警察，他们直奔委主任王奶奶家。他们进院的时候，我正在扫院子，他们的突然出现，把我吓了一跳。我瞅着他们进了王奶奶家，心里直划魂儿，这些人又来干什么了呢？

　　正在我拿着扫帚胡思乱想的时候，那帮公安在王奶奶的带领下，从上屋里出来了，他们直接奔梁林福家去了。我的心怦地一跳，难道梁林福又出什么问题了吗？

　　这些公安在梁林福家待了不一会儿工夫就出来了，王奶奶把他们送到大门外边，他们一个个骑上车子，急匆匆地走了。

　　当天傍晚，一个非常可怕的消息就在我们戏园子胡同传开了。梁林福因为强奸被公安局抓起来了。在那个阴郁的黄昏，从梁林福家传出了他娘的哭声和他爹的叫骂声还有他妹妹梁林环劝她娘的声音。

　　那时候我真是弄不明白，梁林福在江边脚行干搬运工，他怎么能跟强奸妇女这种事联系到一起呢？这到底是怎么回事呢？但是，我没有办法去打听，也不知该上哪儿去打听。第三天晚上，我正在家里那昏暗的灯光下写作业，我母亲忽然说："我不让你跟梁林福玩你不信，咋样，那孩子到底出事了吧？"

我故作漫不经心地问道："妈，他到底出啥事了？"

我母亲一边搓着麻绳，一边心不在焉地说："出啥事了？强奸！"

我又问道："他不是在江边码头上扛脚行呢吗，码头上那么多人，他上哪儿强奸去呀？"

我妈说："听委主任说，有一天晌午休息时，他上树林子里去撒尿，看见一个女的，这小子就起了邪心，上去就把那女的给抱住了，那小女子跟他撕巴，他把人家给掐昏了，就把人家孩子给祸害了。那小女子醒过来之后，跑到江边派出所去报案，一说那人长啥样，派出所就上脚行去了解，大伙儿一猜就是他，可是，这小子知道自己犯事了就跑了，跑到江北他一个亲戚家去了。跑了和尚还能跑了庙吗？到了让警察给抓住了。"

听我妈说完，我这心里怦怦直跳，我不知道我跟江萍、跟周德华的那些事算不算犯罪，如果算犯罪，我不也得被警察给抓起来吗？那一晚上，我做了好多噩梦，那些梦折磨得我几乎一宿没睡好觉，第二天早上起来的时候，就觉得脑袋里昏昏沉沉的。母亲问我咋的了，我说没咋的。母亲说："没咋的你那眼睛咋通红呢？脸上也不是正经色儿，是不是病了？"我有些不耐烦，说："妈，你嘚嘚啥呀，我说没事就没事，快点儿吃饭，我还得上学呢。"

那一天，我的精神一直恍恍惚惚，上课也打不起精神来，下课也没心思跟同学玩，脑袋里就像一盆糨子似的，乱糊糊怎么也理不出个头绪来。下午放学，我刚一到家，就有两个公安上我家来找我了。那一刻，我的脑袋吓得像个大筐篓似的，心想，这回可完啦，我干的那些事也都让公安给知道了吧？这回我也得像梁林福那样蹲监牢坐大狱去了。

那两个公安对我倒挺客气的，他们把我领到委主任王奶奶家，他们坐在王奶奶家八仙桌旁的太师椅上，让我坐在炕沿上，然后他们让我别害怕，让我知道什么说什么。

说了半天我才明白，原来他们找我是来了解梁林福的。我那颗悬着的心总算一下子落下去了。

一个警察问道："听说，你经常跟梁林福在一起？"

我说："一小的时候经常在一起玩，上中学之后，就不怎么跟他在一起玩了。"

另一个警察说："你知道梁林福还干过什么坏事吗？"

我想了一下说："他经常欺侮我们胡同比他小的孩子。我跟他在一起玩时，他也总欺侮我，他还让我闻屁。"

"闻屁？"那两个警察感到很奇怪，"怎么还让你闻屁呢？"

于是我就把那次他跟我玩棋摞闻屁的事跟他们学了一遍。我一说完，那两个警察就笑了。那两个警察说："这小子是真坏，怪不得他能干出往啤酒瓶子里撒尿的事呢。"

"啥玩意儿往啤酒瓶子里撒尿啊？"我不解地看着那个警察问道。

王奶奶就接过话茬儿说："狗剩子你还不知道吧？梁林福不是在码头上当搬运工呢吗，有一回他从船上往下卸啤酒，卸完之后，他就启开啤酒瓶盖，偷着把瓶子里的啤酒喝光之后，他怕被人发现，竟然往啤酒瓶子里撒尿，然后把盖儿盖好再放回啤酒箱子里。你说他这孩子有多坏吧！"

晚上母亲下班回家，问我："你让公安给找去啦？"

我说："嗯。"

母亲说："他们找你啥事啊？"

我说："调查梁林福的事。"

母亲说："他们都跟你说啥啦？"

我说："也没说啥。"

母亲说："我早就跟你说过，跟梁林福屁股后你捡不着好粪，咋样？这回跟他吃瓜落儿了吧？我告诉你狗剩子，为人不做亏心事，半夜敲门心不惊，跟着啥人儿学啥人儿，跟着巫婆学跳神儿。你这辈子，一别做亏心事，二别跟坏人打恋恋，指定能一辈子平平安安。"

母亲没什么文化，她说的这些话都是大白话，但是，就是这些大白话，对我的一生都起到了非常重要的警示作用。

那天晚上，是我人生的一个重要的转折点。

——第十九章——
江山他爸成了一个瓦匠

大概是1966年春末的时候，江山他爸回来了。我记得那是一个晚上，江山突然上我家来了。我还以为他是来找我上他家给他做伴去呢，但是，进屋之后，我发现有一种与平时决然不同的表情在他的脸上萦绕。我就问他："江山，你上我家来了，江萍一个人在家不害怕吗？谁跟江萍在家做伴呢？"

江山笑了一下。江山突然说："你猜谁回来了？"

我摇了一下头，说："你说的啥意思呀？啥谁回来了？"

江山极力掩饰着自己的激动，连说话似乎都有些磕巴了，他吞吞吐吐地说："我、我爸回来了！"

他说他爸回来了，他以为我也会跟他一样激动呢，其实，我对于他的这个消息显得有些麻木。我也不知道自己怎么了，就好像他爸的回来跟我无关似的。其实，尽管江山说他爸被抓是黄瓜种使的坏，但我总觉得好像与我也有一定的关系，如果不是我在王奶奶跟前出卖了他，他也许不会被抓走，所以在我心底一直有些歉疚之感，总想找机会补偿一下。江山他爸在没有抓进去之前对我一直非常好，按理说，对于他爸的回来，我也应该像他那样激动才对。可是，江山跟我说完了这个对于他来说的天大喜讯，我的心竟然静如死水，一点儿也涌不起波澜来。我瞅着江山，好半天才说："你爸啥时回来的？"

江山说："下午，当时我们家没人，他回来了，进不去屋，就上医院找我妈去了，我妈请了假，把他领回来的。"

我瞅着江山，仍然找不着该说的话题。

江山见我不说话，又接着说："我爸请你上我家去一趟。"

我有些奇怪，江山跟我是从小的哥们儿，我们之间从来没有客气过，今儿他咋还用上"请"这个字了呢？我就笑了，我说："我上你家还用请吗？这些年来，不是随叫随到吗？"

江山也笑了，江山说："这是我爸说的，我不过是重复我爸的话罢了。"

我说："走吧。"说完，我跟我妈打了一声招呼，就跟江山上他家去了。

外边有很好的春月，春末夏初的晚风轻柔柔的，吹在脸上就像一个女人的嫩手在脸蛋儿上轻轻抚摸似的。天上的那轮月亮不是很圆，但是显得很亮，黑蓝色的夜空上那密密麻麻的星星挤挤插插像煮苞米糙子锅里边的豆子。江山搂着我的肩膀，我们俩快步地向他家走去。江山的步子走得很急，那样子好像恨不得一下子就到他家才好呢。我不明白他为什么这样急，难道他爸爸找我有什么事吗？

走到他家开外屋门的时候，是他开的门，他把门开开之后，并没有进屋，而是闪在一边，让我先进。我又有些奇怪，江山今天咋这么客气呢？

我进了外屋，外屋黑洞洞的。就在江山刚把外屋门关上的时候，里屋的门开了，接着便出现一个沙哑的男人的声音："是狗剩子吧？"

这声音对我来说非常陌生，因为在我的记忆里，江山他爸并不是这种声音。我快走了几步，刚走到门口，一个胡子拉碴的半大子老头儿把我抱住了。他非常亲热地叫道："狗剩子，想不到咱爷儿俩又见面啦！"说着，就用他满脸的胡楂儿在我的脸上使劲地蹭了起来，蹭得我这脸上火辣辣的。对于他的这种亲热我真是有点儿不习惯。

他把我抱进屋，我从他的怀里轻轻地挣脱出来，我瞅着他那满脸的大胡子，感觉十分陌生，但是，我还是故作亲热地对他说："大叔你回来啦？"

他拉着我的手，用一种非常感慨地声调说："回来啦，想不到我大难不死，终于回来啦，咱爷儿们又见面啦。"

看着他对我的那种亲热的样子，我真不知道该跟他说些什么好。我看见江萍跟她母亲坐在炕上，也用一种非常亲热的眼光在瞅着我，我弄不明白这一家人今天为什么会对我这样客气，这样亲热。我瞥了一眼江萍，她正用一种极其温柔和饱含着脉脉情谊的眼光看着我。这屋里只有我明白她那眼光里的内容，我不能再看她了，我怕我跟她的那种不正当的关系被他们的父母看出来。于是，我就把眼光转移到江山他爸的脸上，我也不知该说些什么，就问道："大叔，你这是从哪儿回来呀？"

江山他爸笑了一下，说："从四方坨子劳改农场回来呀。我第一次回来，是从大西北的夹边沟，这次是从东北的四方坨子劳改农场，大叔只能从那种人间地狱的地方回来。"

我隐约听得出他那暗含在话语里的不满之情，但是我也不好说什么，只能瞅着他做微笑状。

江山他爸接着说道："你阿姨跟江山、小萍都对我说了，说这二年你没少帮我们家忙，帮江山看家，帮小萍打仗，那个姓黄的来欺侮你阿姨也多亏你啦，狗剩子，你小子聪明，脑瓜好使，将来肯定有出息。”

通过江山他爸的这一番话，我才渐渐听明白，原来我帮江萍跟黄瓜种他儿子打仗的事，还有黄瓜种来强奸江山他妈我来给冲了的事，他们都对江山他爸说了，他爸找我来是有点儿感谢的意思。

那天晚上他跟我说了好多话，通过他说的那些话，我知道了他已经改行不干教育了，已经学瓦匠了，他会搭炉子，会盘炕，会抹灰，也会码砖了。他说他已经不是一个文化人了，文化跟他已经没有任何关系了。他说文化人现在不吃香，他非常高兴他能从文化人的行列里脱离出来，当一个瓦匠，靠劳动吃饭。

说心里话，江山他爸跟我们说的那些话我有一多半听不明白，但那意思我都懂，他说话的中心意思就是说，现在文化人不吃香，总挨整，在社会上的地位很低，人们都管知识分子叫“臭老九”。

那天晚上，我在他家待了很晚才回来。那时我还不满十六岁，江山他爸跟我说的许多话我都不甚理解，根本就没往心里去，左耳朵听右耳朵就冒了。但是，后来形势的发展使得我对江山他爸不得不另眼相看了，他简直就是一个预言家，“文革”开始后，由于江山他爸已经成了一个瓦匠，竟然逃过了这一劫，而黄瓜种还有我的班主任白枚老师就没那么乐观了。

后来，清理城镇人口，江山一家被清理到农村去了，江山他妈曲大夫也被下放到农村卫生院当了大夫。这已经是后话了，他家往农村搬家的时候，我正在内蒙古的锡林郭勒大草原上进行国防施工呢，那时候，我已经是一名解放军战士了。

好像是七月份的一个周六的傍晚，学校组织我们宣传队给全校的同学做了一场演出。演出结束之后，已经是晚上八点多钟了。我们从学校大礼堂把我们演出用的东西拿回到音乐教室后，已经快九点了。外边没有月亮，那时候的社会治安虽然不像现在这么乱，但是也时有坏人出没。我们这些男学生倒无所谓，主要是那些女学生，得用人送。音乐老师就把男女学生编成几个小组，每组两人，一男一女，男学生送女学生，根据各家居住的位置来分配。

因为那时我正在心里疯狂地暗恋着钟蔷，因此，那天晚上我最希望的，就是由我来送钟蔷回家，我们两个不但顺道，而且我家跟她家离得也不太远，我送她不但名正言顺，而且也正好合理地找了一个单独跟她在一起的机会。我以为老师也会这么分配的。可是，老师没有分配，她让我们自动组合，由于当时我正在暗恋着钟蔷，我怕我说出来会引起别人的注意。我想，钟蔷肯定会主动提出让我来送她的。可是，当老师问她的时候，她却说："谁送都行，老师你安排吧。"老师就问大伙儿："谁跟钟蔷同学家住得比较近？"因为我心里有鬼，所以我就没有吱声。我想，大伙儿都不吱声钟蔷自己就会提出来我俩家住得比较近了。可是，就在我这种想法还没有结束时，韩再军突然说："我去送钟蔷去吧，我俩家离得比较近。"音乐老师就说："那好，钟蔷就交给你啦。"

那一瞬间，我的鼻子差点儿没让韩再军气歪。韩再军明明知道钟蔷家跟我家住得比他家要近，他却要送钟蔷，他这不是对钟蔷别有企图吗？但是，我不能把我的这种愤怒表现出来，我得装出若无其事的样子，我不能让我对钟蔷的暗恋被别人知道，我觉得我对她的暗恋是神圣的，这是一种不可以对别人言说的情感，这种情感是私人的，是只能埋藏在心里的。

这时音乐老师让我送一个模样长得比较一般、小鼻子小眼睛、个子也比较矮小的一个女同学，这个同学家离我家也不算太远，我送她回家也可以说是比较合理的。但是，由于我对这个女同学平时没什么好感，所以心里感觉特别扭。那一个晚上，我的心情简直糟糕透了。我送的这个女同学平时对我也挺好，一路上她喋喋不休地跟我说这说那，我在心里厌烦透了，但嘴上还得应付着她。我那时才真正知道什么叫妒忌，什么叫厌恶，什么叫情敌。

第二天早晨上学的时候，我在路上碰见了韩再军，他大老远地就跟我打招呼，我却装作没看见他，仍然往前走我的路。韩再军从后边呼哧带喘地追上来，他说："狗剩子，你没听见我喊你吗？"

我狠狠地瞪了他一眼，说："韩再军，我有大名，往后你再当着别的同学的面叫我小名，别说我对你不客气呀！"

韩再军被我的这句抢白给说蒙了，他不明白我为什么会跟他发这么大的火。因为我跟韩再军是发小，我们从一小就是好朋友，在私下场合，我们从来都是互叫小名的。虽然上了中学我跟他不在一个班，但是，我们还经常在一起玩，特别是我们俩都是学校宣传队的队员，这关系就比别人更近一层。可昨晚他抢先送钟蕾回家，对我的心灵刺激太大了，我昨儿下晚儿几乎一宿没有睡好觉，我已经暗暗地把他当成了自己的情敌，暗暗地在心里边发誓，非把钟蕾从他的手里抢回来不可。

韩再军像个霜打的茄子似的，蔫头巴脑地跟在我的后边，我连瞅都不瞅他。一路上，碰见好多上学的同学，我跟那些同学有说有笑，故意冷落韩再军。在我们的说笑声里，韩再军像一条夹尾巴的狗，显得可怜兮兮的。

后来，我跟韩再军一同当了兵，只不过他当的是空军，我当的是陆军。1970年的一天，我突然听说有一架飞机失事了，飞机上一名飞行员和两名随机的助手都牺牲了。那名飞行员为了不使飞机在人口稠密的地方坠落，滑翔了十几公里，最后撞在一座山头上了。在那架飞机上，就有我的同学韩再军。他一直到死，也没有弄明白我冷落他的原因。

第二十一章
革命中建立起来的感情

　　我在学校的文艺宣传队里越来越活跃，越来越能张罗，负责管理我们宣传队的音乐老师也对我越来越好。就在这时候，我发觉一直被我暗恋的钟蕾，明显地跟我亲近起来。由于宣传队的事基本都由我和音乐老师说了算，所以那一段时间，钟蕾每天都以请示汇报工作的借口找机会接近我。对于她跟我的接近，我表面上装得若无其事，其实心里边乐得几乎难以自已了。但是，我知道我不能跟她过于亲近，更不能把我对她的好感让别的同学看出来，如果让别的同学以为我假借革命的名义，实则跟女同学搞恋爱，让他们看出我的私心私欲来，那我的威信就会一落千丈，就没有办法再去驾驭他们了。所以，我必须得收敛我对她的感情上的表达，我只要让她觉得，我心里边有她就行了。

　　有一次，我们文艺宣传队去石油会战指挥部给那里的工人叔叔们演出。那天的演出非常成功。台上台下，工人学生一起互动，歌声汇成了欢乐的海洋。当时正是八月份，天气非常炎热。演出结束后，我们都很兴奋，有一种无法排遣的燥热在我们青春的血液里流动。于是，我就找了几个同学上松花江去游泳。当然，我找的都是男同学。但是，我没有想到，当钟蕾看我组织人上江边去游泳时，她找了几个女同学跟在我们后边也上江边去了。

那时候，学校是不让上松花江去野浴的，因为松花江每年都要淹死一些人。可是在学校的这种禁令下，我们仍然没有间断了在松花江里的野浴，而且还学会了一身游泳的本领。我的水性在我们学校也是比较出名的，县体校每年的"八一"都要组织游泳比赛，我曾在这种比赛中拿过名次。不过，那年的夏天，由于政治局势的变化，学校已经没有心思再去管学生们的这些破乱事了，愿意游你就去游，淹死了算你命短。所以，我们可以无忧无虑地上松花江里去洗澡去游泳，不必再怕老师们的管束了。在那个燥热的夏天的午后，整整一个下午，我们一直浸泡在水里游泳，嬉戏，在水里打水仗，游累了玩累了，就跑到岸上的沙滩上休息，休息够了再回到水里。江这岸到江心岛有三百多米的距离，我们不断地从江这岸游到岛上去，再从岛上游回来。那些女同学则在江边的草地上扑蝴蝶抓蚂蚱，在沙滩上聊天，看我们的游泳比赛，为我们鼓掌加油。由于有女同学的助威，我们这些男生个个都淋漓尽致地表现自己，都想让自己在女同学面前出出风头。那天，我们玩得非常尽兴，几乎是不知不觉之间，天就黑了。当对岸的灯火像星星般亮起来的时候，我们才意识到，该回家了。

我们穿好衣服作鸟兽散，同路的一起走，不同路的就各走各的。我跟几个男同学走到树林子边上的时候，就各自分手了。树林子边上是一个小江岔子，上边有一座小桥，我们都管那座桥叫小桥子。我刚走到小桥子边上，一回头，忽然发现钟蕾正在我的后边呢。我的心猛然一阵狂跳，我站住了。我装作若无其事的样子对她说："你们的那些人呢？"

钟蕾说："她们都回家了。"

我故意问道："你咋落后了呢？"

钟蕾嗔了我一眼，说："我等你送我回家呀。"

我故意说道："你咋不让韩再军送你了呢？"

钟蕾不高兴地说："司马霖你这人咋这样呢？韩再军今天来了吗？"

我这才故作恍然大悟地说："哎哟，你瞅我这臭脑袋，我咋把韩再军给忘了呢？"

其实，今天我在招呼人上江边游泳时，故意没有招呼韩再军，韩再军见我不理他，就没有来。现在我又故意这么跟钟蕾说，可见我这人是多么卑鄙了。

钟蕾走上来，跟我并排站在了一起，她低着头，好像有什么话要跟我说，但是，好半天也没有说出来。我们就那么默默地站了一会儿，我说："走吧，我送你回家。"

钟蕾说："你要是不愿送就拉倒，好像我求你似的。"钟蕾的这句话是笑着说的，说完，她还很暧昧地瞅了我一眼。那时我也正好在瞅她，我们的眼光一下子就撞到一起了，我的心就又是一阵乱跳。我急忙把眼光闪开，小声说："我啥时候说不愿送你啦？"

钟蕾听我这么一说，竟然轻轻地笑了起来。钟蕾说："我跟你说笑话呢，你这人咋这么较真呢？"

我们走过小桥子，沿着江岔子旁边的杨树林子慢慢地走着。好半天我们谁都没有说话，我似乎听见了她的心也在跳。走了一段路，钟蕾忽然站住了，她定定地瞅着我，说："司马霖，你是不是对我有些误会？"

司马霖是我的大名，在我们的一般同学中叫我大名的不是很多，因为我们小时几乎都在一起，叫小名叫惯了，所以他们都喜欢叫我小名，叫我狗剩子。钟蕾冷不丁这么一叫我的大名，我竟然有些茫然，我说："误会？误会什么？"

钟蔷不说话了，瞅着我，我也瞅着她，我们就那么互相瞅着，谁也不说话。过了能有一两分钟，我才故作平淡地说："钟蔷，你不要想得太多了，我绝对没有误会你，我也不会误会你，我们是同学，是邻居，又是一小的朋友，我对你怎么会产生误会呢？我们的友谊是纯洁的。"说到这儿，我故意停顿了一下，我看着她那张娇媚好看的脸庞，看着她那张脸上那长得匀称的鼻子、眼睛和好看的小嘴，然后慢慢地接着说道："钟蔷，你看过马克思的故事吗？"

钟蔷说："你指的是什么？"

我故意说："马克思跟燕妮的故事你知道吗？"

钟蔷的脸一下子红了，她故意摇摇头说："没有，没看过。"

我知道她这是故意撒谎，但是我也没有拆穿她，因为我已经把我的意思表述得很清楚了，我没有必要把话说得那么直白。我说："等有时间你应该读读马克思跟燕妮的故事，他们那种伟大的纯洁的革命友谊、革命的感情，真是我们的楷模啊。虽然说革命不是请客吃饭，不是做文章，不能那样温良恭俭让，但是，革命者之间的伟大感情还是需要的。"

说完这些话，我就走了。钟蔷跟在我的后边，也没有说什么，但是，我觉得我已经把我的意思都说明白了，我想她也听明白了，她愿不愿意跟我保持这种伟大的感情那就是她的事情了。后来，钟蔷快步跟上来，我们并排走着，一直走到她家门口，我们才站住了。我把手伸给她，说："我们的友谊、我们的感情是在革命斗争中建立起来的，但愿我们的这种感情能够保持下去。"

钟蔷犹豫了一下，但还是把手伸给我了，我握住了她那柔软温热的小手，一股暖流瞬间便传遍了我的全身。这是我有生以来第一次像大人那样跟自己心仪的女人正儿八经地握手。

那一刻，我觉得我已经跟她私订了终身。但是，这是革命的感情。跟小时候我与江萍和周德华的那种不谙世事的游戏已经不可同日而语了。

1967年夏天，由于"革命"对我的召唤，那时候我已经不怎么回家了，整天泡在学校里。给我们宣传队编写小节目，写一些大批判文章什么的。有一天中午，我正在一间教室里给我们宣传队写一个歌颂石油工人大会战的小快板，这时，忽然有个同学闯进来说："司马霖，外面有人找你！"

当时我还以为是哪个同学找我呢，也没有太在意，当我把小快板写完，跑过去一看，原来是我爸我妈。我爸一看我，也不问三七二十一，照我的屁股就是一脚，差点儿把我踹了个前趴子。我妈则上前一把抓住我，往回拽我。这时，就有几个同学围上来，七嘴八舌地说："怎么回事，怎么回事？你们怎么打人呢？"我急忙拉开那些同学，跟他们解释说，这是我爸我妈。

我爸我妈也不让我解释，啥都不说，强行就把我给拽走了。

我父亲是渔场工人，他所在的渔场距离我们居住的县城有八九十里的路程，他几乎常年不回家，我们家里的一切都是我母亲在操持着。我父亲这次就是因为我才回来的。那时，由于他们的渔场远离城市，"革命"的火焰根本就没有烧到他们那里。我父亲是他们那个渔场的工长，即便是在"革命"最激烈的时候，他也仍然领着工人打鱼、卖鱼。在我父亲回家的前几天，县里武装部的一个头头儿上他们那儿去买鱼，我父亲自然要陪着他们吃饭。在吃饭时，那个武装部长对我父亲说："我说老司啊，你儿子叫司马霖对吧？"

我父亲忙不迭地说："对对，我儿子是叫司马霖啊。怎么，你认识他？"

那武装部长说："你儿子现在可是个'风云人物'啊，老司，你得好好管管哪，真要站错了队，将来可就麻烦了。"

"能有什么麻烦呢？"我父亲不识字，不知道"风云人物"将来会有什么麻烦，因此，就抬着头眼巴巴看着那个武装部长问道。

那武装部长说："什么麻烦？那麻烦多了，上学、念书、考大学、毕业分配，都会有麻烦的。我跟你说老司，你可别不当回事啊！"

听武装部长这么一说，我父亲这才认真对待这件事了。他怎么也没有想到，他的儿子竟然成了"风云人物"，这还了得。于是，父亲趁着一个星期天，就跟附近村屯进城的一挂大马车回到县里来了。进城后，他急忙找到正在江边码头上干临时工的母亲，让我母亲领着他到处找我，终于在我们学校的教室里找到了我。父母亲不由分说，强行把我给拽回去了。回到家，父亲也不问三七二十一就要揍我，但是忽然觉得我已经是大孩子了，不能再像以前那么打了，于是强行领着我上大车店，找到了拉他进城的那挂马车，当天下午就把我领到他们渔场的那个网房子去了。那时候，他们那个渔场跟县城根本就不通汽车，而那个叫作"拔浪泡"的网房子更是在荒山野岭之外，出门看见的除了一眼望不到边的内陆湖泊再就是漫无边际的荒草滩。在那个地方如同软禁一样，想逃跑都找不着路啊。父亲说："你就安心在这儿待着吧，好好把你身上的野性磨一磨。"在父亲的"暴政"下，我只好蜷缩在拔浪泡的那几间网房子里，晚上睡觉，白天跟他们拉套子打鱼。

在拔浪泡我一待就是小半年。当我在1968年的春节回家的时候，县里的形势已经发生了很大的变化。我是1967年的初中毕业生，如果正常的话，我中学都应该毕业了，但是却不能正常地到高中去念书。我不知道我未来的命运会怎么样。此时，我已经是将近十八岁的青年了，按理说已经是成年人了。我得像成年人那样去思考问题了。就在我茫然不知所措的时候，春季征兵开始了。我瞒着父母，毫不犹豫地报名当兵去了。

第二十二章
我穿上了绿军装

我报名参军时，我爸我妈不知道，直到我穿上部队发给我的又肥又大的军装回到家跟他们告别的时候，他们才知道我已经是解放军大学校里的一名解放军战士了。那天晚上，我爸正跟他们渔场的头头儿在我家喝酒，当我穿着肥大的绿军装走进家门口的时候，我爸我妈都愣住了。我爸瞪着他那被酒精烧红的眼睛看着我，操着一口永远都改不过来的山东口音一劲儿对他们渔场那头头儿说："你瞅瞅这熊孩子，你瞅瞅这熊孩子，当兵都不跟家里打声招呼……这熊孩子……这熊孩子……"

他们渔场的那个头头儿一看我要当兵走了，就随手把他别在上衣口袋里的钢笔拿出来，说："狗剩子，你当兵大叔也没啥送你的，这钢笔跟了我好多年了，就送给你吧，到部队好好学习，好好出息，听见没有？"

我接过他给我的钢笔，朝他笑了笑，也没说什么。我爸有些不高兴地说："你瞅瞅这孩子，你瞅瞅这孩子，连个话也不会说，你咋不谢谢你大叔呢！"说着，他就端起酒盅，跟那头头儿说："来来，咱们喝酒，喝酒。"

我妈的表情有些冷漠，看着我说道："你这孩子是真能作啊，这么大事你都不跟家商量商量就敢自作主张。这回作到军队里去了，看有人管你没有……"说着说着，我妈竟然掉眼泪了。

在我即将当兵离开学校的那些日子，同学们纷纷送我，尤其是宣传队的那些同学，天天在一起吃饭、照相。我们这些同学从小到大，一直到现在，几乎没有分开过，虽然有几个同学因为一些原因从我们宣传队退出去了，但是我们的感情还是挺深的。

在这些送行的同学当中，始终没有出现钟蔷的影子。我不知道为什么钟蔷不来送我。在所有的同学当中，她是最应该来送我的啊！因为从"文革"一开始，我们的关系就已经心照不宣了。我在父亲的渔场待了差不多有小半年，给渔场拉套子打鱼赚了钱，我还特意给她买了一个精美的烫金缎面笔记本准备送给她。但是，从我在渔场回来一直到报名参军，她一直也没有露面。我真的不知道这是什么原因。难道她对我的感情已经变了？

我是一个有着强烈自尊的男孩子，我绝不会主动去找她来乞求她对我感情上的施舍的。所以，在那些日子里，我虽然在心里边想她，但是，表面上要装出毫不在乎她的样子。我几乎每天都要假装忙忙乎乎地跟同学们吃饭、叙旧，畅谈离别之情，以此来排解对她的那种思念之情。

就在我穿上肥大的军装要离开县城开赴部队的前一天晚上，县里由武装部出面，在戏园子给我们这些即将当兵离家的新兵们举办了一个文艺晚会欢送我们。当时，我已经没有心思看文艺演出了，我得抓紧时间跟我的那些要好的同学告别，跟家人多待一会儿，因为此去经年，关山万里，这一走，不知道什么时候才能回来呢。所以，文艺演出刚一开始，我就偷偷地溜了出来。

由于戏园子离我们家太近了，从戏园子溜出来后，我就直接回家了。此时，天已黑尽，我们家胡同口的那盏昏黄的路灯在灰蒙蒙的夜空下散发着疲惫的光晕。虽然是早春，我们戏园子胡同已经有不少小孩子在路灯下嬉闹了。我忽然想起了我的小时候，那时，我不也像他们现在这样无忧无虑地跟着高大眼珠子、周德理他们在这路灯下抓特务、藏猫猫玩吗？这一晃，我就成了大人了，穿了军装了，成了解放军大学校里的一员了。我有些感慨地看着那些孩子们在路灯下用木棍、秫秸互相打斗，互相追逐。这时，我忽然发现从我们家大门洞子里走出一个人影来。那是一个有些眼熟的女孩儿的影子。那一瞬间我有些愣怔，几乎就在同时，那个女孩儿也发现了我，她一边往我这边走一边说道："是司马霖吧？"

我这才明白我的感觉是对的，这个女孩儿正是我日思夜想的钟蔷。也不知道为什么，这冷不丁一见她面，我的心竟然不由自主地快速跳了起来。我急忙紧走几步，来到了她的面前。

我已经有半年多没看见她了，她的变化挺大，那模样似乎比过去更加漂亮了。在晕黄的路灯的光影下，她的脸色显得更加白皙，眼睛也显得更加有神和更加深邃了。她穿着一身已经被洗得发了白的旧军装，肩膀上挎着一个绣了红心的军用挎包，很有点儿英姿飒爽的样子。她看着我淡淡地笑了一下，说："我刚从你家出来，你家大婶儿说你没有回家。"

我强抑制住自己那激动狂跳的心，故意装出淡然的样子说："部队的纪律挺严的，不让回家，我这还是偷着跑出来的呢。"

说着话，我们两个不由自主地就朝通往北边的那条胡同走去了。胡同里很黑，没有路灯，正好适合谈情说爱。我们就那么默默地走着，那一刻我也不知道自己怎么了，满肚子思念的话语，竟然想不起该怎么跟她表述好了。我们就那么默默地走着，不知道走了多长时间，在走到中心小学大门口的时候，她突然停下了脚步，定定地看着我，说："司马霖，你从你父亲网房子那儿回来后，怎么一直不来看我呢？"

我不知道我该怎么跟她解释好，也不知道该怎么向她表达自己对她的那种思念之情，她根本就不知道思念她的那种滋味是多么苦涩多么折磨人！但是，我不知道该怎么向她表达，所以，她说完之后，我愣怔了好一会儿，竟然莫名其妙地反问道："那你为什么不来看我呢？"

听我这么一说，钟蔷也好半天没有吱声，她低着头，用脚尖碾着地上的土块。过了有好几分钟的时间，她才轻轻叹息了一声道："唉，司马霖，你太骄傲了，太不理解女孩子的心思了。"说着，她从随身背的那个军用挎包里拿出了一个笔记本，说："你就要走了，我也没什么送你的，这个笔记本送你，留着在部队记点儿什么吧。"

我忽然就想起了我给她买的那个精美的烫金缎面的笔记本，我把那笔记本放在新兵集合的地点了。现在她送我笔记本，我该送她点儿什么东西呢？我忽然想起了我爸他们单位的那个头头儿送给我的那支钢笔，那笔现在就别在我的绿军装的上衣口袋里。于是，我把那钢笔摘下来递给她说："这是我爸的一个老战友送给我的钢笔，转送给你吧。"

在这里，我之所以要说是我爸的老战友送的，这无形中就把我爸的身份给抬高了，这就说明我爸也曾当过兵也是有身份的人物。这是一种极其卑劣的虚荣。但是，我也不知道我那时候怎么了，竟然虚荣到如此程度。

钟蔷没有要我给她的这支钢笔，在苍然冷瑟的黑暗中我发现她笑了一下，她说："别人给你的礼物你怎么能轻易地转送给我呢？我不要，还是你自己留着用吧。我该回去了，别忘了，到部队给我写信。"

　　说完，她轻轻地朝我摆了摆手，走了。我目送她那细瘦的身影一直走进无边的黑暗中，我才转身往回走。我怎么也没有想到，我们经过这么长时间的分别，在即将面临着又一次离别的前夕，我们的感情竟然是这么淡然。我在那黑暗的胡同里默默地往回走着，我不知道我的脑子里都想了些什么，有一丝淡淡的惆怅突然在我年轻的心胸里漫洇开来。

　　第二天，我就跟着接兵的部队离开了家乡，到部队从军去了，这一去就是五六年。当我百曲千折、历经磨难再回到我的家乡的时候，家乡的变化已经是物是人非、沧海桑田了。

第二十三章
尴尬的见面

　　我是1974年从部队复员回到我的故乡——松嫩平原上的这个小县城的。我们那批复员兵复员回到地方以后，集体被分配到油田当采油工去了。因为我当兵一直在部队的文艺宣传队搞创作，这冷不丁一回家让我上油田当工人，就有些不习惯。因此，我非常希望能留到地方工作，仍然还能让我干文艺这行。但是这挺麻烦，这牵扯到油田跟地方的关系问题，如果地方把有用的人才都留下了，那油田就会有意见的。所以，能否留在地方首先取决于你能不能找到接收单位。就是找到接收单位，也要看县里有没有人给你说话。而且，万一油田要是追究起来，给你说话的这个人还能够给你扛得住。所以，我的分配就成了问题。

　　这时，地方政权基本上已经步入正轨，地方"革命委员会"的主要位置由武装部的头头儿们出任，原先地方上的老干部能够"结合"的也都"结合"了。钟蕾的姐夫原先是我们这个县的副县长，现在也被"结合"了，分管农业方面的工作，在县城里也算是一显赫的人物了。我父亲是从山东闯关东过来的渔业工人，在他的交际圈子里都是一些出苦大力的下层人，一些有头有脸的人只有在想吃鱼时才能想起他来，平时他们是不屑认识他的。所以，指望父亲找人帮我分配工作根本是不可能的事。我要想实现我的理想，达到我的目的我只能依靠自己。现在我的同学圈子里能够帮上我的，只有钟蕾了。

但是，自从我复员回来之后，钟蕾始终也没有来看过我。按理说，我复员的消息她是应该知道的。在部队的这些年，我跟钟蕾只是头一年通过几封信，我把在渔场赚钱给她买的那个烫金缎面的笔记本寄给了她，我记得我还在那笔记本的扉页上给她题写了一首诗：

　　并蒂莲花根连根，
　　比翼双鸟心连心；
　　花经风雨更鲜艳，
　　鸟击长空搏风云。

在这首诗里我把我们的关系暗示成并蒂莲和比翼鸟，我想她一定会对我的这种比喻做出某种反应的。可是没有，她什么反应都没有，只给我回了一封信表示感谢。从那之后，我们之间的通信就更简单了，根本没有炽热的情感的倾诉和爱的表达。再后来，好像是我给她写信她没有回，我再就没给她写，这样我们就断了联系。现在我复员回来了，过去我们宣传队的那些同学纷纷从四面八方汇聚我家来看我，她钟蕾不可能不知道啊。如果她知道，为什么不来看我呢？即便我们没有了感情上的牵绊，就是看在过去老同学的情分上她也应该来看看我呀！

可是，她始终没有来。

大约在"五一"前后，我们一起复员回来的复员兵们几乎都上油田去上班去了，只有我还像个无头苍蝇似的到处找人活动分配的事情呢。我被逼得几乎无路可走了，只好硬着头皮去找钟蕾。

那是五月中旬的一个有风的下午，我骑着车子假装没事似的在钟蕾他们家的大门外转悠。我不能直接上她家去，那样就显得我太掉价，万一人家给我脸子看或者对我冷淡，我这么大个人多难堪哪！所以，我只能假装和她偶然相遇，然后再叙离别之情，最后再引到请她姐夫帮忙这件事情上，那就显得自然了。即便办不成，我们谁都不伤面子。但是，也不知道为什么，我在她家门口来来回回转了足足有两三个小时，也没有见着他们家有人出来，更没有看见她出来。这时天色已经黑了，一弯细嫩的月牙儿在苍黑色的天宇上伴着那满天的繁星已经开始了缓慢的旅行。风比先前似乎小了一些，但是气温比先前更冷了。我有些绝望地再一次骑着车子从她家门口慢慢地往北骑去，在骑到她家门口时，我故意放慢了骑车的速度。我从院外往里望去，他们家屋子里的日光灯已经亮起来了，透过明亮的玻璃窗把那惨白的光漫洒到院子里。院子里没有声音，两扇黑漆大门紧紧地关闭着，似乎有些与世隔绝。院子里有一株杏树，树枝上开满了粉白色的花朵，但是没有树叶。我停下车子，在距离大门十几米的地方故作漫不经心的样子，不住地往院子里窥视，但是我什么也没有看见。

就在我终于要绝望的时候，忽然大门开了，一个五十来岁的老女人从大门里走出来倒垃圾。我知道我不能再错过这个机会了，如果我错过这个机会，今天晚上恐怕就见不着钟蕾了。于是，我推着车子几步走到那老女人跟前问道："大婶儿，钟蕾家是在这儿吧？"

那老女人有些警惕地抬头打量了我一眼，说："对呀。"

"她在家没有？"我继续问道。

那老女人有些怀疑地看着我反问道："你找她干啥？"

"我是她的同学。"

"同学？"那老女人仍然用怀疑的眼光看着我，并不回答钟蕾在不在家的问题。

就在这时，院子里传出一个好听的女孩儿的声音："妈，你跟谁说话呢？"

那女人扭转脸朝院子里说道："钟蔷，有一个同学找你。"

"同学？谁呀？"说着话，一个穿着细碎花格上衣、脚上趿拉着拖鞋的小女子披散着头发从院子里走了出来，边走边问，"谁呀？"

我一下就认出来了，这女孩儿正是钟蔷。我们分别五年多了，她比过去显得更丰满也更漂亮了。她一边用手捋顺着那披散的长发，一边用眼睛扫视着站在院门外的我和她的母亲。

那一刻我也不知道自己怎么了，心跳得快要到嗓子眼儿了，一种难以言说的情感在我的身上急速地涌动，我费了好大劲才抑制住自己那激动的心情，颤抖着声音说道："钟蔷，是我啊，我是司马霖。"

钟蔷这才注意到我，我发现，她也显得有些激动。她走过来，看着我说道："哎哟，是司马霖哪！听说你回来了，我还没来得及去看你呢！快进来呀，在门外站着干啥呀！"说完，又对她母亲说："妈，这是我们同学司马霖，刚从部队转业回来。"

她母亲忙不迭地说："那快进屋吧。"

我随着她们母女走进了那飘漫着淡淡的杏花味道的小院，院子里很干净，院中间的花坛四周摆放着一盆盆的花草，那棵细高的杏树鹤立鸡群般地挺立在花坛的正中。花坛里的花草也已经都长出来了，像一层茸茸的绿地毯让人心情愉悦。她们母女把我让进了屋里，屋子里有一铺南炕，炕上有一口当时非常时髦的三圆柜，柜上边码放着整齐的被褥。地上有一口大立柜，立柜门上镶着椭圆的玻璃镜子，这在当时也是非常时髦的。屋子的北边是一对沙发，中间摆放着茶几。一走进这屋，就觉得这不是一般人家。

钟蔷把我让座在沙发上，忙乎着给我沏茶倒水，又让我抽烟。

我有些不好意思地说道："钟蔷你别忙乎了，我又不是外人你忙乎啥呀。你忙乎得我都不好意思了。"

钟蔷这才落座跟我聊起天来，我故作不经意的样子看着她，实际上一直在不住地打量她，她出落得比过去更漂亮也成熟了，真真是一个大姑娘了。她过去长得太瘦弱，头发焦黄枯干，细细的瘦腰像一根没有发育好的豆芽菜。而现在，头发油黑发亮，腰身也比过去显得丰满了。特别是她那双黑亮黑亮的眼睛，忽闪忽闪的好像会说话。也不知为什么，有一丝隐隐的自卑在我的心头上滋长，我忽然觉得我跟她已经不是一个档次上的人了，我们不可能再有将来了，今天晚上的见面，大概就是我跟她"恋爱"的最后的一次精神晚餐吧？

钟蔷用一种居高临下的微笑看着我，问道："怎么样？出去这几年混得不错呗？"

我知道我不能在她面前显得过于低气，我必须以对等的身份跟她谈话才能不失掉我男子汉的自尊。因此，我也微笑地看着她说："就那么回事吧，有啥错不错的。我要是混好了，你能不去看我吗？就因为我没有混好，所以这么长时间你都不去看我吧？"

我注意到，钟蔷的脸微微红了一下。她拿起茶几上的一盒火柴轻轻地摆弄着，淡然说道："我跟你说，司马霖，你千万不要挑我的礼，前些日子我出差了，我也是刚刚回家，刚刚听说你复员的消息。"

"你现在在哪儿上班呢？"我一看她有些不高兴了，就赶忙转移了话题。

"在油田医院。我现在正在省医大进修呢，过几天还得走。"

"哦，原来你当医生了。"

"咱们的那些同学没有跟你说我当医生的事情吗？"她有些奇怪地看着我问道。

我摇头说："没有。"

她自嘲地笑了一下说："看来，我在咱那帮同学当中还是引不起他们的关注啊！"

我也有些奇怪，我回来已经两三个月了，我们的那些同学几乎天天上我家去起腻，我不知道为什么会没有人提起她呢？是她引不起我们的那些同学注意，还是别的什么原因使得我们那些同学不屑于在我的面前提她？我想不明白。所以，她说完之后，我就说道："并不是你引不起大家的关注，而是你的身份离大家愈来愈远了吧？"

她笑了一下，说："我不过是一个实习的小医生，算什么呀？"

我就说道："那你不等于上天堂了吗？咱们的那些同学有不少还在农村的集体户没有抽上来呢，抽上来的也都是在工厂当工人。"

她有些不屑地说："这就是命运的安排，我怎么也没有想到我这辈子还能够成为一个外科医生。可是，命运偏偏安排我成了无影灯下的白衣战士，我那么害怕鲜血，我现在的工作却每天都要跟鲜血打交道。司马霖你说，这不是命运是什么？"

我看她那得意的样子，真不知道说什么好，她说她当医生是命运的安排，可实际上如果没有她那在"革委会"里当官的姐夫，命运怎么可能会把她安排到无影灯下去呢？那时候，社会上广泛地流传着这样一句顺口溜："穿上白大褂，走遍全天下；拿起手术刀，天天有红包。"现在的她已经进入主流社会里去了，却还在跟我大谈什么命运的安排，就好像她能够有今天这样的好工作全是命运的安排似的。我越听她这话就越觉得不是味儿，相隔了这么多年，我们真的是有点儿话不投机了。所以，我觉得我跟她没什么更多的话题好聊的了，就站起来说："钟蕾，今天我是顺路过来看看你，天不早了，你们也该休息了，我走了。"

钟蕾没有留我，她也站起来说："有空过来玩吧。"

我敷衍着跟她"嗯嗯"了几声，就走出了她家那明亮的屋子。钟蔷跟在我的身后，一直把我送到大门外。在即将分手的那一瞬间，我终于鼓起勇气跟她说道："钟蔷，我有个事想求你不知道你为不为难？"

"什么事？"她盯着我问道。

"我的分配出了点儿麻烦！"我有些紧张地看着她说道。

"出什么麻烦了？"她有些漫不经心。

于是，我就把我的情况跟她说了一遍。她听完后斟酌了好半天才说道："这样吧，我找我姐夫给你问问，看他能不能说上话。"

"那我什么时候听你信儿呢？"我满怀希望地看着她问道。

"明后天吧。我下礼拜还要上省城去学习，在出门之前，我会给你一个准信儿的。"

我看着她，想从她的眼睛里再捕捉到当年读书时或者在宣传队时我们之间的那种纯真感情的感觉。但是，没有，我从她的眼睛里什么也有没捕捉到，我看到的只是一个高傲的女孩儿那种居高临下的微笑。于是，我朝她点点头说："那我走了。希望能听到你带给我的好消息。"

我朝她摆了一下手，就告辞了。

有一种难以言说的沮丧和后悔在我的心里慢慢滋长，我觉得我在她面前太下作了，我是一个男人，怎么可以在她面前显得那么低气？我根本就不应该跟她说求她姐夫帮忙的事。如果这事真的办不成，那我不是太没面子了吗！那天晚上，我的心情糟透了，我觉得我跟钟蔷已经没有任何可能了。我不能再躺在浪漫少年时代的温床上再去做那浪漫的美梦了。生活永远都是最现实的，在现实生活中，浪漫的梦只能破灭。

我知道我不能依靠钟蔷的姐夫来帮我办这事了，我得另找途径。

我妈看我整天阴沉着脸子，就说："要不让你老章大叔给说说看看吧？"

这个老章大叔就是我们戏园子胡同的章多星，"文革"前他是剧团的团长，但是，那时我不知道他还是一个剧作家，不知道我小时候看的很多戏都是他创作的。"文革"开始后，别有用心的人诬蔑他的唱词反动，他为此受了不少罪。

他被"解放"出来后，就被安排在"革委会"政治部设立的一个创作组里当上专职作家了。我从部队复员的时候，他正跟另外一个作者合作创作农业学大寨的一部大型戏曲呢。

其实，我妈说找老章大叔看看，我并没有抱多大希望，因为虽然我们同住在一个胡同，但是，我跟他们家从没来往过。倒是我妈跟他老婆的关系非常好，他老婆也是个家庭妇女，那时，常常跟我妈在一起做针线活。有了这层关系，我妈就背着我找到了章多星，求他给问问，看能不能留在他们的那个创作组里工作。没想到，章多星是一个非常好说话的人，他当时就满口答应说："让狗剩子把他在部队创作的作品拿来给我看看，如果行，我就给他推荐推荐。"于是我妈就喜滋滋地回家对我说："狗剩子，你老章大叔答应了，他让你把你在部队写的那些东西给他看看，如果行，他就给你推荐推荐。"

直到这时，我对我能否留在县里仍然不抱什么希望。但是，既然人家想看看我写的东西，那就拿给人家看看吧。我还算是比较有心计的，我在部队写的那些东西，只要我认为比较好的，我都没有扔掉。于是，我就把我创作的那些快板剧、小话剧、数来宝、对口词什么的，给章多星拿去了。

也就在这时候，钟蕾来找我了，她说她已经跟她姐夫说了，她姐夫说这事挺不好办，因为我们是集体转业到油田的，地方上不能私自截留，如果好的人才都截留了，油田找上来就麻烦了。她说她明天就要去省城上学，很遗憾没有能帮上我的忙。

那一刻我也不知道自己怎么了，也可能是为了在她的面前保持一种尊严或者找回面子吧，我淡然说道："其实你给问就已经是帮我忙了，谢谢你了钟蔷，我的事已经办得差不多了。"

她有些吃惊地看着我说："哦？谁给你办的？"

"我的一个亲戚。"我当然没有必要告诉她是谁给我办的了，所以，我只是含糊其词地说是一个亲戚给办的。

"那你最后落到哪儿了？"她又问道。

"'革委会'政治部下属的创作组。"我故意用淡然的口气说。

"哦，那真不错。那好，等我回来之后咱们再联系。"好像有某种失落的情绪在她的脸上蔓延开来。这也许是我的错觉吧。

其实，当时章多星能否给我办成还是个未知数，我之所以要和钟蔷那么说，完全是想刺激她一下，我那意思非常明白：没有你，我司马霖照样能办成。

也可能是命运对我的关照，或者是我命中注定要吃耍笔杆的这碗饭，章多星把我的作品拿走不多日子，他就让他的老伴儿通知我妈说，我的作品他们已经看过了，认为还可以，明天上午政治部的一个头头儿要找我谈话，让我有点儿思想准备。我一听，真是大喜过望，这就说明我的事有门儿了。于是，我按着老章大婶儿通知的时间，来到了坐落在松花江边的"革委会"大楼，找到了政治部文化组的办公室，一个四十多岁的高个子男人接待了我。后来我才知道，他就是政治部文教组的组长，姓孙，"文革"前曾是我们县的教育局长。他非常客气地接待了我，他说："你的作品我们已经看过了，我们认为你的文字基础还是不错的，我们经过慎重的研究，决定把你留下来，让你到创作组去工作，满足你当作家的理想。你的人事关系已经从劳资局转过来了，一会儿我让管人事的同志把你的组织关系和工资关系开出来，你明天就可以上创作组报到去了。正好，他们现在正在为全县农业学大寨会议准备节目，你过去熟悉一下情况，就跟他们下去体验生活收集创作素材，希望能早日看到你的大作。"

那一刻，我激动得真是不知道说什么好了。我站起来，给孙组长行了一个军礼，说："我决不辜负组织上对我的期望。"

那个孙组长看着我，满意地笑了。

我没有等到第二天，当天的下午，我就上创作组报到去了。创作组当时分为两个大组，一个组是搞戏剧创作的，一个组是搞文学创作的。因为我在部队就是搞戏剧的，所以把我分到了戏剧组。当时，创作组的十几个人都在，章多星也在，他们正在海阔天空地闲聊，章多星看见我，就拍着我的脑袋一门儿跟大家伙儿介绍说："这小子是我们家邻居，从小就聪明，好演个戏啥的，这小子搞创作指定行，将来指定能有出息。"

当时，我用感激的眼光看着他，真不知道该说什么好，如果没有他，我能干上自己喜欢的工作吗？如果没有他，我的命运说不定是什么样子呢。但是，在那么多人面前，我没法说出感谢的话来，我更不想让别人知道我是他给介绍来的。所以，我只能用感激的眼光微笑地看着他，我相信，他一定会读懂我那感激的眼光里的内容的。

我就这样正式走进了创作组的大门，从此开始，我的生活之路就算走上正轨了。

我到创作组上班的一周之后，就跟着章多星他们下乡去体验生活。当时，县里正在准备召开农业学大寨会议，为了配合这次会议的精神，我们必须得给县文工团创作出一台节目来。因为我是新来的，对地方上的情况还不是很熟悉，所以，就没有给我具体任务。章多星他们一些老同志都落实了具体的任务，他们有的写一出小戏，有的写一个快板书，还有的写二人转，总之，任务都比较具体。我跟他们下去就是熟悉情况，体验生活，如果能有感悟有所得，能写出东西当然更好，不能写出东西也不算我没完成任务。

我跟章多星他们下去的那个村子叫韭菜坨子，它隶属永平公社。我是在县城里长大的孩子，从学校门到部队门，从部队复员回来，这又走进了创作组的门，对农村生活根本就不熟悉。所以，这冷不丁一下乡，感觉特别新鲜，这才知道，地方的生活比之部队来说，真是太丰富多彩太有写头了。相比之下，部队的生活就显得有些单调，有些乏味，不太容易创作出好的作品来。

当时落实给章多星的任务是让他和另外一个老同志合写一出在学大寨过程中两条路线斗争的小戏曲。所以，在体验生活时，他就寻找这方面的故事素材。我因为没什么具体任务，所以比较轻松，只要是我感兴趣的素材，我就都把它记录下来，以备不时之需。而章多星他们则显得比较紧张，他们俩每天都在商量路子，商量构思的情节，有时因为意见不一致就争吵起来，争得脸红脖子粗的。每当这时候，我就不知道该怎么办才好，不知道该劝谁，因为这种争论完全是因为艺术见解的不同而产生的分歧，并不掺杂别的因素，他们俩争论完之后，很快又和好如初，有时为了一个满意的情节或台词，两人都得意地哈哈大笑。所以，每当他们争论的时候，我只能在一边默默地看着他们，我谁都不劝。

有一天，他们两个不知道因为什么又争论起来了，两个人气呼呼的，连晚饭都不吃了。生产队长来喊我们吃饭的时候，他们两个正争吵得来劲，因此就对那生产队长说："我们不吃了，你领我们这位小同志吃去吧！"

那时，我们下乡都是上社员家吃派饭，一顿饭给人家两毛钱四两粮票。回去后每天补助八毛钱。生产队长来找我们吃饭就是上派饭的人家去吃饭的。当时他们两人争论得那么激烈，我知道我没有办法劝住他们，我只好自己去吃那顿晚饭了。于是，我跟着生产队长来到了派饭的人家。

这家人家住在后屯，距离我们住的大队部能有三四里路的样子，生产队长领着我来到那家大门口时，他对我说："就是这家，饭已经做好了，你进去吃吧。"

我站在这家的大门外有些踌躇，因为从外面看，这家人家太穷了，基本上没有院墙，所谓的院墙就是用树枝和秫秸胡乱围起来的；大门是用几块朽烂的破板皮做成的，勉强能够挡住鸡鸭。

那生产队长见我站在那儿不动弹，就说："我们派饭是按家轮的，这顿就应该轮到他家了，这家人家姓路。媳妇也是你们城里人，听说她父亲是个'右派'，全家被下放到永平，后来就把他家闺女嫁给这个姓路的小伙儿了。本来这小伙儿家庭是挺不错的，可是，也不知道咋回事，自从跟这个女的结婚之后，他爸就有病，天南海北地去求医问药，最后还是死了。紧接着他妈也死了，这小伙儿一年之内发丧两个老人。再加上给他爸他妈看病，拉了一屁股饥荒，原先的大瓦房也卖了，家里能变钱的东西也都卖了，这不，就连这两间小房还是生产队给他盖的呢。我们本来不想往他家派饭，可是，这是一家一家轮的，不往他家派别人家就会有意见。好赖你自个儿在他们这儿对付吃点儿吧。"

说完，那生产队长走了，我只好自己走进了这家的院子里。院子里有一条狗，一看见我进来，就"汪汪"地叫了起来。我怕狗咬着我，就赶忙往后躲，这时，从屋里走出一个佝偻着身子的男人来，从脸面上看不出他有多大岁数，可能有三十多岁，也似乎没有三十岁，他脸色灰暗，头发蓬乱，一双混浊的眼睛里充满了颓丧落魄的光晕。虽然这时候已经是六月的上旬了，春回大地，满目生机，春草勃发，花红柳绿，但他仍然穿着一件裸露着胳膊肘的破秋衣。他一边用脚踢着那条拴着的瘦狗，一边冲我说道："没事，拴着呢，咬不着的，你不用害怕，进来吧。"

在他的引领下，我走进了那低矮破败的屋门。

这是两间像马架子似的土打垒平房，一进门是外屋厨房，弥漫着淡淡的白色的雾状水蒸气，是从那口正在做饭的锅里冒出来的。在锅台旁边的灶坑旁，站着一个细瘦的女人，她的蓬乱的头发上沾着几缕柴草，前边的刘海儿遮住了半拉脸和半个眼睛，菜色的脸色有些发暗。她的手里牵着一个能有两三岁的小女孩儿，那女孩儿见我进来，就有些害怕地缩到了那女人的大腿后边。我知道，这女人肯定是这家的女主人了，而且年纪跟我差不多，我就没敢用正眼去瞅她，只用眼睛的余光扫了她一眼。她客气地朝我点点头，闪开身子，我就走进了里屋。里屋的窗户上只有几片没有规则的玻璃片子镶嵌在歪歪扭扭的窗户框上，其余的部分都是用塑料布来替代玻璃的，夕阳的余光透过那几片没有规则的玻璃照射进来，使得这屋子充盈了一些淡淡的暖意。桌子已经在炕上放好了，因为我们还没有到来，所以，饭菜还没有摆上来，只有三个饭碗三双筷子，中间放了两个小碟的咸菜。

我进屋之后，那女人就跟着那个男的也走进了屋子，那男的已经把那小女孩儿抱了起来，那女的则开始张罗往上端菜端饭。就在这时候，我不经意地打量了这个女人一眼，这一打量惊得我差点儿叫出声来。这时，那个女人也注意到我了，她立刻停住脚步，定定地瞅着我，有些不敢肯定地说道："你……你是……老司大婶儿家的狗剩儿哥吧？"

这时我也认出她来了，这女人不是别人正是我儿时的邻居江萍。那一刻我几乎傻了一样，我看着她说："江萍，真的是你吗？你怎么在这儿？"

江萍看着我，用颤抖的声音喃喃说道："是啊，我怎么在这儿？

我不在这儿我还能上哪儿去？这是我家呀，狗剩儿哥你知道吗，这是我的家呀！"话还没等说完，已经有两行泪水汹涌地从她那乌涂涂的眼睛里流淌出来了。

那男人奇怪地看着我跟江萍，说："你们认识啊？"

江萍说："他不是别人，是我们家的老邻居狗剩儿哥呀！"

那男人更加糊涂了："什么狗剩儿哥啊？"

江萍终于从慌乱的情绪中平静下来，忙不迭地指着那个男人给我介绍说："狗剩儿哥，他是我男人，叫路永强。"接着又指着我给那男人介绍说："这是我家的老邻居狗剩儿哥。你瞅我，老叫你小名，对了，你大号叫司马霖。狗剩儿哥，你怎么上这儿来了？你不是当兵去了吗？你啥时候回来的？你家大叔大婶儿都好吧？"江萍一口气问了这么多，问得我都不知道该怎么回答她了。

说实话，那时候，我的大脑基本上已经处于半空白状态，我真的不知道江萍那么一个漂亮可人的小女孩儿为什么会沦落到如此地步。他们家搬到永平公社我也是知道的，我还听说江山没有跟他的父母到永平来，而是跟同学到另外一个公社的集体户插队去了。他的母亲也到永平卫生院来了。这些情况我都知道，但是，我就是不知道江萍已经嫁人了，更不知道她的下场竟然是如此之惨！

后来，江萍的情绪就一点儿一点儿平静下来了，她一边给我往桌子上端饭，一边有一搭没一搭地跟我说话。我问了她哥的情况，还有他父亲和母亲的情况。我告诉她，我已经从部队复员了，被分配到"革委会"政治部的创作组工作。在我说话的时候，江萍就那么默默地看着我，从她那哀伤的眼神里我读到了许多难以言说的内容。我不知道那顿饭我是怎么吃的，我从她家出来时，外边的天色已经黑了，当她抱着孩子跟她那佝偻着身子的男人出来送我的时候，我甚至不敢再回头去看她。我一个人摇摇晃晃地走到村路上，那一弯新月已经

第二十三章 尴尬的见面

157

爬上半空了，那淡淡的清辉像水银似的泼洒在我的身上，小时候的那些事像电影似的不住地从我的眼前闪过。忽然间，我觉得我再也承受不住那种悲哀的情绪的折磨了，我忽然冲着天上那密密麻麻的星星低声哀号起来。

第二十四章
意外的相逢

　　我们在韭菜坨子住了能有一个多星期，当我们离开那里的时候，章多星他们那个小戏曲的路子基本上已经拉出来了。他们两人都非常高兴，回到县里很快就可以写出来了。我因为没有什么具体任务，就显得挺轻松，在跟随他们俩体验生活的过程中也有所收获，于是，也创作了一个小节目，是京东大鼓。没想到，有心栽花花不活，无心插柳柳成荫。章多星他们费了那么大气力写成的小戏第一次讨论就被枪毙了，而我写的那个京东大鼓却受到了领导们的一致好评。这一下子就奠定了我在这个创作组里的地位。

　　我在离开韭菜坨子之前，特意上江萍家道别，这时候，她的情绪已经不像我上她家吃派饭时那么激动了。那天，她的丈夫没有在家，上地里干活去了，就她自己领着孩子在家侍弄院子里的园田地呢。我们在她家的院子里，在暖暖的春阳的照射下，各自诉说了这些年彼此的情况。她的情况跟那个生产队长给我介绍的差不多，她家被撵下乡之后，她也曾想跟她哥哥上集体户去插队，后来她哥说，爸妈岁数一天比一天大，家里不能没人照顾他们，经过商量，江萍就留下来了。

当时，这个路永强的父亲在公社小修厂当厂长，在永平公社也算是个人物，江萍家情况特殊，但依然对江萍的父母非常好，让江萍的父母非常感动。后来，路永强的父亲就托人上江萍家来给他儿子提亲。当时，江萍她父母看路永强这小伙儿还不错，人家也挺好，他们也想在农村找一个靠山，于是就答应了这门亲事。江萍说，也可能是自己给"妨"的吧，从打她嫁过来，路永强的父亲就有病，不到二年，两个老人相继死去，家庭一下子败落下来。他们在永平住不下去了，这才搬到韭菜坨子投奔路永强的一个舅舅来了。他舅舅是大队"革委会"主任，多亏他跑上跑下地周旋，生产队才给他们盖了两间土房，有了这么一个小窝。那天，江萍跟我讲述得很平静，她说她认命了，这辈子就这样了。

我们在谈论这些年彼此情况的过程中，都小心翼翼地回避着小时候我们的那段近乎"小猫小狗"的感情，那曾发生在我们之间的故事就像一阵清风、一片云彩、一滴春雨，随着时光的流逝或者早已在人间蒸发了或者早已掩埋在岁月的尘垢里了。在离开她家的时候，我给了她三十元钱，当时我也没有多少钱，我参加工作之后，每月的工资才三十六块五，我留给她的这钱，还是我出差从公家借的呢。但是，江萍说什么也不要，撕撕巴巴推让了好半天，最后我把钱塞到她孩子的怀里就赶忙离开了。

回到县里之后，我写的京东大鼓得到了领导们的肯定，我又根据他们提出的意见简单修改了一下，就交给演员去排练了。

我没有想到我回到地方的第一个作品就获得了成功，这对我真是极大的鼓舞。领导们也觉得我是可塑之才，又是复员兵，因此想重点培养我。但他们考虑到我年轻，生活的底子薄，特别是对农村生活更是一无所知，所以就把我从创作组里抽调出来，让我随着县里刚组建的基本路线教育办公室的工作组去农村，一边抓基本路线教育和阶级斗争，一边体验生活。时间是两年。这样，从1975年秋天开始，我就去了我们县最偏远的新华公社东方红大队。

这个东方红大队是我们县最偏远、最穷、形势也最为复杂的一个大队。它的北边是一望无际的荒草滩，草滩的边缘就是嫩江了，隔江相望，对面是黑龙江省的肇源县，再往东北走就是大庆了。这里原先是一片荒草甸子，根本没有人家。后来县里领导看这里土质肥沃，地广人稀，觉得这么肥沃的土地要是不开垦起来真有点儿白瞎了，于是开始向这里移民，并且给予种种的优惠政策。为了防止嫩江涨水淹没土地，又耗费巨资沿着嫩江边修建了一道百里长堤。由于优惠政策的吸引再加上这里土质肥沃，地又多，位于县城东边的一些沙岗地的农民就开始向这里迁徙，再加上亲戚投奔亲戚，朋友投靠朋友，往这里迁徙的人家越来越多，不到二十年的时间，终于在这周边形成了无数个村落，什么红旗大队、东风大队、风华大队等等，都是此类移民的村落。有的村子的居民还是从黑龙江过来的，人员成分比较复杂。

1976年，中国的政治形势变得更加微妙起来，好像是夏天的时候吧，上边又来通知让我们上附近的风华公社去开会。风华公社离我们东方红有三十多里的路程，当时，这里没有任何交通工具可以直达那里，除了骑自行车再就是赶大马车去。我们四个工作小组的人员经过商量，认为骑自行车去太累，路又不好走，最后决定让大队给我们放一挂马车去。这样，大队就给我们派了一挂马车，我们坐着大马车就上风华开会去了。

会议的程序很简单，首先由那个生产队的队长给大家介绍经验，然后参观他们的阶级斗争教育展览室，再看看地里的庄稼，会议就算结束。

当那个生产队长走上台的时候，我一下子愣住了。这不是我小时候的朋友高大眼珠子吗？原来他家下放到风华这儿来了。我更没有想到，高大眼珠子居然还当上了生产队长，而且干得竟然是如此出色，成了典型了。当高大眼珠子在台上慷慨陈词讲述他是如何狠抓阶级斗争、狠狠打击资本主义复辟势力的先进事迹的时候，我几乎一点儿都没听进去，我的脑海里转悠的都是小时候我们在一起玩的那些事情。我记得他家往农村搬的那天，在那个细雨霏霏的早晨，他还送给我一只黑杆钢笔呢。以前，那支钢笔总是在我的上衣兜里别着，今天临来的时候换衣服，那支钢笔竟然没带来，不然的话，我把那支钢笔再还给他，那得多有意思啊。高大眼珠子在台上讲述了能有半个多小时，他讲完之后，他所在的那个公社书记又上台讲述了他们是如何发现这个典型的经过。

高大眼珠子讲述完从台上刚一下来，我就急忙离开了座位，悄悄走到后台去找他了。老远我就看见他正用他的讲话稿当作扇子一边扇风一边正跟一个人在白话什么。那样子跟小时候一模一样，当时，我非常激动，三步并作两步走过去，从后边用双手一把把他的眼睛给蒙住了。高大眼珠子有些发蒙，说：“谁呀？”

我笑着说：“你猜。”

他想了半天，说：“我猜不着。”

我松开手，笑着说：“大眼珠子，是我！”

那一刻，高大眼珠子是彻底愣住了，他看着我，也激动地说：“啊？狗剩子，怎么是你？你怎么上这儿来了？”

我哈哈地笑着说：“咋样，大眼珠子，你根本就不会想到是我吧？”

直到这时，高大眼珠子好像才从梦境中醒过来一样，一下子搂抱住我，颤抖着声音说：“狗剩子，这些年你可把我想坏了。”

我看见，有晶莹的泪珠在他那大而圆的眼睛里滚动着。他紧紧地抓着我的手说：“狗剩子，你不是当兵去了吗，咋的，这是复员了？”

我说：“啊，复员了。已经复员一年多了。我被分配到县'革委会'创作组去了，这不，跟着县基本路线教育办公室的同志下来搞基本路线教育来了。”

高大眼珠子感慨万端地说：“咱小时候那帮小朋友，就你出息了。”

我说：“你这不也干得挺好吗，还当了典型。”

高大眼珠子豪情万丈地说：“狗剩子你就放心吧，我指定得干出个样来给你们看看，其实，要想出息在哪儿都能出息，我们公社书记已经跟我透露了，他让我好好干，说只要我这个典型站住了，能给他增光，他就提我到大队'革委会'去当副主任。”

我说：“大眼珠子你好好干吧，你干好了，将来我们下乡也好有个根据地呀。”

这时候，公社书记的发言已经完了，高大眼珠子急忙张罗着带领与会人员去参观他们的文化室和试验田什么的。

中午，所有与会人员在他们生产队吃的饭。高大眼珠子把参加会的人员安顿好之后，就把我领他家去了。他已经结婚了，媳妇是附近农村的一个姑娘，人长得很一般，但是对人挺热情。他们已经有了一个孩子，是个小子，已经两岁多了。

高大眼珠子把我领到他家，有些炫耀地对他那小媳妇介绍说：“这是我一小的朋友，现在在县'革委会'工作呢，下来抓路线教育来了。”他一边说，一边让他媳妇给我们炒菜热酒，不一会儿工夫，他媳妇就给我们做了一个鸡蛋炒韭菜，又端上来几盘小咸菜，我们俩就着那盘鸡蛋炒韭菜和那几盘小咸菜喝了起来。我们俩一边喝一边回忆起我们小时候的一些事情，我把我上韭菜坨子碰见江萍的事也跟他说了，他也把他家的情况给我介绍了一下。他说他爸他妈在距离这里十多里地的薛家窝堡住呢，他之所以没有跟他爸他妈在一起，是害怕他爸历史上的污点影响到他的前途，所以，他就搬到这个屯子来了。他说他妹妹高丫也结婚了，他说高丫嫁的那个男人又懒又馋还不务正业，日子过得贼拉艰难。

那天，由于他下午还有事，我们都没敢太放量喝，当我们估计与会人员差不多吃完饭的时候，我们也赶忙撂下了筷子。我们约好，等过些日子高大眼珠子提拔到大队工作时，再好好喝喝。我还特意跟他说，等下次再过来看他的时候，一定把他当年送给我的那只黑杆钢笔给他带来，我一定要让那支钢笔物归原主。

高大眼珠子说："什么物归原主呀物归原主？送你的东西就是送你的。你好好留着吧。那是我们一生的纪念。"

当天下午，我就跟着我们大队的大马车回我们的东方红了。

这一年的七八月份，中国出了很多大事，尤其是那场震惊世界的唐山大地震。那时候，我们虽然身在农村，但是，几乎每天都有各种各样的消息吹刮到我们这里来，这时候我们已经没有心思在这里抓什么基本路线教育了，就想快点儿回城，弄明白中国到底要发生什么事。可是，上边根本就没有让我们撤离的意思，没有命令，我们只能在这里死靠干挨，整天无所事事。

有一天，忽然我就想起了高大眼珠子，也不知道他是否被提拔到大队"革委会"去了，我得抽个时间去看看他。于是，一个阴霾沉重的上午，我看看天，虽然云层挺厚，但是看样子不能下雨，于是，我特意把当年他给我的那只黑杆钢笔别在身上，骑着车子，顶着习习的凉风，上风华看他去了。

我赶到他家的时候，已经是中午了，他家的小院静悄悄的，我推开用木条钉成的院门，走进去，院子里仍然没什么动静。我有些奇怪，这家人家咋没人呢。正当我站在院子里纳闷儿的时候，房门开了，高大眼珠子的媳妇穿着孝服从屋子里走了出来。我一看她那身打扮，感到有些奇怪，我还以为她娘家的什么人死了呢。于是，我问道："高明里（高大眼珠子的大名）呢？"

我这一问不要紧，那小媳妇一下子就哭了起来。我吓了一跳，说："嫂子，咋回事，高明里咋的了？"

他媳妇擦了一把眼泪，说："他已经死了。"

当时，我简直如五雷轰顶，我跟他分别这才一个多月，当时那么豪情万丈的他怎么说死就死了呢？于是我问道："他是怎么死的啊？"

"上吊。"他媳妇擦着眼泪说。

"上吊？为什么上吊啊？"

"唉，一言难尽啊。"他媳妇把我让进屋里，这才从头到尾跟我讲述起高大眼珠子为什么吊死的原因来。

原来，高大眼珠子虽然当了生产队长，但是，他家生活非常困难。我上次上他家喝酒时我就感觉出来了。我们俩这么长时间没见面，这冷不丁见面他媳妇就给我们炒了一盘韭菜炒鸡蛋，也太寒酸了。但是，当时我没说啥，因为那个季节农村也真就没什么好吃的。上次现场会散了之后，公社书记就暗示他说，准备提拔他到大队"革委会"当副主任。但是，那个书记只是用嘴说，并不付诸行动。高大眼珠子就觉得如果不跟书记表示表示，他这个大队"革委会"的副主任怕是当不上。但是，表示得有钱哪。他穷得叮当乱响上哪儿弄钱去啊？思前想后，他最后决定铤而走险。当时生产队的仓库里还有几千斤粮食，他决定把那粮食偷出来几袋子拿到市场卖了变成钱，然后再给书记表示。当时他想得太幼稚了，他觉得自己是生产队长，怀疑谁也不会怀疑到他的头上，所以，他把粮食偷出来之后，立刻跟公社派出所报了案。公社派出所非常重视这件事，以为是阶级斗争新动向呢，因此就又上报了县公安局，县公安局来了几个侦破高手，几乎没费什么周折，很快就把案子给破了。高大眼珠子贼喊捉贼，监守自盗，罪加一等，立刻被派出所给关了起来。高大眼珠子觉得自己再无颜见人，满腔的豪情一下子完全破灭了。于是，在关押他的那个临时监狱里用自己的裤腰带上吊自杀了。

听了他媳妇的叙述，我真是唏嘘不已，一个鲜活的生命在虚无缥缈的盛名诱惑下就这样没了。我不知道我该怎么安慰高大眼珠子他媳妇，我也不知道该怎么去评价高大眼珠子这一愚蠢的决定。我甚至都不知道我是怎么离开他家的。当我骑着车子走到村外的时候，灰色的天空突然下起了雨来，在初秋那冰凉的小雨中，我的眼泪再也忍不住了，我从上衣兜里拔出他当年送给我的那只黑杆钢笔，冲着那灰色的天空像一匹找不到狼窝而四处奔波疲惫至极的狼似的大声号哭起来。纷飞的泪雨和横流的鼻涕把我那年轻的老脸脏污成了一幅令人难以卒读的抽象派画作⋯⋯

第二十五章
屯里来了一个跳大神儿的

这年八月末的一天下午，我们房东的小姑娘忽然气喘吁吁地跑回来对我说："叔叔，叔叔，我们屯来了一个跳大神儿的，正在后屯老张家跳呢，跳得可来劲了。你们工作队不去管管哪？"

当时我正闲得腻歪呢，一听说跳大神儿的竟敢跑到我们眼皮底下来搞封建迷信，这还了得。于是，我立刻把我们另外两个生产队的工作队员找来，骑上车子就上后屯老张家去了。大老远我们就听见从老张家的院子里传出来一阵乒乒乓乓的鼓声和咿咿呀呀的喝咧声。我一哈腰，猛蹬了几下车子，一下子就冲到了老张家的院子门口。

院子门口和院子里都站满了看热闹的人群，我冲到院门口一声断喝："都闪开都闪开！这是干什么呢？唵？闪开闪开！"

人们一看工作队来了，就知道更有热闹好看了，于是，纷纷闪开身子，让我们进院。此时，院子里的那个大神儿听见我们的吆喝声已经停止了动作。我一进院，就看见一个岁数不大的小女人身上穿着花花绿绿的大神儿服装，手里拿着个用猪吹篷蒙的一个圆形的单鼓，腰里扎着一串串的铜铃铛，正茫然不知所措地跟那事主商量往哪儿躲呢。

老张家那老爷们儿一看我们气势汹汹地进来了，急忙迎上来赔着笑脸解释道："同志同志，是这么回事，我娘又犯了大邪了，吃啥药都不见效，这不，就请来了一堂神儿让她给看看到底是咋回事。这事一点儿都不怨人家，是抓是罚你就冲我说好了。"

我一把扒拉开老张家的那个老爷们儿，冲着正在往下脱服装的大神儿说："你是哪儿的？嗨？你胆儿也太大了，竟然跑到我们眼皮底下……"

我话还没等说完，那个女大神儿忽然冲我笑了，我一看她笑，仔细再一端详她，不由得愣住了，这不是高大眼珠子他妹妹高丫吗！

高丫停止了脱衣服的动作，笑着瞅着我说："这不是狗剩子吗？你咋上这儿来了？"

那一刻我就觉得脑瓜子嗡地一下，真是又尴尬又下不来台，这高丫竟然在大庭广众之下公然叫我的小名，而且还整得挺亲密的。本来我是来抓她的，现在让她这么一整，我倒不知道该怎么好了。

这时候，我们另一个工作队员看出了门道，走到我跟前冲着我的耳朵小声说："小司，咋的，你跟她认识啊？"

我点头说："嗯，是我的老邻居。"

那个工作队员立刻对那些看热闹的人们大声说道："都走吧都走吧，我们得把这个搞封建迷信的女子带回去。"

说完之后，他又黑着脸对高丫说："你跟我们走吧！"

于是，高丫脱了那身花花绿绿的行头，有些害怕地看着我说："狗剩儿哥，你们要把我整哪儿去呀？不能把我咋的吧？"

我狠狠地瞪了她一眼，没有吱声。是的，我没法跟她说什么，不管咋说，我们也是多年的邻居，儿时的朋友啊，无论是看在她那死去的哥哥的面子，还是看在我们过去曾经是邻居的关系上，我都不能把她咋的。

这时，太阳在西边的天空上像个烂柿子似的正摇摇欲坠地往地平线的下方滑落，那燃烧的火烧云就像从那烂柿子里流淌出来的柿子汁，把半个天空给洇染得潮红一片。田野里的庄稼基本上已经熟了，那红红的高粱夹杂在褐绿色的苞米地中间摇曳着，似乎在跟那满天的云霞遥相呼应。我们几个工作队员押着高丫走到了村口，另外那两个生产队的工作队员朝我眨了一下眼睛，说："小司，我们就把她交给你了，你愿咋处理就咋处理吧。"

说完，他们几个就骑上车子走了。高丫看他们走了，胆子这才大了起来，她看着我嘻嘻地笑着说："狗剩儿哥，真没想到，能在这里碰上你。咋的，你转业了？"

我虎着脸盯着她呵斥道："我有大号，你别老狗剩子狗剩子的！我跟你说高丫，今儿大伙儿这是看我面子才放过你的，要不，至少得把你送到派出所关几天，你知道不？"

高丫嬉笑着说："那我能不知道吗？狗剩儿哥，那你说，我得咋感谢你呢？"

我瞪着她说："我不用你感谢，你好好回家跟你那男人过日子就是对我最好的感谢了。"

高丫叹了口气，说："狗剩儿哥，你千万别跟我提我们家的那个死鬼，要不是他，我能落到这步田地吗？"说着，高丫的眼睛里蒙上了一层泪光，她用一种哀怨无助的情绪瞅着我说："我这辈子算是交待了。"

我看着她那委屈的样子，心有些软了，我劝慰着她说："实在不能过，就跟他离。"

"离？"高丫苦笑了一下说，"就我这熊样的，离了谁要我啊？再说，我们已经有孩子了，离了孩子咋整啊？"

我长长叹了口气，说："上个月我去风华开会，看见你哥了，你哥把你的情况都跟我介绍了。唉，没承想，你哥那么想不开事，就那么点儿事，他还上吊自杀了！"

高丫说："这么说，我们家情况你都知道了？"

我点头说："知道。基本上都知道了。"我又问道："你哥死了，你嫂子还有孩子咋整了？"

高丫说："那还能咋整？我嫂子那德行，让她守寡她能守得住吗？现在就张罗着走道（改嫁）呢。孩子也只好让她带走了。"

我默默地点了点头，看看天色已经快要黑了，就对她说道："你回去吧，回去给你爸你妈问好，让他们多保重。我也帮不上你们什么。"

高丫有些痴呆呆地看着我说："狗剩儿哥，那，今天这事，你让我得怎么感谢你呢？"

我朝她摆摆手说："谢什么谢？咱都是老邻旧居的，还用说这套客气话吗？回家好好过日子去吧，别再扯这些歪扠斜拉的勾当了。"

忽然，高丫一下子把我搂抱住了，这令我猝不及防，我怎么也没有想到她竟然跟我来这个。当时，天色已经黑擦擦的了，村路上一个人也没有，她冷不丁这么一搂抱我，真把我造得不知道该怎么好了。我想使劲推开她，但是，她的双手死死地钩着我的脖子，那一张弥散着不知什么味道的嘴就啃在了我的腮帮子上，嘴里边呢喃着："狗剩儿哥，你亲亲我吧，我也没什么能感谢你的了，我就把我这个人给你吧。"当时，我还没有结婚，对女人的欲望当然是很强烈的。就在我浑身的欲火开始燃烧升腾的时候，忽然，我的脑海里映现出小时候梁林福压在她身上的那一幕情形，有一种恶心的感觉猛然袭上我的心头。就在那一瞬，我猛然推开她，我颤抖着声音恶狠狠地说："你他妈的干什么呀高丫？唵？你咋这么不嫌碜呢？"

我猛然把她往外一推，一下子把她给造愣了。她愣眉愣眼地看着我说："狗剩儿哥你怎么了？"

　　我恶狠狠地瞅着她说道："我告诉你高丫，我跟你哥就像亲哥们儿一样，现在你哥死了，我就得把你当成亲妹妹看待，我跟你不可能有这种事的你知道不？"

　　高丫撇了一下嘴，说："屁！还亲哥哥？咋说咱俩也没血缘关系呀，啥亲哥哥呀！说白了你就是不喜欢我，一小时你就不喜欢我，你喜欢江丫你别以为我不知道。你老在江丫家睡觉，我就不信你俩没有过事！"

　　高丫的这番话一下子捅到了我曾喜欢江萍的痛处，我真是生气了，我狠狠地推搡了她一下，说："高丫你他妈的能不能不胡说八道？嗯？你走吧，赶紧走吧！你再不走，我可就找人让他们把你送派出所去了！"

　　高丫哀怨地瞪了我一眼，长叹一口气说："我这辈子是跟你无缘了。狗剩儿哥，谢谢你今天放过我这一马。我走了。"

　　我注意到，高丫在说这番话的时候，眼睛里含满了泪水，说完之后，她再也没有瞅我，转身就走了。很快，她那瘦小的身影就消失在夜幕掩映的村路上了。

　　那一刻，有一种怅然若失的情绪突然涌上了我的心头。不知为什么，鼻子一酸，我竟然流泪了。

第二十六章
又一次坠入情网

1976年的中国真是个多事之年，国家一连串出了很多的大事，我们工作队也不能再在农村待下去了。所以，在这年的九月份毛主席逝世之后，我们这个基本路线教育工作队从农村撤了回来，我又回到了创作组。从1979年十一届三中全会开始，中国的政治形势开始一点儿一点儿地明朗化，中国人民走上了以经济建设为主的道路。

也就是从这时候开始，我知道了什么是真正的艺术，什么是真正的创作。但是，我毕竟没有受过正规的专业教育，所有的创作思维和创作方法在新时期根本就不管用了。我想去上学，可是那时候我已经结了婚，我不能撇家舍业再去念书啊！而且我已经有了一份很不错的工作，如果我去念书，我的工作不就没了吗！所以，我思前想后，权衡再三，终于也没有去登那个大学的门。由于学养不够，从1976年到1982年，我几乎没有写成什么作品。而且，根本就不会写戏了，一切都得重新开始。

就在这时，我对文学产生了浓厚的兴趣，整天除了看书再就是伏案疾书，写长篇，写中篇，写短篇，写完了就天南海北往各个刊物上投稿。稿子邮走之后就盼望着刊发的消息，最后等来的往往是编辑部铅印的退稿笺。有一段时间，我几乎天天都能收到厚厚的退稿，我害怕别人笑话，就天天在邮递员要来之前到外面去等他，只要有我的退稿，我就偷偷地收起来，不让别人看见，以免被别人耻笑。

这时候，"革委会"政治部文化组已经解散了，我们创作组归属到文化局领导，主要任务就是给剧团写演出剧目。原先的文学组划归到文化馆，主要任务是抓群众业余创作，辅导业余作者提高创作水平。那时，我对戏剧创作已经厌恶到一定的程度了。我所以对写戏厌恶，是因为戏剧的婆婆太多，不管嘴大嘴小，谁都能管你，谁都可以批评你，往往费了好大心血写成的作品，说不定哪个领导看不顺眼，随便的一句话，就给你枪毙了。相对来说，写小说就比较自由一些，作品写完了，邮到编辑部，只要编辑部门通过了，就可以发表，就可以被社会承认，所以，我决定转向写小说。

领导一看我"不务正业"，就把我从创作组调出来，让我暂时先上文化馆去抓业余文艺创作辅导，这样，我再写小说就不用偷偷摸摸的了，就可以堂堂正正地写了。由于我负责抓全县的业余文艺创作并主编一张不定期的文学小报，这样，接触的业余作者就多了起来，就在这段时间，我认识了县里一个比较有名的业余作家梅老泉。

这个梅老泉是个老作者了，能比我大二十多岁，他六十年代就在省报上发表过小说、散文等文艺作品，在省内的业余作者队伍里也是挺有一号的。认识他之后，我们来往的就多了起来，他经常把他写的一些作品拿给我看，我也常请他给我写的东西提些意见。那时我对我自己搞文学创作挺没信心，他就鼓励我，他说我肯定能有出息的。他经常说，搞创作就要耐得住寂寞，只有在孤寂的荒漠中发现的泉水和绿树，那风景才是最美丽的。

梅老泉有个女儿叫梅小雨，也非常喜欢文学，那年她已经十八九岁了，经常以梅子的笔名给我们出版的文艺小报写些个诗歌散文什么的。由于我跟她父亲的关系，我们很快就熟了起来。她那时在一家小工厂当工人，工厂是三班倒，家里害怕她上夜班不方便，所以就让她在厂里的集体宿舍住。

梅子是一个有着一半日本血统的女孩儿，她的母亲是日本人。梅老泉当年家里非常穷，说不起媳妇，日本投降后，住在他们村子的"日本开拓团"中的有些女人没有跑出去，他爹就捡了个日本小女孩儿养了起来，后来就给他当媳妇了。所以，日本女人的那种温顺、温柔、彬彬有礼的东西在梅子的身上有着很强烈的体现。我们的关系熟了之后，她没事就往我这儿跑，跟我探讨创作上遇到的一些问题。有时我也把在创作中和生活中遇到的烦恼跟她倾诉，我们很快就成了无话不说的好朋友了。

大约是1982年的夏天，我们文学创作辅导部组织了一次全县的业余作者作品讨论会，凡是有作品的、基础又比较好的作者都被约请来了，梅子当然也在其中。会议一共进行了七天，散会的前一天，我们还跑到松花江边组织了一次别开生面的篝火诗歌文艺晚会，与会人员每人都朗诵一首自己认为得意的作品，然后进行现场评奖。当时的气氛非常热烈，篝火晚会几乎进行了整整一个晚上，一直到后半夜大家都玩累了才结束。结束之后，二十几个男男女女就躺在江边那松软的沙滩上休息了。

由于我是这次会议的组织者，什么事都得我张罗，所以，当篝火晚会结束之后，我感到非常疲累。我把大家都安顿好了之后，就找了一个肃静的树荫底下睡觉去了。我睡得很死，甚至连个梦都没有。当我被一泡尿憋醒，在蒙眬中坐起来准备去撒尿的时候，这才忽然发现我的身边躺着一个女孩儿。她柔柔的长发搭在脸上，看不清她的面孔，此时，星夜无声，万籁俱静，我们的那些人一个个都横躺竖卧地进入了梦乡。那一堆堆燃烧的篝火有的已经燃尽了，正冒着一缕缕的白烟，把那渐渐消逝的余热散漫到我们这些人的周围。黑蓝色的夜空上，星星们密密匝匝地拥挤着，好像在争抢着俯视人世间的什么稀罕事情。那一道白白的雾状的云絮大概就是银河了，在银河的两岸有两颗极其明亮的星星，我知道，那是牛郎星和织女星。他们隔河相望，每年只有七月初七的那天才能见一次面。由此可以知道，所谓的爱情这个东西是多么折磨人了。我瞥了一眼躺在我身边的这个女孩儿，从她那细瘦的身材和身上穿的那素花的衣服，我知道她是梅子。不知道为什么，看着她那娇憨的睡姿我的心竟然"咚"地跳了一下。但是我知道我不应该对面前的这个小女孩儿有非分的想法，因为我跟她的父亲是好朋友，如果论辈分，她是应该叫我叔叔的，更何况我已经是结了婚的男人，如果我对她真有一种邪恶的想法，那我就太不是人了。想到这里，我赶忙把脸扭转过来，不敢再去看她那可人的娇憨的睡姿。我慵懒地站起来，走到附近的一个树毛子里，我的这泡尿很长，当我撒完尿，刚把裤子提起来还没来得及系上裤带，忽然发觉身后有窸窸窣窣的声音。我有些奇怪，转过脸去一看，原来是梅子。她走过来说："司马老师，我也想解手，我自个儿害怕，你在一边站一会儿给我做个伴儿好吗？"

那时候，大家都习惯管我叫小司，大家都不以为我姓的是复姓司马，都以为我姓司呢。只有梅子管我叫司马老师。她之所以管我叫老师，是因为她不知道对我应该怎么称呼才好，从她父亲那边论，她是应该叫我叔叔的，可是，从年龄上看，她叫我叔叔又有些不妥，我毕竟才比她大个七八岁。所以，不管在什么场合，她都管我叫司马老师。

我一看梅子让我给她做伴儿，心里就又莫名其妙地"咚咚"跳了起来。我虚着声音故意嗔道："挺大个姑娘让男人给做伴儿撒尿你不嫌害羞啊？"

梅子用一种率直的口吻说："我都憋了半天了，你看大家都在熟睡，你让我叫谁呀？正好你醒了，你背过脸去不就完了吗？"她一边说，一边就急急地去解裤带，看那样子是真的憋不住。还没等我把脸转过去，她就已经蹲在那里哗哗地尿了起来。

当她提上裤子系好裤带，我这才扭过脸来，我有些不自然地瞄了她一眼。因为天黑，她肯定没有注意到我那含着欲望的眼神和极不自然的情绪。我没话找话地说："梅子，你怎么跑我这儿来睡了呢？"

她慵懒地打了个哈欠，说："我一看你是真会找地方啊，这地儿这么幽静，正是睡觉的好地方，所以我就凑合过来了。"

由于我们怕影响别人睡觉，因此，说话几乎都是用嗓子眼儿说的，声音极小，这就有一种暧昧的情绪在我们中间蔓延。我们走到我们先前睡觉的地方坐了下来。经过这一番折腾，我的睡意一点儿都没了。但是，我不想跟她再说什么了，我怕我控制不住我自己再做出什么荒唐的事情来。于是，我伸了个懒腰，四仰八叉地又躺下了。她看我躺下，她也躺下了。我闭着眼睛，努力控制着自己那如同疯长的荒草一样的情绪。但是，越是这样控制自己，心跳得就愈厉害，心里边就像揣了个小兔子一样，慌慌的怎么也平静不下来。我想知道躺在我身边的她此刻是否也像我一样，如果她也是这样，那就说明她对我确实有了某种非同寻常的感情。于是，我悄悄睁开眼睛朝她那边看了一下，她闭着眼睛似乎又进入了梦乡。我这才长吁了一口气，看来是我自己在自作多情啊。我是一个已婚的男人，人家是一个豆蔻年华风华正茂的姑娘，我可不能对人家孩子有什么非分之想啊，更何况我跟她父亲还是朋友呢！

这么一想，我那疯狂的情绪就一点儿一点儿平静下来了。我闭上眼睛，把手伸向头顶，正想再重新好好睡一觉，可是，不知怎么弄的，我的手一下子碰到了她的手，她好像是不经意地就把我的手攥在她的手里了。我那刚刚平静的心一下子又燃烧起来了，我再也控制不住自己那勃发的情绪了，我看看远处那些仍然还处在昏睡的文友们，胆子不由得大了起来。我把身子转过去，跟她并排躺在了一起，一只手就哆哆嗦嗦地伸到了她的胸前，在那一刻，她急忙用手把我的那只手按在了她的前胸上，我这才感觉出她的心也像我一样在怦怦地狂烈地跳动着。我们就那么静静地躺着，当我那不安分的手再想往下滑动的时候，她突然紧张地把我的手死死地抓住了，颤抖着用极其微弱的声音说："不可以的，绝对不可以的。"但是，那一刻我的情绪已经疯狂到了极点，我在暗中使劲挣脱了她的那只手，粗暴地朝她的下边摸去。她轻轻地呻吟了一声，猛然一下子坐了起来，她用双手死死地抓住我的那只不安分的手，使劲地拽了出来。我一看她真的有些生气了，就停止了动作。我害怕被别人发现，就睁开眼睛朝四外看看，我们的那些人仍然还在梦乡中昏睡，根本就没有人注意我们。我又轻轻地伸出手去，抓住了她的那只柔软的小手，把她拉到我的身边，这回她没有再挣扎，乖乖地在我的身边躺下了。我也没有再进一步的动作，只把手放在了她的胸前，静静享受一个青春女孩儿给予我的温情，慢慢睡了过去。

当我再一次醒过来的时候，天色已经大亮了，我们的那些人有的已经起来跑到江边去洗脸去了，我身边的梅子也不在了。我微闭着眼睛躺在那里回想着昨晚发生在我跟梅子之间的事情，恍如一个不怎么真实的梦境。

过了一会儿，梅子跟另外几个作者走过来说："你怎么还不起来呀，该起来做早餐了。"我看了梅子一眼，她的脸红红的，眼睛里隐藏着一种只有我才能看懂的内容。我起来张罗着准备早餐，吃完饭，我们的这次会议就算正式结束了。

通过这次会议，梅子上我这儿来得更频繁了。倒是我，总觉得跟她的这种不正常的情感是一种罪过。所以，我千方百计地躲避着她，但是，几天要是看不见她心里边又想得要命。我就像一个溺水的人，在这种畸形的情感的旋涡里挣扎着不能自拔。

这期间，梅子写了一部篇幅比较长的电影剧本拿给我看，让我帮她修改。我觉得她写的这个剧本基础还真是不错，就尝试着修改了一下，然后把我改的又让她看，她看完非常高兴，说比她的原稿升华了一大截，非要把我的名字也署上不可，说是算我们两人的合作。当时，我也不知道这东西能不能成，所以，就不同意署我的名字。我们俩为此事争论了好长时间，最后我终于妥协了，答应跟她合作。

大约是这年的十月份的时候，我们的这个电影剧本已经修改了不知道有多少遍了，有一天中午，我出去跟她的父亲梅老泉喝酒，在喝酒的过程中，我们又提到了这个电影剧本的事。他说："我看了你们的那个电影剧本，总的感觉还不错，你应该上电影厂找人给看看，兴许这个本子就能有出息呢。"

那时候，我非常相信梅老泉的眼光，因为他是老作者，看东西比较准。所以，他说完之后，我真的动了心思，当时我就决定过些日子上省城去找人给看看，如果成了，这也算我跟梅子交往的一个纪念吧。

吃完饭，我们各自分手，我就回了单位。当时，我在单位自己一个办公室，有一张床，中午或晚上我要是加班或者累了就在这床上休息。我回到单位，正是午休的时候，单位的人都还没上班。我刚一走进门口，就看见门卫室的窗口闪露着一个女孩儿的脸庞。正是梅子，她在等我。我走进门卫室，看了她一眼说："你怎么中午来了？你吃饭了吗？"

她说："我正好路过这儿就进来了，你再不回来我就要走了。"

我说："我刚跟你爸吃完饭，你饿不饿？你要饿，我接着再陪你吃去。"

她笑了，露出一排洁白的细细的牙齿，脸上那不甚明显的雀斑在她的笑波里楚楚动人。不知为什么，我的心忽然就"咚"地跳了起来。我看了看门卫老头儿，他正躺在炕上闭目合眼听收音机呢，根本就没注意我跟梅子的说话。我就对梅子说："你要是不饿，就上我的办公室里来坐一会儿吧。"她"嗯"了一声，就跟随我到后院我的办公室来了。

说实话，那天中午我跟梅老泉喝了不少酒，但是，我并没有醉。只是有某种欲望在疯狂地滋长。我把梅子领进我的办公室之后，我就四仰八叉地躺在了床上。我很自然地拍拍床沿，示意她上我身边来坐。她红着脸犹豫了一下，但是，还是走过来挨着我坐下了。我的心怦怦地狂跳着，不由自主地轻轻抓住她的一只手揉搓起来。她的脸更红了，看着我，虚着声音说："司马老师你别这样，你这是办公室，让人看见多不好。"我说："这是我的办公室，不会有人来的。我问你梅子，那一次的篝火晚会你为什么不让我动你？本来是你先抓住我的手的，你为什么又畏缩了？"

她嗫嚅着说："我害怕。司马大哥，我真的好害怕啊。"

这是我跟她交往这么长时间她第一次管我叫大哥，我知道，她这是为了明确我们的辈分。我使劲把她往我的身边拽了一下，不知道她是故意的还是我用的力气太大，她一下子倒在了我的身上。我就势一把搂抱住她，捧起她的脸疯狂地吻了起来……当我终于疲惫地从她的身上下来，我看着褥子上那殷红的鲜血，不知怎的，我的眼泪竟然如同开了闸的渠水狂泄不止。

男女关系这玩意儿就跟抽大烟似的，一旦染上，就很难自拔。我们自从有了这第一次之后，来往得就更频繁了，我常常借口在单位值夜班，在我的办公室里跟她幽会。因为她在工厂的集体宿舍住，就更方便了，每逢她在我这里过夜，家里就以为她在厂子住呢，而厂子的那些女工还以为她回家住去了呢。不长时间，她就发现她怀孕了。这一下可把我惊吓不小，这事要是漏了，我的前途、她的这辈子就都交待了。当时我们谁都知道我们这种畸形的恋爱是不会有什么结果的，但是我们又没有办法终止我们的这种往来。现在我一看她怀孕了，就得想办法解决啊，于是，我决定领她上省城去堕胎，顺便也把我们合作的那个电影剧本送给长影的编剧们看看。

大约是十二月中旬的一天，她在厂子偷偷地请了假，我也找了一个出差的借口，我们就上省城了。为了给她堕胎，我特意偷偷地在单位要了一张空白介绍信，自己添上是两口子的证明。到省城很容易就做下去了。我们又上电影厂把我们的那个电影剧本交给了一个女编剧。当天晚上我们在电影厂附近找了个旅店住下了。虽然她刚刚做完手术我们不能同床，但是，晚上睡觉我们还是在一个被窝里搂抱着睡的。半夜，突然响起了"梆梆"的敲门声，还没等我下地去开门，门外的服务员已经用钥匙把门打开了。原来是派出所来查户口的。他们管我要能够证明我们是夫妻的证据。我私开的那张介绍信已经让我扔在医院里了，现在哪还有什么证明啊。那几个凶巴巴的警察根本就不听我解释，非让我们穿上衣服跟他们上派出所。第二天派出所给我们单位打电话通知单位来领人，我跟梅子这种不正常的关系就这样暴露了。我们的丑闻像风一样很快就刮遍了我所在的县城的每一个角落以及我们的整个系统。正是从那时开始，我在一些人的眼里就成了一个彻底的坏男人了。而且也正是由于这个丑闻的败露，梅子从此之后彻底离我而去了。

第二十七章
灰暗的相思

那二年是我这一生中最灰暗的日子。我像一个躲避在阴暗角落里的老鼠那样不敢出门见人。由于这件桃色丑闻在圈内的广泛传播，我不但不能在文化馆的创作辅导部再待下去了，而且在整个文化系统都很难再立足了。那一段时间，我四处活动，想调离开我所工作的文化系统。但是，一时又找不到合适的单位。因为在我们那个小县城，能够让我搞创作的就那么两个单位，要么在文化馆，要么上创作组。再说，调动工作也不是一件容易的事，要受到各方面的掣肘。因此，张罗了一溜十三遭，终于哪儿都没有去成。文化馆是不能待了，在走投无路的情况下，我只好又回到了我极其厌恶的戏剧创作组。在那间整天也见不到阳光的黑屋子里埋头写一些我自己并不怎么喜欢写的戏剧曲艺之类的东西。

这时候创作组的人员已经发生了很大的变化。章多星等一些老同志因为落实政策，又都上剧团去当他们的团长、书记什么的了，其他的一些老人儿有的调到了外单位，有些从省里下来走"五七道路"的作家落实政策后又回到了省里，创作组只有一个新分配来的女大学生在支撑着门面。

这年的秋天，省里组织了一个创作学习班，为期两三个月，由于创作组只有我跟那个女大学生，她又张罗着要结婚，因此，这个创作学习班就只能由我去参加了。

在省城学习的那一段时间里，我几乎整夜整夜地睡不着觉，一闭上眼睛，脑海里出现的就是梅子那娇憨可人的影子。我跟她交往的所有细节每天都要在我的脑海里映现出几次。我在学习之余，写了一篇又一篇思念她的诗词歌赋，什么"红叶黄花秋意晚，思君终不得。飞云匆匆，归鸿无信，何处寄心说？泪流满面凭栏望，望断天涯无归客，思到情浓时，无语吟哦，满目秋花亦无色。"还有什么"雾失楼台，月迷津渡，望断天涯无寻处，哪堪旅馆蔽秋寒，燕子声里斜阳暮。驿寄菊花，鱼传尺素，砌成此恨无重数；幸自松江绕青山，为伊流到故乡去。"等等，等等。

秋意渐渐浓了，天气也一点儿一点儿地寒冷起来，这更加重了我对她的思念。这时候，距离我们桃色丑闻的败露已经整整一年了。去年也是在这个时候，我陪同她上省城来堕胎，由于我的疏忽大意，使得我们的隐情败露，我一个大男人还好说，别人议论就让他们议论去好了，人的嘴是没有办法控制得了的。我知道只有时间才是治愈这种议论最好的药方，随着时间的推移，当又有新的值得他们议论的事情出现之后，我们的这个事情自然就会被他们忘到脑后去了。可是，梅子是一个才刚刚二十岁的大姑娘啊，她还要嫁人的，出现了这种丑闻，她这辈子还怎么活了？这是我最担心的一件事情。一开始我就知道，我跟她的这种恋情是不会有什么结果的，由于我们存在着年龄上的差异，不但她不会跟我结婚，我的家族以及各方面的关系也都不会同意我跟她结合的。而且，那时我还有了孩子，如果离婚，那对孩子就是更大的伤害了。

我就是在这种苦恼、思念、忧郁、自责的情绪中在省城的学习班里待了三个多月。当我从省城又回到我所在的这个小县城的时候，已经是飘飞着棉絮般的大雪的寒冬时节了。在我回到家的不长时间，我的一个好朋友来看我，从他的嘴里得知，梅子的父亲梅老泉把工作关系调到另外一个县城去了，他们全家都随着他的父亲搬到那个县城去了。

我知道，他们之所以搬家，完全是因为我的关系，我这辈子永远也没有办法再去偿还欠下梅子的这笔感情债了。

时间很快，一眨眼，就到了八十年代的中后期了。在政策允许一部分人先富起来的诱惑下，许多人纷纷南下，跑深圳、闯珠海、上厦门、奔广州，上那些沿海开放的城市去淘金。我的许多朋友也随着那股淘金的人流跑到南方去了。有的在那边站住脚成了新时期的大款和富豪，有的败落而归，仍然守着清贫做着发财梦。也就是短短的几年时间，人们的观念大大地"开放"起来，我的一些发了财的朋友甚至以拥红偎翠作为一种炫耀的资本。世界变化得太快了，享乐至上的人生观念像流行感冒一样在一些人之间蔓延着。但是，在这个享乐的潮流中我因为与梅子那一次失败的感情上的波折，竟然对于男女之事淡漠了。我知道，在我的感情世界里不可能再有大的波澜了。只有一种铭心刻骨的相思在我灵魂的一个角落里偶尔会丝丝缕缕颤动一下，在微微疼痛的感触中让我觉得我还曾经爱过，曾经有过感情上的伤痛。仅此而已。

第二十八章
图书馆中的偶遇

经过好几年的挣扎，我才从思念梅子的那种情感的旋涡中挣扎出来。这时候的我，在戏剧与文学的两个领域里都取得了一点儿小小的成绩，在省内也算是一个小有名气的作者了。八十年代的后期，我曾连续在北京出了好几本书，在读者群中也引起了一点儿小小的反响。有一段时间，有一种功成名就的感觉让我很是得意忘形了一阵子。但是，后来当我结识了一些文坛上很有名的青年作家之后，我才知道，我不过是个井底之蛙罢了，真正的成功离我还有十万八千里之遥呢。

好像是八十年代的后期，有一天我上图书馆去查找资料，忽然有一个胡子拉碴的老者在一边轻声叫我的名字："小同志，你是司马霖吧？"

我愣愣地瞅着那个人，好一会儿竟然没有认出他是谁来。但是，人家既然能够叫出我的名字来，那就说明，他肯定是认识我的，所以，我也只能装出认识他的样子瞅着他微笑，一边在脑子里急遽地想着这个人是谁，我曾在哪里见过他。但是，记忆的屏幕就好像经过风吹雨打锈蚀得不能转动的机器似的，我怎么也想不起这个人是谁了。

正在我有些窘迫地看着他不知道该怎么称呼他的时候，他微笑着说道："看来你真是把我忘了，狗剩子！"

他这么一叫我小名，那生锈的记忆就像被擦拭了润滑油似的，一下子转动起来，我激动地脱口叫道："你是老江大叔！"

那人仍然微笑着说："对，我是江源。"

我一下子握住他的手，激动地说："大叔，真的是你吗？你怎么……"

"我早就平反了，又回到学校教书去了。"他抚弄着手上的一本杂志眯缝着眼睛瞅着我说道。

"那，阿姨也回来了吗？"我问道。

"回来了，她已经退休了，在一家私人开的诊所里给人帮忙呢。"

"江山跟江萍呢？"

"江山留在农村了，在永平当副乡长呢。江萍也留在那里了。"我注意到，在说到江萍的时候，他的神情有些暗淡了，接着他叹了口气说，"她的情况你应该知道一些吧？"

我摇头说："不知道，我还是好多年前曾经在韭菜坨子上她家吃过一顿派饭，那时候，她家的日子好像很困难。"

"现在还不如那时候呢！"江源说，"他们家已经不在韭菜坨子住了，又搬回永平去了，我把我在永平的那三间房子给他们住了。"

我有些奇怪地问道："现在农村已经承包到户了，自己家种地再加上副业，日子应该不错啊？"

江源长叹道："按理说，他们三口人承包了一垧来地，如果再养点儿鸡鸭鹅什么的，日子应该是不错的。可是，她那个男人不行啊！常年有病，后来江萍也是由于受到了一些刺激，精神也不太好，我们曾经把她送到洮南精神病院住过一段时间，但是，仍然没有去根儿，时好时犯，她家承包的地都撂荒了，你说，那日子能过好吗？"

听了江源的介绍，我的脑海里一下子映现出十几年前我跟章多星他们上韭菜坨子去体验生活时，江萍她男人的那猥琐样子。想不到我儿时最好的朋友竟然沦落到这种地步。一时间，我的鼻子有些酸酸的。

江源瞅着我说道："你知道吗，司马霖，打从一小，江萍就喜欢你呀，真可惜你们没有这个缘分哪，如果江萍这辈子能跟你生活在一起，她也不会是今天这样的下场啊！"

在江源说这番话的时候，我跟江萍小时候的一些场景一下子就在我的脑海里浮现出来，我想着我跟她哥每天从我们家西胡同上幼儿园去接她回来时她蹦蹦跳跳的样子，我想着她整天跟我起腻跟我撒娇的样子，想起了她搂抱着我的脖子让我亲她的样子，甚至想起了我们俩在一起的一切。忽然我泪流满面地看着江源说："大叔，我真的没有想到小萍的生活之路竟然是这样的坎坷，竟然是这样的一种结局啊，我也没有想到我从部队复员时她已经结了婚了。如果那时她没有结婚，我们或许真的能够有结合的可能呢！当十几年前我在韭菜坨子看见她造得那个样子，曾在心里暗暗埋怨她为什么结婚那么早啊！如果不结婚……"

"唉，这都怨我们啊！"江源接过话头说道，"那时，我们怎么也想不到还会有今天呀！那时，就想在农村找个本分的人家，找个靠山——你不知道，在农村没有靠山是不行的，所以，这才稀里糊涂把她嫁了出去。没想到，这一步的错误竟把孩子的一生都给毁了。她跟我说过你曾上韭菜坨子去看她的那件事，你还给她留下了几十块钱。也可能是因为那次她见了你的缘故吧，才导致她精神恍惚，最后终于发展成了精神病！"

我抹了一把流出来的眼泪，看着江源说道："这么说，是我把江萍给害了？"

"话倒不能这么说，但是你要知道，司马霖，这种爱情的悲剧古今中外都是屡见不鲜的，无论是外国的罗密欧和朱丽叶还是中国的梁山伯与祝英台，概莫能外。你们——我这样说你不会介意吧？你们的悲剧实际上是一个时代的悲剧，因为我被赶到乡下，才使得你们这对小时候的好朋友不能一生相依相伴。我知道，江萍是真的喜欢你的，可是，那孩子又不好意思说，当时给她介绍对象如果她说她的心里已经有了你的话，我们也不会强行地把她嫁出去的。唉，啥也别说了，这都是命啊！"

我看到，江源的眼睛里也含了一泡眼泪，他的眼睛红红的，也可能是在为往日的轻率而懊悔不及吧？

这时，一个女图书管理员走到我们身边小声提醒说："对不起二位，请你们不要说话了好不好，如果你们想唠嗑，请到外面走廊里去唠，你们这样唠嗑会影响别人阅读的。"

我不好意思朝那女管理员笑了一下说："对不起，我们这就走。"

于是，我对江源说："大叔，走，咱们出去，今天中午我请你吃饭。"

"算了算了，吃什么饭哪！"江源跟我边说边站了起来，"听说你已经出了好几本书了，能不能送给我拜读拜读啊？"

我说："那太简单了，大叔我跟你说，我这辈子之所以能够搞上创作，还与大叔您最初对我的启蒙有着很大的关系呢。您还记得我小时候您对我说过的那些话吗，您说，书中自有黄金屋，书中自有颜如玉，你还跟我解释说，颜如玉就是漂亮的女人。"

这时我们已经来到图书馆的走廊里，江源听我这么一说，哈哈大笑起来，说："司马霖，我早就看出来你是个有出息的孩子，你从小就跟江山他们不一样，你聪明、灵气，咱们戏园子胡同里的那些孩子，就你出息了，看来，我真的是没有看错人啊！"

那天我是真心想要请他吃饭的，可是，他百般不同意，后来我们就在图书馆门口分了手。分手时，他很详细地把他家的住址告诉了我，让我有时间去给他送书。

几天之后的一个黄昏，我摁响了他家的门铃。他家住在我们这个县城一个普通中学的家属区内，小院不大，两间红砖瓦房，出来开门的是一个满脸皱纹的老太婆，她开开门后，愣愣地瞅着我说："你找谁？"

我瞄了她一眼，小心翼翼问道："这是江源老师家吗？"

她忙不迭地点头说："是啊是啊。"

这时候，正在屋子里吃饭的江源急忙走出来说："是司马霖吧？"

说着，他指着那个满面皱纹的老太婆对我说："司马霖，怎么，你不认识了？这是你阿姨啊！"

我笑着端详了一眼这个站在我面前的老太太，怎么也不敢相信这就是当年的那个曲大夫。她甚至变得比江源还要显老。我笑着说："阿姨，我是真不敢认你了。"

直到此时，江源他老伴儿仍然不知道我是谁，江源就笑着给他老伴儿介绍说："这不是老司大嫂他们家的狗剩子吗！咋的，你不认识了？"

江源他老伴儿这才恍然大悟地说道："哎呀哎呀，这你让我上哪儿认去，这跟他小时一点儿都不一样了。"

我笑着说："我今年都快四十的人了，能不有点儿变化吗？"

他们老两口把我让进屋里，江源非让我陪他喝两盅不可，我推让了老半天，最后盛情难却，我只好上桌陪他喝了起来。我把我写的那几本书恭恭敬敬地递给他，他接过书看了看扉页上的题字，感慨万端地说："老曲，看着没有，这就是狗剩子写的，人家已经是有名的作家了，咋样，我没看错人吧？"

那天晚上，我跟江源都喝了不少酒，许多陈年往事在酒精的烧灼下都被勾了起来。最后说到江萍眼下的窘境，我们都泪流满面，唏嘘不已。那天晚上，我对江源说："我一定要抽出时间上永平去看看江山和江萍。"

江源说："你是应该去看看他们啊，他们是你一小的玩伴，尤其是我家小萍，她对你的那种依恋，对你的那种感情，我这个当父亲的都看出来了。她是把你当成了她的亲哥哥，甚至比亲哥哥还要亲的人。很多年前你不是上她在韭菜坨子的那个家去过一趟吗？她把你在她家的每个细节都记得清清楚楚。每次见我都会跟我喋喋不休地说那天晚上你在她家吃的什么饭，吃的什么菜，你在她家饭桌上还放了两毛钱四两粮票。每一个细节都记得那么清楚。如果她对你没感情，怎么可能会把这些细节记得如此清楚呢？怎么可能会在精神上把她刺激成那样呢？我知道你们这辈子不可能在一起了。缘分本是天注定，人是违逆不了天意的。但你若真能去看她一眼，我想，这在精神上总会给她一点儿慰藉吧？"

我知道，江源的这番话也是借着酒劲说的，但这肯定是他心里一直想要跟我说的话。我当时也借着酒劲说："大叔，您别说了，我肯定会上永平去看看江山和江萍的。"

但是当我从酒精的麻醉中清醒过来之后，理智告诉我，我最好不要去看望江山和江萍他们兄妹。江山还没啥说，我主要是担心江萍。因为现在的江萍已经不是当年的那个江萍了。我去看她，除了勾起她对当年的怀念，并不能解决什么实质问题，这只能够加重她的病情和增加我的烦恼。但是，我在老江大叔的酒桌上已经信誓旦旦地跟他下了保证了，如果我食言不去的话，以后我还怎么面对这个在我的人生路上曾给我过文学启蒙的前辈啊？

我思前想后，最后还是决定抽时间上永平去一趟，这既是对于过去在情感上欠下的债务的一个偿还，也是对自己良心的一个安慰，更是了却我这些年来对江萍的一种思念。

第二十九章
与江山的重逢

　　我是半个月之后动身上永平去的。

　　这期间我上外地去开了一次创作会，回来后又把参加创作会的那个剧本改了改。在一个星期六的中午，我终于还是决定上永平去一趟。去之前，我特意给永平乡打了一个电话，想提前跟江山打个招呼。但是，接电话的人说，江乡长下乡了，没在乡里。他问我是哪儿，我说我是县文化局创作组。对方竟然不知道创作组是干什么的，问我创造组是不是搞科技发明的组织啊？我一时也没法跟他详细解释，稀里糊涂地把电话挂了。我一看这个电话也没有把话说明白啊，于是，我又给永平乡的文化站老董打了个电话，告诉他我要去永平一趟，想抓点儿创作素材，请他帮我介绍一下当前农村的新鲜事。

　　老董跟我虽然不是很熟，但是互相也都认识。他也知道我在县文化圈子里的分量，因此就很热情地说："司老师，你来吧，你来永平这里的吃住行，这一切我全包了。"

　　撂下电话之后，我就上长途汽车站，打了一张去永平的车票，就坐着大客上路了。

过去的永平公社现在已经改名叫永平乡了。从县城通往他们乡的公路也不像过去那么难走了。那时候，坐客车从县城到永平得跑两三个小时。整个路面都是坑坑洼洼的，路极难走。现在，公路已经重新修过了，比过去拓宽了差不多能有两排车的宽度。公路两侧重新种植了高大的白杨。正是七月末八月初的季节，路两旁的庄稼地里，庄稼正趋于成熟，绿油油黑森森长势极好。很明显，自从落实了联产承包责任制的政策之后，农民种地的热情真是被调动起来了。我在农村抓基本路线教育的那些年，很少能看见长势这么好的庄稼。由于正是封完垄庄稼拔节的时候，因此，地里几乎看不见干活的农民。只有那随风摇动的苞米叶子高粱叶子，在炙热的阳光下享受着大自然对它们的恩惠。

大客车跑得很快，不到一个小时就到永平了。因为永平乡我已经好多年没来了，对这里的一切都非常生疏。为了稳妥起见，我下车之后，就先上他们乡的文化站去了。文化站的站长老董正在那儿等我，一见我就热情地跑过来，一下子把我抱住了，说："司老师，你咋寻思上我们这儿来了呢？"

我就笑着说："咋的？不欢迎啊？"

老董就说："请还请不来呢，怎么能说不欢迎呢。我已经跟乡里的宣传委员和主管的副乡长汇报了。他们都在下面村里呢，一会儿他们就能回来。他们回来后我领你去见见他们。"

这个老董是画画的，国画和书法都很有根底。他是自悟的，本来农高毕业后，他想考省艺术学院来着，后来因为文化课不行，再加上家里生活困难，自费去读艺术类院校家里也供不起，这样就只好回乡务农了。这时正好赶上原先他们乡文化站的老站长到退休年龄了，文化站没人，通过他一个亲戚的介绍，他就上文化站来了。这个文化站连站长带站员全由他一个人包了。乡里的写写画画，搞个宣传什么的，全是他的活。听说去年省里搞美展，他画的一幅画还得了个荣誉奖呢。给乡里增了光，这就更奠定了他在乡里文化这一块上的地位。

我跟老董说了几句闲话，便直奔主题地说："老董，我这次来，除了搜集点儿创作素材，还想看一个多年不见的老朋友。"

老董有些疑惑，说："多年不见的老朋友？谁呀？"

"他现在是你们乡的副乡长，叫江山。"

老董听我这么一说，就有些吃惊，说："司老师你说什么？江山是你多年不见的老朋友？"

我点头说："对呀。我这次来，就是来看他来了。"

老董就说："这可太巧了。江山正是主管我们的副乡长。他现在不在，下乡去了。江山不但是我们乡的副乡长，而且还兼着乡党委副书记的头衔呢，我们文化站就归他管。他现在在沙坨子村呢，我已经把你来的消息通知他了。但我没告诉他名，就说县里有一个作家要来采访。我要是知道你们是朋友，我在电话里说你的名字好了。他晚上肯定能赶回来。"

"你没告诉他我的名字真是太好了。我就是要给他一个意外的惊喜。"

老董一听江山是我的老朋友，而且我这次还是专门来看他的，因此对我就更加热情了。他一边跟我聊天，一边烧水沏茶。我俩在他文化站那儿聊了两个多小时，这时，就已经是五点多钟了，我看出老董似乎有些着急，因为到现在乡里的领导还没有回来，他不知该怎么安排我，是单独跟我吃饭，还是等他们乡的领导回来一起吃。于是他就说："司老师，你饿不饿呀，你要是饿了，咱俩先出去垫补点儿。"

我赶忙说："不饿不饿！中午我吃饭吃得挺晚，吃完饭我就出来了。一点儿都不饿呢。"

老董就说："不饿咱就等江乡长和老白他们回来一起吃饭。"

老白就是他们乡的宣传委员。

一直等到快七点，乡里的通讯员忽然骑着车子过来了，进门就说："老董，江乡长让你领着客人上乡里去呢。他们在乡里的小食堂等你们呢。"

老董说："知道了。"

说着，那小通讯员就领着老董和我直奔乡政府后院的小食堂而去。

此时，天色已经麻麻地黑了。刚才还是响晴的天，此时忽然阴上来了，而且还起风了。从北边涌上来的黑云被风刮着，很快便笼罩了半个天际。俗话说，风在雨头，屁在屎头，看样子这是要下雨。从文化站到他们乡政府，也就是一里多地的样子，不到十分钟我们就走到了。我们穿过前院的办公小楼，从后门进入后院，直接来到了西侧的一排屋子里。想必这里就是他们说的乡里的小食堂了。

路上老董就跟我说，他们乡政府的这个小食堂平时是不开伙的，只有来了重要客人，乡领导才会这里设宴招待。平时乡里的领导和工作人员谁都不许在这里用餐。

说着话，我们就进了小食堂。屋里的灯已经打开了。明亮的灯光下，一个圆桌面上摆着几盘色香味俱佳的冷拼菜肴。一个年纪和我相仿的男人和一个年近五十岁的男人，正靠在餐桌的椅子上嘀嘀咕咕说着什么，见我跟老董进来了，就都站了起来。

这时老董就说："江乡长，你看看这是谁？"

那个年纪跟我相仿的男人怔怔地用一种疑惑的眼神看着我，刚看了几眼，忽然声嘶力竭地大叫一声："狗剩子——"

话音没落，一个箭步就蹿了过来，一下子把我抱住了，然后就满脸泪水地哭了起来。

我看他那样，我也忍不住了，也抱着他呜呜地哭了起来。我跟江山近二十年没见了，自从他们家去了乡下，我当兵走后，就再没见过他。他的情况也就是当年我上韭菜坨子时，江萍简单跟我说了几句。二十年后，当我再认真地打量他的时候，他的模样已经完全变了。当年，他的脸色是那么白皙，眼睛是那么明亮，明亮得简直没有一丝杂质。我还记得，我跟他第一次拉钩成为朋友时的情形，那天他为了帮我打抱不平，毫不畏惧地公开跟我们胡同的孩子王梁林福对质。那时候他的眼睛是多么清澈啊。可现在，我分明在他的眼睛里看见了一层雾蒙蒙的东西。他的脸色也不像小时候那么白了，粗糙的脸颊上满布了岁月的尘埃和风霜。那双满是老茧的粗糙的手上，就像蒺藜似的，摸在我的脸上都有点儿拉得慌。

我们两个大老爷们儿抱头痛哭，一时间把屋里的这几个人都给造愣了。他们不知道我们为什么会这么激动。过了能有一两分钟，江山终于从那种激动的情绪中平复过来。他擦擦眼泪，对那个年岁比较大的男人说："老白你不知道，这位叫司马霖的作家，是我小时候最要好、最要好的朋友。我们一起长大，一起经历过很多很多事情。后来他就当兵去了。从他当兵走后，我就再没见过他。"他一边擦着眼泪一边说："老白你别见笑啊，我们俩的那种感情，别人是没法理解的。"

这个老白就急忙走过来，握住我的手说："司作家，久闻大名，久闻大名啊！很早就听老董说起过你！不承想你跟我们江乡长还有这层关系。今天能够认识你，真是三生有幸啊！"

这时候，食堂的大师傅就把热菜和啤白二酒都摆了上来，菜是地道的小鸡炖蘑菇、家常炖活鱼等农家菜，酒是他们当地产的小烧。在老白的张罗下，我们很快就推杯换盏地喝了起来。

那天晚上由于我跟江山的心情都很激动，因此，在喝酒的时候，我们都很小心地控制着自己的情绪和酒量。我们几乎是心照不宣地都有意控制了自己的酒量，在酒桌上，除了说一些我们小时候那些有趣的过往，再就是说说自从落实联产承包责任制之后，给农村带来的一些新变化。那顿饭吃了能有一个多小时，酒局就散了。老白很关心地问我说："司作家，你今儿晚上上哪儿住去？要不我在我们乡刘大酒壶开的旅馆给你开个高间儿？"

我急忙摆手说："不用不用！我今儿晚上哪儿都不去，就上江山家住去了。我们两个正好唠唠体己嗑儿，就不麻烦乡里了。"

老白就说："那也好。今儿个你跟江乡长刚见面，肯定有说不完的话，我就不给你安排特殊节目了。在永平这儿有什么事，你尽管说，我要是下乡不在家，你就跟老董说，无论什么事，一律绿灯。听明白没有？"

我就赶忙抱拳致谢说："谢谢老白，谢谢老白。"

此时，外面已经下雨了。雨下得不是很大。在翻滚的云层间，不时会有一道道的电鞭掠过，电鞭掠过之后，就会有咕隆咕隆的闷雷声传过来。我们刚一来到外面，一辆北京吉普开了过来，江山就说："这是我们乡里的车，现在乡里还挺穷的，买不起好车。除了这辆吉普，还有一辆桑塔纳。那辆车让我们书记开走上县里办事去了。好在我家离这儿不远，几分钟就到了。要不是下雨，咱俩就走过去了。"

我跟江山上了车，也就走了七八分钟的时间，吉普车就在一幢农家小院门前停下了。江山说："到了，这就是我家。"

我和江山下了车。把司机打发走后，江山领着我进了院子。

这是一个黑铁皮大门的小院。院子不算太大，上屋是三间铁皮顶的瓦房，两侧的厢房则是很简陋的小砖房，估计是存放破烂儿的仓库。院子两边是园田地，园田地里种的豆角、西红柿还有其他各类蔬菜。中间是通向上屋的甬道。甬道是用地板砖铺就的。我跟江山进院的时候，上屋东侧的房间里亮着灯，西侧的房间则一片漆黑。

我跟江山刚一进院，一条大狗就从窗底下忽地一下站了起来，冲着我们狂吠起来。

江山冲着那条狗说道："别叫唤了！来客人了不知道吗？"

江山这么一说，那狗果然不叫了。这时，上屋的门开了。随着开门声，门前雨搭下的门灯也亮了。我看见有一个中年女人从屋里走了出来。女人冲着江山说："你不是说今儿晚不回来吗，这咋又回来了？"

江山就说："今天来客人了。"然后对我说："这就是你嫂子。"

我借着门灯的光亮，打量了一眼我的这个嫂子，人长得挺一般，穿着打扮跟普通的农村女人没什么太大的区别。

那女人急忙热情地说："哎呀！大兄弟来了！快进屋，快进屋！"

江山就说："你知道他是谁呀，就快进屋快进屋！"

那女人笑着说："你不给我介绍，我哪知道他是谁呀！"

江山就说："我不是总跟你说我小时候有个朋友叫狗剩子吗，认识一下吧，他就是我总跟你说的那个狗剩子！"

江山他媳妇就有些不好意思地说："哎呀！大兄弟，原来你就是……你这个名字都快把我耳朵磨出茧子来了。老江没事的时候，总跟我说你呀！说你怎么怎么聪明，说你小时候怎么怎么帮他看家。老江说你当兵去了，怎么，这是探家来了？"

我就笑着说："不是探家，我已经从部队复员好些年了，现在在县里的文化局上班呢。"

我们一边说一边进了屋子。这时，有一个十多岁的小小子跑了出来，一头扎进江山的怀里说："爸爸，你不是说你今天不回来吗，这咋又回来了？"

江山爱抚地摸着那小男孩儿的脑瓜说："你狗剩儿叔叔来了，爸这不就回来了吗？"

然后江山对我说："这是我儿子铁蛋儿。"跟我说完又对铁蛋儿说："快跟你狗剩儿叔叔说句话呀。"

那男孩儿就抬起脸来看着我说："狗剩儿叔叔好。"

他这一声"狗剩儿叔叔"，把我们都叫乐了。我仔细打量了一下这个小男孩儿。他长得简直跟江山小时候一模一样，就跟从江山的脸上扒下来似的。面色也是那么白，眼睛也是那么亮，就连说话的声音，也跟江山小时候一样。看着这小铁蛋儿，我不由得感叹，人的遗传基因真是太厉害了，这不活生生又一个小江山吗！

在江山他媳妇忙着给我们洗水果、沏茶水的当口，江山对他媳妇说："一会儿把西屋给我们收拾收拾，今儿晚上我跟狗剩儿我们哥儿俩就住在西屋了。"

铁蛋儿就跑到他爸爸的跟前，说："爸，我也要跟你上西屋住去。"

江山就故意虎着脸说："不行。我跟你狗剩儿叔还有事要谈呢。你赶紧写作业去，写完作业看会儿电视好睡觉。"

铁蛋儿嘟着嘴走了。

我跟江山聊了一会儿这些年各自的情况，我也说了说我的家庭状况，也说了一下我在县里去看望他爸他妈的情况。但是，我们似乎都小心翼翼地回避着一个重要的话题，这就是江萍。就在我说到我是怎么去看望江源老两口儿的时候，江山他媳妇进屋了。江山他媳妇说："西屋已经收拾好了，两张床都换了新被褥。"江山就说："狗剩儿，我们上那屋去唠去吧。"

江山他媳妇见我跟江山上西屋去了，就把招待客人的茶水和水果也都挪到了西屋。西屋跟东屋的格局是一样的。屋的北侧摆了两张床，两张床的中间是一个挺大的床头柜。房门的一侧有一个小电视机，东侧则摆放了两张小单人沙发和一个小茶几。进屋后，我跟江山就在沙发上坐下了。直到这时我才迫不及待地问道："江萍最近怎么样？"

江山摇摇头，说："不好。"

"怎么个不好啊？"我急切地问道。

江山说："还是精神不好呗。反正清醒一阵儿迷糊一阵儿。清醒的时候，跟好人一样，一旦迷糊起来，就谁都不认识了，就知道嘿嘿地傻笑。"

江山这么一说，我的心情一下子就沉重起来。我喝了一口水，说道："那你们这些年没给她治治吗？"

江山说："能不治吗？我还专门领她上洮南精神病医院去住过一段时间呢。可是，这个病很顽固。不发展就不错了，想治好，很难。"

顿了一下，我接着又问道："她家现在的日子过得咋样？"

江山说："你寻思他们那日子能过好吗？她男人常年有病，不能下地干活，她自己又是这个样子。家里分的那点儿地，都承包给别人种去了，就指着往外包地那俩钱过日子。你想想，这日子还能过？这些年，全仗我爸我妈还有我帮着他们了。不然的话，早就揭不开锅了。"

说到这儿，我问道："我记得她还有个小姑娘来着？那小姑娘应该跟你家铁蛋儿的岁数差不多吧？那孩子咋样了？"

江山说："她那个姑娘叫路小琴，比我家铁蛋儿大好几岁呢。今年都十七八了，正在县六中念高二呢。她念书的一切费用，都是我爸我妈出的。也不用他们两口子操啥心。那姑娘书念得还挺不错的，考大学看来是没啥问题，将来再能考个研究生，她这辈子就不会再像我们这茬人遭这么多罪了。"

说到这儿，我跟江山都沉默了。我们过去的那些生活，我们在戏园子胡同发生的那些故事，一幕一幕的仿佛又都回到了我们的眼前。

沉默了一会儿，江山说："睡觉吧。明天上午我领你上江萍那儿看看去。我知道你除了来看我，更是看她来了。"

说到这儿，我看江山的眼睛里含满了泪珠。

于是我说："我那年上韭菜坨子曾跟江萍见过一面，这事你知道吧？"

江山说："咋不知道呢。要不是你那年在韭菜坨子见她一面，她也不至于得上这种病。"

"这么说是我害了江萍？"我也不知道怎么了，眼睛里也涌上泪水来了。

江山说："话也不能这么说。但是，你知道你跟她见那一次面，对她的刺激有多大吗？自从你走后，她就有些疯疯癫癫的了。我跟你说司马霖，现在我们都长大了，我才跟你说这些，你知道江萍有多爱你吗？从小到大，她心里唯一爱的人，一直是你呀。她从小就那么依恋你，对你甚至比对我这个亲哥哥还要好。整天狗剩儿哥长狗剩儿哥短地腻着你。可是，最后竟然嫁给了路永强那么个窝囊废。江萍从小心气儿就高，当她在韭菜坨子看到你出息成这样，再看看自己的那个男人，你想想，她能不窝囊出病来吗？"

江山说着说着，便抽泣起来。他这一哭，把我的眼泪也勾出来了。我不由得小声啜泣着说："江山，我也跟你说实话吧，其实，这么多年，我的心里也一直爱着江萍的，我从小就喜欢她，爱她……可是，那时候我不敢表露啊。不敢跟任何人说呀。当我真正知道爱情是怎么回事的时候，江萍她已经嫁人了。你不知道那次我在韭菜坨子见了她之后，心里是多么难受啊，回来好多天好多天都没有从那种难以言说的情绪中缓过来。"

江山擦着眼泪说："这就像我爸说的，这就是命啊。人是拧不过命的。"

这时，江山他媳妇走了进来，一看我们两个大老爷们儿红眼巴擦地相对而哭，不知道发生了事情，赶忙又退了出去。

江山叹了口气，说："啥都别说了。这就是我们这茬人的命啊。"

后来，我们俩就各自躺在自己的床上。江山把灯灭掉后，小声说："我在沙坨子村跑了一天，也累了。你也车马劳顿的，睡吧。睡吧。"

说着说着，江山那边就响起了呼噜声。

我则躺在黑暗中，看着外面那漆黑的雨夜里不时划过天际的闪电和隆隆的雷声，听着雨打屋檐的淅沥声，怎么也睡不着了。往事如梦，往事如烟，我跟江萍小时候的那些事就像演电影似的，不可遏制地在我的脑海里闪现。我不知道我是什么时候睡过去的。在我脑海里闪现的那些画面，我不知道那是我在做梦还是我的冥想。当外面的鸡叫声把我从昏睡中唤醒的时候，我发现，江山床上的被子已经叠好，人已经不在了。

第三十章
再见江萍

当我在院子里洗完脸刷完牙，在湿润的空气中欣赏着江山家的小菜园的时候，江山从大门外进来了，手里拎着一大堆装着鸡鸭鱼肉的塑料袋。我问他干啥去了，他说他出去买点儿菜。

我指着院里的菜园子说："这园子里啥菜都有，你还买什么菜呀？"

江山说："菜园子里都是青菜，没有鸡鸭鱼肉，你来了，怎么的我也得弄点儿荤腥呀。"

说着，江山拎着几个大塑料袋进了屋子。

看样昨晚的那场雨下得不小。我看大门外村路上的低洼处，已经形成了一个一个的小水泡了。天仍然没有放晴的意思。铅灰色的云仍在天空上翻滚着，淤积着，似乎还有要下的态势。

江山家小园里的各种蔬菜长势非常好，尤其是茄子、豆角、西红柿，嘀里嘟噜红绿相间，煞是招人喜爱。

我在院里院外转了一会儿，江山就叫我进屋去吃早饭。早饭他也是在外面买的，油条和豆浆。现在的农村跟过去也不一样了，早餐馆、粥铺什么的，也是随处可见。

吃完早饭，我们又聊了一会儿，江山就领着我上江萍家去了。

永平乡是个挺大个乡，整个村子呈长条形，东西长，南北短，从村东到村西差不多能有六七里地。乡政府就在村子中间。江山家在村东头，江萍现在住的是当初她爸的房子，在村西头。这房子现在也已经有十好几年了，估计也破得差不多了。由于从江山家到江萍家得走四五里的路，因此，江山就把昨晚乡里的那辆吉普车整来了，那小司机拉着我们，几分钟就到江萍家了。

江萍家在村西头的北边住，紧挨着一片小树林。江山跟我说，江萍她们家附近那几户邻居，当初都是从城里来走"五七道路"的，现在他们都回城了，有的房子空着没人住，有的卖给了当地的农民，因此这片居民区就显得有些破落。因为永平村是乡政府所在地，所以，乡里打算把整个村子重新规划一下。江萍他们家住的这个地方正在规划之列，将来恐怕得搬迁。

吉普车把我们送到江萍家之后就回去了。下了吉普车，我站在大门外往院里看了看，这院子实在是有点儿太败落了，跟当年我上韭菜坨子江萍的那个家的感觉差不多。当初用碎砖和土坯砌起来的院墙，好多地方都已经倒塌了，倒塌的地方就用树枝临时插上了，房子是一面砖的，也就是前脸是用砖砌的，两侧的房山和后墙都是土坯砌的。由于年深日久，窗棂上的油漆都已经剥落了，房子前脸勾缝的水泥也都已经快掉没了，砌砖的泥土被雨水冲刷出来，把整个房子显得肮脏不堪。抹在两面山墙上的泥巴也一片一片地掉了，也没有重新抹上。她家的院子也不小，前院也种着小菜园，但可能是疏于侍弄，菜园子里的蔬菜长得参差不齐有黄有绿。有几只鸡在院子里溜达着，在寻找食儿吃。院子两侧的仓房也都破落不堪，整个院子一看就不是那种会过日子的人家。

江山领着我走进了院子。这时，上屋门就开了，一个头发蓬乱、眼泡浮肿的女人从屋里走了出来。她看了一眼江山，说："哥，你怎么来了？"

江山就指着我，笑着对那女人说："你看看谁来了？"

那女人怔怔地瞅着我，脸上充满了迷茫。

江山就又说："你好好看看，这不是你的狗剩儿哥吗？"

那女人听到"狗剩儿哥"这几个字，我明显地看到，她的身子抖了一下。直到这时候我才知道，这个女人就是江萍。她现在已经完全变成一个农村妇女了，小时候的模样几乎一点儿都没有了，比十几年前我在韭菜坨子见她时，更加显老也更加灰颓了。她的眼角两侧，爬满了密密麻麻的皱纹，整个牙齿都变黑了，一说话，那张嘴就像个黑洞似的。蓬乱的头发也都变得灰白了，穿着一身灰不拉唧的男人衣服。如果不是江山管她叫江萍，我是绝对不会认出她来的。

我看着江萍那茫然的样子，强忍着眼睛里的泪水，故作微笑说："江萍，咋的，你真的认不出我了？"

江萍又怔怔地看了看我，忽然笑了。江萍说："哥，你净糊弄我，这哪是狗剩儿哥呢？狗剩儿哥不这样。那年他上韭菜坨子去看过我，长得可年轻了，哪像他长得这么老啊？"

说到这儿，江萍又说："哥，你今儿个咋寻思上我家来了？我听铁蛋儿说，你不是下乡了吗？"

说这话的时候，江萍的眼睛根本就不看我，就像没我这么个人似的。

江山叹了口气，小声说："看着没有？又犯病了。"

说完，江山又对江萍说："永强呢？"

江萍说："在屋里抱着个药罐子吃药呢。早晚得吃死。"

说着，江萍就扔下我们，自己上园子里去摘菜去了。她在园子里摘了几根黄瓜，然后用衣襟兜着，引着我跟江山进了屋。

一进屋，她这屋子里就有一股发霉的气味扑面而来。可能是什么吃的东西时间长搁坏了，她没来得及往外扔，所以才会有这种刺鼻的味道。江山用鼻子嗅了嗅，说："你这屋子这是啥味啊？这大夏天的，你咋不开窗户放放味呢？"

江萍就像没听见似的，把她刚在小园里摘的那几根黄瓜扔进了一个水盆里，然后拧开水龙头，放了半盆子水，开始洗黄瓜。

对于我这个客人她就像没这么个人似的，自己该干什么还干什么。

江山领着我进了屋里，我看见屋里的炕上坐着一个半大子小老头儿，正在饭桌上吃药。饭桌上的碗筷还没收拾下去，造得杯盘狼藉的。那小老头儿一看我跟江山进来了，赶忙从炕上蹭下来，把屁股挪到炕沿上，有些巴结地看着江山说："哥，你今儿咋这么闲着呢？"

江山说："啊，来了个老邻居老朋友，想看看江萍，我就带他过来了。"

我知道这个小老头儿就是江萍的男人路永强了。他比我当年在韭菜坨子见他时显得苍老多了。那时候他在我的眼睛里，还是个年轻人呢，这怎么一晃就变成小老头儿了呢？他的脸色蜡黄，头发几乎快掉光了，塌陷的两腮和尖削的下巴上稀稀落落地长了一些棕黄色的胡须。看样子用刮胡刀没怎么刮干净。他的身子佝偻着，手里拿着一把药，一边跟我们说话一边往嘴里填。显然他没有认出我是谁或者早就把我忘了。江山也没跟他介绍我是谁。他听江山说我是江萍的老邻居老朋友，就说："哎呀！这几天她又犯病了。昨晚我让她馇苞米糁子粥，结果她把面粉当成面碱了，把一锅苞米糁粥给煮成一锅糨糊了。你说糟践人不？"

这时，江萍端着洗干净的黄瓜进屋了，她把装黄瓜的盆子放在饭桌上，然后对江山说："哥，你吃饭没呢？没吃在这儿吃啊？"

江山说："我吃过了。"

江萍就自己拿起一根黄瓜，蘸着大酱吃了起来。

我一看她这样，知道没法跟她唠啥了，她根本就不清楚我是谁，她也不相信我就是她当年的那个狗剩儿哥，在这种情况下，跟她说啥都是白费。因此，我跟江山在她家坐了一会儿，跟那个路永强说了会儿话，然后就告辞了。

从江山领着我进院跟她见面，一直到我离开，江萍始终没有再用正眼瞅我，就跟我这个人根本不存在似的。

从她家的那个破院子里出来，也不知道咋回事，我的心里竟然没有涌起更大的波澜，我知道，江萍已经彻底废了，正像江山说的那样，她这种病只要不发展就挺不错挺不错了。想治好，恐怕不可能了。虽然这次见面，她一句话也没跟我说，但是，我总算了却了再见她一面的这个心愿了。

我在永平一共待了两天，其间他们的宣传委员老白和文化站的老董还陪着我到下面的村屯去走了走，采访了一个养猪大户还有一个养鸡专业户。临走的时候，我特意给江山留了两千块钱，让他转交江萍。虽然江山坚持不要，我还是硬塞给他了。

江山想让他们乡的吉普车送我，被我坚决地拒绝了。我不能给他添这个麻烦，我不能让别人觉得他在以权谋私。他在官场还有上升的空间，只要他干好了，这比啥都强。

当我坐上开往县城的大客车的时候，我的心忽然有些针扎般的疼痛。江萍那爬满了密密麻麻皱纹的老脸和她小时候那娇美的小脸不断地在我的脑海里交替着出现。直到这时，我才知道我们永远也回不到过去了。那一刻，我就觉得鼻子发酸，眼泪就像堵不住的河水一样，从我这干涩的眼睛里汹涌地流了出来。我捂着脸颊趴在大客车的椅背上，任自己那汹涌的泪水洇湿了客车的椅背和我的手掌心。

从那之后，我再没见过江萍。

第三十一章
生命中的重复怪圈

　　自从我结婚之后，我跟我媳妇就搬离了戏园子胡同。我们家的那个池贵大院早已经破败不堪，除了上屋的那两间大瓦房没有扒掉之外，其余的厢房、耳房和大门洞子都被扒掉了。我们家的东厢房扒倒之后重新翻盖了两间正房，并圈出了一个小院。梁林福家的西厢房也翻盖成了正房。梁林福从监狱出来后，由于结婚没房子住，不知道他通过了什么关系，硬是把大门洞子给扒掉了，然后用从大门洞子上扒下来的那些砖瓦翻盖了两间小房。这样一来，一个完整的四合院就被扒得乱七八糟、满目疮痍、惨不忍睹了。

　　虽然我离开了戏园子胡同，但是，我的父母亲仍然在这儿住。八十年代初，我父亲从拔浪泡的网房子调回到了城里，他跟我母亲以及我的弟弟们在重新翻盖的那个房子里住。由于父母都在这儿住，我没事也总往这边溜达，回家来看望两位老人。

　　那是一个春末夏初的季节，有一天下午，我闲着没事，就到戏园子胡同来看看我母亲。前些日子我一直出差，差不多能有一个来月没到戏园子胡同这边来了。我在母亲那儿跟她闲聊了一会儿就走了，刚走到门外，迎面忽然走过来一个打扮得花枝招展的女人。当时，由于她的穿着很惹眼，我就不经意地瞅了她一眼，然后就赶忙把眼光移开了。就在我那犹疑不定的眼光刚刚落到荒凉破败的老戏园子的铁皮尖顶上的时候，我的耳边忽然传来了一个细嫩的女人的声音："你是司马霖吧？"

我站住了，往四下撒目了一下，当我断定跟我说话的那个女人就是眼前的这个穿着很惹眼的女人的时候，我把漫游的眼光固定在了她的脸上。她笑了，笑得非常可爱，是成熟女性的那种非常含蓄的笑。她就那么笑着瞅着我说："咋的，不认识我了？我是周德华呀！"

我这才从她那鹅蛋形的俏脸上寻找到了一点儿小时候周德华的模样来。都说是女大十八变，越变越好看，这话真是不假呀。周德华小时候就长得很好看，现在出落得更加水灵了。我就笑着说："周德华你真是越来越漂亮了，我都不敢认你了！"

她也笑着叫我的小名说："狗剩子你这嘴也真是越来越甜了，越来越会恭维人了。我寻思你当了大作家就不认人了呢！"

我急忙笑着说道："周德华，看在咱小时候的分儿上你就别骂我了行不行？我一个臭码字的算什么作家啊！也就是你吧，还看得起我！"

我注意到，当我说到"看在小时候的分儿上"的时候，周德华的脸有些发红了。那时我的心也轻轻一动，她是不是想起了我们俩小时候在柴火垛底下发生过的那件事情了呢？

周德华红着脸说道："你就是作家吗，我还在一本杂志上看过你写的一篇文章呢。"

"哎呀！那算什么呀，也就是你还关注关注我吧，在浩如烟海的文字海洋里我的那篇文章连一朵小浪花都算不上。"我故意谦虚着说道。

"你们文人说话就是好听，还小浪花，多会形容啊。"她仍然红着脸看着我说道。

"你现在在哪儿上班呢？"我盯着她那高耸的乳房没话找话地问道。

她可能注意到了我那不卫生的目光了，于是，就扭动了一下身子说道："我还能干什么，只能在工厂当个小工人呗。"她顿了一下，接着说道："我在油田汽修厂当材料员呢。整天搬料运料，又脏又累。"说到这儿，她红着脸瞅着我说："咱在这儿说啥话呀？这也不是唠嗑的地方啊！不介意的话，上我家去坐一会儿啊？"

"你家也在这胡同住吗？"我在这里所说的她的家，指的是她结婚后的家，而不是她的娘家，她的娘家当然还在我们这个胡同住。

她点点头说："我家就在尽东头邵大夫家的东院。不远的，走吧。"

她一说邵大夫，我的心又是一动。当年邵大夫跟她妈的那种关系她是否还记得呢？她为什么要在我的面前提邵大夫呢？这是不是也是一种暗示呢？所以，当她提议让我上她家去坐一会儿的时候，我的心竟然不由自主地跳了起来。我故意笑着说："我上你家你男人不得有别的想法啊？"

周德华就急忙说道："他不在家。"

一听说她的男人不在家，我的心跳得更厉害了。我虚着声音说："他不在家让左邻右居看见就更不好了。"

"谁看你干啥呀？司马霖你这人咋这样呢！走吧走吧，别磨叽了！你这人咋变得这么磨叽了呢？"

说着，也不管我同不同意，拽起我就走。

我赶忙挣开她说道："你松开我，这胡同子里不少人都认识咱们，咱们这么拉拉扯扯让人看见多不好。"

周德华说："谁看你干啥呀？你以为你是啥人物呢？再说了，咱们光明正大的怕人看啥呀？你是不是心里有鬼呀？"

她这么一说，我就好像让人给戳破了心里那最见不得人的阴暗角落里的秘密似的，我的脸忽地一下红了。我嗔了她一眼说："别瞎说！"

她笑了，柔声说道："走吧，到我家认认门儿。我跟你说司马霖，人哪，这辈子过得太快了，这一眨眼，我们差不多都已经过了小半辈子了，经历过了那么多事，认识了那么多人，但是，细细地想一想，只有小时候的那种感情才是最纯真、最纯美的。"

周德华走在我的右边，一边回忆着小时候发生在我们之间的一些故事，一边不住地用眼睛觑着我的表情。现在，她又说到了感情，这既让我感到有些心虚又让我觉得有些甜蜜，我不知道周德华是不是想与我续写儿时的那种感情。这一路上，几乎一直是她在不断地说话，她说到了她的哥哥周德理，她说她哥哥跟她妈在一起住呢，她哥哥也在油田工作，是采油工，娶了个媳妇还没有工作，在外边干临时工呢。她说那媳妇又埋汰又懒惰，家里活儿什么都不干，都是她妈干。她说她爸已经死了好多年了，她妈一直跟她哥哥在一起生活。

经过了这么多年，我们戏园子胡同变化还是很大的，许多人家搬走了，又有许多人家搬来了，新搬来的那些人家跟我们这些老住户基本上没什么来往，一些小孩子我根本就不认识都是谁家的。所以，在我跟周德华往她家走的这段过程中真的就没有什么人注意我们。我们戏园子胡同就那么长，虽然她家住在尽东边，已经接近我们戏园子胡同的边缘了，但是，没用上十分钟我们就到了她家了。一到她家，我就想起了这个地方。原先，这里是一片空地，是左右邻居倒垃圾的地方。他们家的这幢两间平房就是在原先的垃圾堆上盖起来的。院子挺大，但是显得凌乱不堪，从脏乱的院子里就可以看出，这家的男女主人都不是那种正儿八经的过日子人。

进了她家的院子，我就往西院瞅了两眼，西院的大门上挂着一块画有红十字的招牌，院子里有很茂密的葡萄架，葡萄架上那嫩绿的叶子遮盖了整个小院。周德华一看我往西院瞅，就说："那院是邵大夫的诊所，你还记得邵大夫吧？"

我很暧昧地看了看她，笑着说："那怎么会不记得？"

"他现在自己开诊所了。"周德华一边用钥匙开门一边跟我说道。

"那肯定是发财了。"我又瞅了那院一眼说道。

周德华说："我估摸着，他也就是发点儿小财。"说着话，周德华已经把门上的锁头开开了，她闪开身子，先把我让进了屋里。然后她随着我走进来，进屋后很小心地把门关上了。

这是两间格局的房间，一进门就是厨房，靠着外屋门口的是一个不大的锅台，锅台的对面是水缸，北面有一间不大的暖阁，暖阁的窗子用一块脏兮兮的花布帘遮挡着。走进里屋，南面是一铺大炕，炕里边摆放着两口箱子，箱子上摞着被垛，被垛上用一块花格褥单遮盖着。炕的北面是两把折叠椅，中间是一张小圆桌，小圆桌上摆放着花瓶和简单的茶具。

周德华让我坐在那张折叠椅上，然后脱掉外衣，只穿着一件很薄的丝质内衣里外屋忙乎着给我泡茶倒水。我看着她那优美成熟的身材和高耸的乳房，一时间竟然心旌摇动有些不能自持起来。周德华长得太像她妈年轻时的模样了，甚至比她妈还漂亮，也就显得更风骚。她给我倒了一杯水，放在我旁边的小圆桌上。我故作不经意地碰了一下她的乳房，说："别忙乎了，我又不是外人。"

她又给自己倒了一杯，这才在另一张折叠椅上坐下来。她手里拿着一块素花的小手绢慢慢地扇着风，我看见，她的额头和鼻子上已经沁出了一层细密的汗珠来。

"怎么样，这些年过得好吗？"我端着茶杯，看着她问道。

她轻轻地叹了口气，说道："就那么回事吧，无所谓好不好，过的不过是普通老百姓的日子。"

听她这口气，日子似乎过得并不怎么如意，我就笑着说道："谁还不是过的普通老百姓的日子！"

她勉强笑了一下，说："你就比我们的日子过得滋润呗。整天在家里写字赚钱，用不着像我们这样天天上厂子去出苦大力，不管是风天雨天还是夏天冬天，常年跟那些铁块子打交道。说真的司马霖，我真是干够了！"

我笑着说："那你还想干什么呀？多少人连你这样的工作都找不着呢！"

她长叹了一口气，说道："都说是知足者常乐，其实这句话是那些不思进取的人给自己找的口实。人要是总是知足，那还能进步还能有追求了吗？我们家那位就总拿这句话给自己的没能耐、给自己的不知进取找借口。"

我一听她说到了她们家的那位，就顺着她的话茬儿问道："你们家的那位姓啥？"

"姓孟，叫孟庆东，是个贼拉完犊子的货，一个月挣那一脚踢不倒的两壶醋钱还不知道愁呢，除了打牌就是喝酒。一点儿正事没有。"周德华说到这里用眼睛瞥了我一下，然后又长长地叹了口气。

我故意问道："他是不是该下班了？你该给他做饭了吧？"

不知道周德华是故意说给我听，还是有别的什么意思，她瞅着我说道："你就放心吧，不到二半夜，他是不会回来的。"

"那他下班干啥去呀？"

"我没跟你说吗，下了班，直接就找他那些麻友打牌去了，打完八圈麻将完了再接着喝酒，你说是不是得到二半夜吧？"

"他天天都这样吗？"我似乎有些不放心地问道。这时我才意识到，此时的我已经对周德华有了某种企图了。

"一年三百六十五天几乎天天这样。"周德华接着哀怨地说道，"连他妈有病住院都没挡得了他出去打牌喝酒，你说还有啥事能挡得了他吧？"

"你们结婚几年了？"我慢慢地呷了一口有些发苦的茶叶水，装作漫不经心的样子问道。

"几年了？"周德华微蹙着柳眉说道，"我们是1981年结的婚，到今年已经七年了呗。"

"那你们咋不要小孩儿呢？"我有些不解地问道。

"就他那熊样的，要孩子他还能养活得起呀？我跟你说司马霖，从结婚那天开始，我就一直采取防护措施，不让自己怀孕，所以，这么多年，我根本就没有怀过孕。"

我有些惊讶地看着她，想不到这个女人竟然这样，不想要孩子，由此也可以看出来，她跟她的丈夫是连一点儿感情都没有啊，否则哪有不想要孩子的夫妻呢？想到这里，我又问道："那，你们家的那位孟庆东他不想要孩子吗？他就没有对你怀疑过？也没领你上医院去做过检查？"

"哎呀，司马霖你别问这些没用的事情了行不行？我告诉你，我们家的那位绝对是个大傻帽儿！他早就说过，没有孩子更好，有孩子他还能像现在这样半宿半夜出去打牌喝酒了吗？司马霖，咱们还是说说你吧，你爱人是干什么的？"

我笑着说道："工人。"

她有些吃惊地看着我说："你怎么找了个工人？你成天给剧团的那些演员写节目，怎么没找个漂亮的女演员呢？"

我笑着说道："这辈子谁跟谁老天爷可能在前世就已经给安排好了，不是哪个人自己就能做得了主的。"

听了我这话，周德华幽幽地看了我一眼，说："这么说，你也信命了？"

"能不信吗？"我看着她那双黑葡萄般好看的眼睛说道。以我多年的男女之间交往的经验，她的那双眼睛里此时正燃烧着一股难以控制的欲火。我不知道为什么我的心竟然"咕咚咕咚"地跳了起来，我想，此时我的心里肯定也有一种强烈的想要占有她欲望，如若不然我的心绝不会跳动得那么强烈。

周德华定定地瞅着我说："是啊，人不信命不行啊！你说我小时候最喜欢的男人是谁？"

我不敢再瞅她的那双好看的眼睛了，我好像有些把持不住我自己了，我把眼光移开，让飘忽不定的眼光定格在外面电线上的一双正在调情的麻雀的身上，嘴里边虚着声音问道："谁？"

"你。"周德华把她的嘴巴凑近我的耳边说道，"我小时候最喜欢的男人就是你呀狗剩儿哥。你还记不记得有一次咱们藏猫猫玩，你跟我一伙，咱俩藏在老梁家柴垛底下。你那时已经十四五了吧？反正那时候你就知道男女之事了。那时候我就喜欢你，知道你长大了准能有出息！可是，咱俩没有夫妻的命啊……你复员那时候我还在念书，然后就下乡了。后来就没有了你的消息。虽然咱们同住在一个胡同里，可是，你参加工作后常年下乡，我也抓不着你的影子啊，后来当我知道你的一些情况的时候，你已经张罗着要结婚了。"

周德华的这番话说得我已经控制不住自己的情绪了，特别是她说到了我们小时候藏猫猫那次，更让我心猿意马起来。我一下子轻轻捉住了她的手，颤抖着声音说："小华，你别说了……"

她看着我没有吱声，轻轻地站了起来，牵着我的手，把我拉进了暖阁。由于暖阁的窗户上挡着布帘，显得有些昏暗。一进暖阁，她就轻轻地把我搂抱住了。她忽然笑着说道："狗剩儿哥，现在我才真正理解我妈了，她年轻时为什么那么拼命地要跟邵大夫在一起，为什么连人那最起码的自尊和脸面都不要了，也要跟邵大夫在一起，就是因为她觉得我爸那人太不行了。他一个老工人，身上常年散发着一股臭酒糟味，一点儿也不懂得男女之间交欢的这种乐趣，你说，我妈能愿意跟我爸这样的男人在一起干这种事吗？就像我今天跟你这样，女人只有跟自己喜欢的男人干这种事情才有乐趣可言。"

周德华在这种时候忽然提起了她母亲年轻时的一些事情，我一下子就想起了她的父亲周大癞当年拿着洋炮在雪地上追打邵大夫，她的母亲披头散发跪地求情的情形。现在，她的女儿又跟她的母亲走了相同的一条路，母女二人在生命过程中如此相似地重复着这种怪圈是不是也是一种宿命呢？我现在在不知不觉中已经扮演了当年邵大夫的角色，那么，在这种时候如果她的那个孟庆东突然出现在我们面前，当年的那种情景不就又重演了吗？我的脑海里忽然转悠出了许多莫名其妙的想法，下身也一下子蔫了下去。周德华瞪着茫然无措的眼睛看着我说："狗剩儿哥你怎么了？"我吻住她的额头，许久，我松开她，愧疚地说："小华，我不行了，对不起！"

周德华坐起来茫然看着我说："开始还挺好的呢，怎么突然就不行了呢？是不是我说了什么话刺激了你？"

我摇摇头，说道："不是的，跟你没关系，真对不起了小华。"

周德华抓住我的手依偎在我的身上说道："狗剩儿哥，我真是愿意跟你好，真的，如果你愿意，我想给你生个孩子，孩子生下来不用你养活，我自己就能养活得了。狗剩儿哥你怎么了？你怎么不说话呢？"

我轻轻地拥抱着她，不知道该说什么好。也不知道是怎么回事，小时候跟我好的几个女孩儿命运都不怎么好，江萍嫁了那么一个男人，被生活逼迫得已经疯了，这又出来个周德华，看样子她的生活也很不得意，现在她想在我的身上重新找回旧日的真爱，找回逝去的旧梦，她哪里知道她当年的那个狗剩儿哥在生活尘垢的污染中，在流逝的时间的垃圾里，已经被腐蚀得面目皆非、不复存在了。

那天，周德华留我在她家吃的饭，她给我做了好几盘菜，我们相对痛饮，感慨万端，我们都喝了不少酒，但是，都没有醉意。

那天晚上，我从周德华家出来已经是晚上的十一点多了，她男人果然还没有回来。但是，在走出她家的那一刻，我就已经下定了决心，我必须得斩断跟她的这种情丝，我刚刚从跟梅子的阴影中走出来，我不能再给自己套上新的枷锁了。说到底，爱情在没有强大的经济基础和稳固的社会地位的保障下，那就是一种枷锁。

走在午夜的街头，在如水般潮湿的春夜里，我有一种被浸透了的感觉，我偶一抬头，忽然看见了黑蓝色夜空上那片雾状的银河，银河两岸的牛郎星和织女星正隔河相望，连天上的神仙都对爱情无可奈何，更何况我这样一个小小的凡夫俗子呢！

有一种痛——一种彻骨彻心的痛在我的周身萦绕，我知道这就是由于解脱而带来的。

第三十二章
恍惚中的回忆

　　我不知道当年的孔老夫子站在悬崖上望着下面那滚滚流动的江水感慨着逝者如斯时的心境是怎样的。时间本来是一个巨大无边的流动着的整体，是我们人类用年、月、日、分、秒、时等等名词把它切割成了无数个碎片，这种被我们人类切割成碎片的时间正是埋葬生命的最直接、最可怕的一种看不见、摸不着的物质。我们每一个个体生命都是在这种流动的时间尘垢的掩埋下走向自己的生命的终点的。从七十年代到九十年代我仿佛是在一瞬间就走过来了。当我还在扬扬得意地拿着自己出版的那几本破书以为自己还是一个青年作家的时候，时间之风已经悄悄地把我送进了九十年代，我一下子就到了接近半百的年纪了。然而许多事情好像就发生在昨天一样。随着年龄的增长，我对自己的生命更有了一种疯狂的掠夺，生命的透支并不仅仅体现在工作上的忙碌，更体现在对于享受的追求。当大江南北的歌舞餐厅夜总会如雨后的狗尿苔般疯狂地生长着的时候，当那些搔首弄姿的风尘女子们成群结队地拥向那些娱乐场所寻找着大款和金钱的时候，我已经甘心情愿地把自己送上门去成为她们猎取的目标了，尽管我不是大款。我把自己想象成为古代的文人，豪饮美酒，拥红偎翠，每当这时候，我就会想起与戏园子胡同上一辈人有关的记忆。我清楚地记得在1967年那个寒冷的冬天，我们戏园子胡同旁边的那个中心小学的师生们在游斗黄瓜种时的情景，他的胸前挂着一块能有十几公斤重的大铁牌子，上边写着"大流氓"等触目惊心的黑字。他的名字是反写在那块大铁牌子上的，在他名字的上边还用红笔打着一个惊心动魄的叉。在那次批斗他的大会上，许多女老师都走上台去揭发他对那些女老师的非礼，还有的老师揭发他猥亵女同学，揭发他散布对社会主义不满等许多罪恶。在揭发他的大会上，我想起了1964年的那个冬天，他强奸江萍的母亲的事情来。那时，我已经不是那个学校的学生了，所以，虽然我没有上台揭发，但是，我把他的一些丑恶行径通过我的弟弟之口广泛地传播了出去。就是在批斗他的那天晚上，黄瓜种在关押他的那间教室里上吊自杀了。第二天早晨，当我们得知他自杀的消息后，我们戏园子胡同几乎所有的人都跑到中心小学去看热闹。说起来，黄瓜种在我们戏园子胡同也算是一个名人，他给我们许多孩子都当过班主任，我们这个胡同的许多男孩子都被他打过。当然，对一些长得好看的女孩子他就另眼相待了，后来我们才知道他对那些女孩子原来是有企图的。现在，他不堪忍受那些批判和揭发，终于把自己的裤腰带当成索命无常手中的那根锁链把自己挂在了教室的门框上结束了自己的生命。他死时的样子极其丑恶，脸色青灰，头发蓬乱，两只金鱼般的眼睛往外鼓着，舌头伸出唇外，黑黄色的舌头被冻得梆硬，像一块硬邦邦的屎橛子贴在了他的嘴唇下边。他的那个长相极其丑恶的老婆和他的三个儿子围在他那僵硬的身体旁边号哭着，声音在寒风中颤抖。

说起来，黄瓜种也是很可怜的，他向往着自己能有一个如同江萍她母亲那样美丽的女人来陪伴他的一生。可是，命运偏偏让他娶了一个奇丑无比的女人做妻子。对美的追求是人类普遍的天性，黄瓜种当然也不例外。因此，当他对美的追求与现实生活中的反差愈来愈大的时候，他开始扭曲地在别的女人身上猎取他在现实生活中得不到的那种美，那种他向往的东西，最终导致了他以这种极端的方式结束了自己的生命，并给我们这个戏园子胡同的老百姓留下了一个可以作为茶余饭后谈资的永久的话题。

与黄瓜种有异曲同工之妙的还有周德华的母亲花蝴蝶和邵大夫，他们也是因为非法的结合而招致了批斗。我清楚地记得那是1966年的秋天，花蝴蝶和邵大夫的隐私被邵大夫所在医院的造反派们给揭发出来了。男女之间的隐私永远是人们津津乐道的话题，不管在哪个时代，尤其是在禁欲的六七十年代，人们对这种事情更是充满了极大的热情和兴趣。那些怀有阴暗心理的人们把邵大夫和花蝴蝶并排捆绑在一起，让他们并肩站在一辆手推车上，并在前边鸣锣开道。站在车子上的邵大夫和花蝴蝶每人的脖子上都挂着一大串破鞋头子。由于手推车总是不平稳，邵大夫和花蝴蝶站在车子上怎么也站不稳，两个人整整就摔了下来，惹得那些看热闹的人们不时地发出一阵阵的哈哈大笑来。当那辆手推车来到我们戏园子胡同的时候，我们那个胡同几乎倾巢而出来看这对宝贝的狼狈的模样。邵大夫被羞辱得无地自容，大哈着腰，脑袋低得差点儿就要弯进自己的裤裆里去了。可能是由于花蝴蝶没有多少文化又在旧社会当过妓女的原因吧，她却没有觉得怎么难堪，她时不时地还抬起她那蓬乱的脑袋瞅瞅那些看热闹的人群。我不知道当时的周德华和她的哥哥以及他们的父亲是否也出来看热闹来了，如果他们看见了这一幕，会是一种怎样的尴尬呢？但是，在我的记忆里，好像不长时间周德华她父亲周大癫就得了病，大概是转年春天就一命呜呼了。我总觉得他的死与那一次他的老婆跟邵大夫捆绑在一起的游斗有关，对于一个男人来说，那是一种不能用语言来表述的奇耻大辱啊！虽然他是一个目不识丁的大老粗，但他毕竟是一个血气方刚的七尺男儿，是一个有着羞耻感的汉子啊！他无力来对抗人们用那种极端形式对他的侮辱，只能一个人躲在不为人知的地方以酒浇愁，他能不窝囊出病来吗？所以，他必死无疑。倒是邵大夫比他命大，他也走上了自杀之路，在游斗他跟花蝴蝶的那天晚上他就吃了一瓶安眠药自杀了。可是没承想被人发现了，当时就对他进行了抢救，所以，他在阎王殿里转了一圈儿又回来了。听说他自杀的消息的那天早晨，花蝴蝶就光着脚丫、披头散发、破马张飞地跑到医院去看他，当时，邵大夫的老婆和孩子也在旁边，花蝴蝶也顾不了那么多了，一下子就趴在邵大夫的身上号啕大哭起来。在一旁的邵大夫的老婆看不下去眼了，指着号啕大哭的花蝴蝶破口大骂道："你他妈哭啥呀，要不是你勾引他，他能落到这步田地吗？你还要不要你那个脸了！"

这老娘儿们三骂两骂终于把花蝴蝶给骂急眼了，花蝴蝶也还口骂道："你他妈也不撒泡尿照照你那样，连个老爷们儿都侍候不好，你还算啥老娘儿们？有章程你把老爷们儿看好，伺候舒服了，他不就不来找我了吗？"两个老娘们儿你一言我一语啥话碜说啥，说着说着，就在邵大夫的病榻前大打出手干了起来，惹得那些医护人员一门儿哈哈大笑。由此也可以看出，花蝴蝶对邵大夫的感情是多么的真挚了。后来，邵大夫的老婆对于自己的男人和花蝴蝶的这种关系也只得默认了。经过那一番折腾，花蝴蝶和邵大夫的感情反而更深了，周大癫死后，花蝴蝶跟邵大夫竟然明铺明盖公开住到了一起，人们对他们的这种关系反倒没有什么异议了。现在，邵大夫自己开了诊所，他的老婆和花蝴蝶都成了他的最得力的助手，如今这两个女人和睦相处，竟然没有争风吃醋的打斗和钩心斗角的龌龊了，想来也是很讽刺。后来我才知道，就连周德华现在住的那幢房子的房基地也是邵大夫找人给批的，如果没有邵大夫，周德华两口子怎么可能在那个地方盖上房子呢?

九十年代的初期，我终于离开了我从小生于斯长于斯的那个小县城，调到了省里。再回到那个小县城的机会就不是那么多了。但是，因为我的父母还在这里，还住在戏园子胡同，所以，每年的春节或者父母的生日我还是要回去的。梦里的回忆毕竟是虚无缥缈的，而在现实中我与那个小城是有着割舍不断的血缘的关系的，这辈子不论我走到哪里，也不会扯断我们之间的联系。

第三十三章
偶遇梁林环

　　大约是1993年春节吧，我回家过年。那个冬天的雪特大，尤其是春节前后的那些日子，几乎很少能见到明媚的阳光，整天都是阴阴的。在我的记忆里，从打进入腊月好像一直就没断了下雪。本来，那年春节我因为手头有一部电视剧的稿子想趁春节休假期间修改出来，原先并不打算回去过年的。后来我的老父亲急了，在电话里大声骂道："我告诉你狗剩子，今年你小子要是不回来，往后你就永远不要回来了，就当我没你这么个儿子还不行吗！"说完，他也不听我解释，气呼呼地把电话摔了。我一看父亲急眼了，就是有一千条一万条的理由也不能再解释了，只能无条件地回家过年。在年三十除夕夜辞旧迎新的家庭晚宴上，父亲喝了几盅酒，红着眼睛看着我说道："狗剩子，我也知道你工作忙，可是，你爸我岁数大了，过一个年就少一个年啊，跟你们在一起的日子越来越少了！过年是阖家团聚的日子啊，你不回来，你说咱家这年过得还有啥意思了？"

　　我一看父亲这个样子，就赶忙说道："爸，你别说了，我这不是回来了吗？你放心，你要是不让我走，我干脆就不回去了，整天在家陪你还不行吗！"

我父亲一看我那样子，就瞅着我笑了，什么也没说，把满满的一大盅酒一扬脖都干下去了。我知道，父亲是懂得我的，他这么一喝酒，就说明对我的怨气一点儿都没有了。那年春节我一直在家待到初八才回到省城。

大概是大年初五的那天上午，我的几个老战友听说我回来了，就打电话约我过去聚聚，并让我早一点儿过去，大家好多在一起聊聊。所以，吃罢早饭我就上我战友那儿去了。我从父母家的小院刚走到破败的戏园子门口，迎面忽然看见有一个浓妆艳抹还挺眼熟的女人正在瞅着我笑，我站住了，瞄了那个女人一眼。那个女人也站住了，说："是司马霖吧？你啥时候回来的？"

我定睛一看，原来是我们院的老邻居梁林环。我就朝她笑了，我说："我还以为是谁呢，原来是环姐呀？"

梁林环打量了我一眼，仍然笑眯眯地说："你不是调到省里去了吗？咋的，这是回家过年来了？"

我说："是啊，环姐，你这不也回娘家来了吗？"

梁林环不错眼珠地盯着我说："司马霖，我都有十多年没看见你了吧？你好像没咋变样。"

我笑着说："还没变样呢，我都四十多了，都快成小老头儿了。"

梁林环瞅着我说："你一点儿都不像四十多岁的人，干你们这一行的不显老，你看我，真是快要成了老太婆了。"

我细细打量了她一下，笑着说："你也不显老呀，你比我大好几岁呢，看上去可比我显得年轻。"

梁林环就笑，说："你可别夸我了。我这是化了妆，要是不化妆，那还有个看？"

　　我一边跟她说话，一边细细地打量她，说实话，她真的是不怎么显老，特别是她那柔软细嫩的腰肢一点儿也没有中年女人的那般粗壮，脸上虽然化了很浓的妆，但并不显得妖冶和难看。她梳着一种在我们这个小城很少能看见的高发髻，身上穿着一件非常时髦的红色风衣，配上脚上的红色的高勒儿皮鞋，再加上一条素色的丝巾恰到好处地在她的前胸轻轻飘曳，显得相当时髦。梁林环年轻时就长得挺漂亮，是很引人注目的那种女人，现在人到中年，更有了一种成熟女性的别致风韵。

　　说起来，我大概真的有十多年没有看见她了。我最后一次看见她还是我刚从部队复员回来的不长时间，那时，她刚刚嫁给了一个男人，日子过得极其狼狈。她的男人是个司机，好喝大酒，喝醉了就揍她，她男人一揍她她没地方躲，就只好往娘家跑。我那一次看见她就是在我们家的院门口，当时她的脸上青一块紫一块的，就像遭到了冰雹袭击的残花败柳那样令人不忍目睹。那一次，我们没说上几句话她就着急忙慌地走了，那样子好像是不想让我多看一眼她那狼狈的模样似的。

　　对于梁林环之前的情况，我多少还了解一些。那时，她在油田干临时工，由于工人们都不正经上班，天天都上大街去游行示威，所以当时的油田基本上处于半停产状态。梁林环虽然是个临时工，但也没活儿干，上班没事就跟着那些正式工人上街去游行，每天也能挣一块多钱。由于梁林环在那些临时工当中长得比较出色，就被他们那伙的一个小头头儿给看上了，让她上工人总指挥部给那个小头头儿当联络员。这样，梁林环就成了脱产干部了。其实，那个小头头儿让她上总指挥部是有目的的。不长时间，她就把梁林环给联络到床上去了，把她给搞成了大肚子。那年头这可不是一件闹着玩的事。由于她的肚子一天一天大了起来，这事很快就变成了丑闻传扬出去了。那个小头头儿也因此没能被"结合"进新生的"革委会"里去，梁林环则更倒霉，连临时工的工作也给弄没有了。我不知道她是怎么堕的胎，反正那个孩子她没有要。

在那个年代，一个未婚女人要是在婚前有了性行为而且又被传扬出去了，那么，她这一生很难再有好的命运了。当时，在我们的这个小县城，她的这件事影响是非常大的，所以，被开除回家之后，她很难再找到好的对象了。一直到我从部队复员回来的头一年，她才通过别人的介绍与一个比她大好几岁的司机结了婚。不长时间，那个司机就知道了她未婚先孕的丑事来，于是，就总是找借口打她。我不知道她现在是否还跟那个司机过。但是，我又不好直接打听人家的私生活，太直接了，给人的感觉就好像是幸灾乐祸似的。所以，我瞅了她一会儿，问道："你现在在哪儿上班呢？"

梁林环说："我现在在深圳呢，也是回家过年来了。"

梁林环的这个回答有些出乎我的预料。我又仔细打量了她一眼，这才觉出她的这身打扮确实跟我们这个小县城的风情有些不符，总体上说，我们这个小县城的民风还是比较纯朴的，像她打扮得这么妖冶的女人在街面上并不多见。于是，我接着问道："你在深圳做什么呢？"

梁林环笑了一下，说："还能做什么？做生意呗。"

我更感兴趣了，问道："做什么生意啊？"

梁林环似乎有些羞涩地说道："我先生是做家电生意的，我主要帮他忙乎忙乎。"

我这才明白，原来梁林环已经远嫁到深圳去了。怪不得从一开始我就觉得她说话有一股怪怪的味道，原来她操着一口夹生的广东话。我就更感兴趣地问道："这么说，你跟那个司机……"

梁林环的脸色立刻变得有些难看地说道："我早就跟他离了。"

"你什么时候上的深圳？"

"深圳刚一开发我就过去了，我都过去七八年了。"梁林环有些显摆地说道，"我先生不是大陆人，是香港人，因为他在大陆做生意，所以就在深圳买了房子。我们早晚还要回香港的。"

现在站在我眼前的这个梁林环已经不是几十年前在戏园子外面的大煤灰堆上帮我捡煤核的那个环姐了，也不是整天像个受气包似的挨男人打的被认为是坏女人的那个梁林环了。现在，在南方那个经济发达的社会里，她已经被塑造成一个有着上流社会的高雅气质的女人了。尽管她的这种高雅气质带有明显的做作的成分，但是，毕竟与曾经的那个女人不可同日而语，有着本质上的不同了。时间和不同的身份让我觉得我们之间已经没有什么可以沟通的话语了，我只能用敷衍客气的态度有一搭没一搭地接着问道："你先生也跟你一起回来了？"

大概梁林环很愿意让我用这种语言来跟她说话，于是，她仍然用一种高傲的语气对我说道："他没有跟我一起回来，他嫌咱这边冷，说咱这边没有办法生活。我也不能在这儿待很长时间的，我回程的机票是正月十六的，过了十五我就得走了。"

我就微笑着朝她点点头，客气地说道："我在我妈家住呢，有时间过来坐坐，我也不会在家待很长时间的。"

我不想再跟她在这阴郁晦暗的天色下面说什么了，因为我们已经没有了共同的语言。所以，跟她说完这句话，我就要走了，因为我的那些战友还在等我喝酒呢。

梁林环一看我要走，说道："司马霖，你要是有时间去深圳一定跟我打个招呼，我会在那边好好招待你的。"

我客气地笑了笑说："谢谢了。再见。"

虽然我明显地感觉到梁林环还要跟我说会儿话，但是，我没有再跟她说话的兴趣了。说完再见，我匆匆地走了。风很大，阴暗的天宇间飘浮着潮乎乎的米粒子般的小雪花，落在脸上有些痒痒的。当我走到街口偶一回头的刹那，忽然发现梁林环仍然还站在原地，正愣愣地瞅着我的背影不知道在想什么呢。她看见我在回头看她，就急忙把脸扭过去匆匆走了。

在那一刻，我忽然觉得，时间不但可以掩埋记忆，掩埋历史，掩埋生命，它同样也可以掩埋感情。我忽然觉得逝去的东西不会再重复地出现了。就像我跟梁林环小时候的那种纯真的情感。想到这里，忽然就觉得鼻子有些酸酸的，我不知道脸上的潮湿是天上飘落的雪花还是眼中流出来的泪水。

后来，梁林环没有上我父母家来看我，我当然也没有去看她。正月初八，我就离开那个小县城回省城忙乎我自己的事情去了。随着时间的推移，我很快就把她忘记了。

感情，有时不过是一种忽隐忽现的魔鬼。

第三十四章
情感迷踪

　　这年的秋天，我父亲过七十大寿，我撂下手头的工作，又回到了我的家乡。这一次我在家只待了两天，给父亲过完生日我就匆忙赶回省城了。虽然行色匆匆，但是，这一次的回家给我的刺激是极大的。

　　我到家的第二天，是父亲寿诞的正日子，经过我们家族商量，决定晚上在一家饭店给我父亲过生日，并请来一个录像师来给父亲的生日庆典录像，以便作为家族永久的收藏。这样一来，白天我就没什么事了。我已经好长时间没有在我们的这个小县城上好好逛逛了，于是，上午我就打算出去逛逛街，顺便上新华书店看看他们这儿有什么好书没有。别看我们这个小县城小，有时候在大城市买不到的书在这里反而能碰上，比如米兰·昆德拉的《相逢在别处》《为了告别的聚会》《不朽》等书，我走了好多地方都没有买到，但是在我们这个小县城买到了。还有俄罗斯流亡作家索尔仁尼琴的《古拉格群岛》也是在这儿的书店买的。

　　我从家里出来，走到市场的时候，忽然在不远处的一家修理摩托车的门市旁边看见了一个熟悉的身影。当我把目光投向他的时候，他也注意到我了。当时，他正在哈腰撅腚地修理一辆摩托呢，他的身边围绕着几个年轻的小工，一会儿给他拿扳手，一会儿给他递钳子。当他看见我的时候，就直起腰板大大咧咧地说道："哎，那不是狗剩子吗？瞅啥呢？不认识了咋的？"

这个人正是小时候我们一个院的老邻居梁林福。自从他进了监狱，我就再没有见过他。他是"文革"后期出的狱，他出狱时我还在部队没有复员，但是，他出狱的消息我是知道的。因为彼此间早就没有了来往，所以，他出不出狱我也并不怎么关心。我清楚地记得，当年抓他进监狱的时候，我还揭发过他许多恶劣的行径呢。我不清楚他是否知道我对他的揭发，如果知道，这小子肯定报复我不可。因此，本来我是不想过去跟他搭讪的。现在，他主动这么一跟我说话，我就不能不过去了。于是，我走了过去，站在他修理的那辆摩托旁边说道："福哥，这是你开的车行啊？"

"是啊。狗剩子，你不是上省里去了吗？咋回来了？"梁林福一边跟我说话一边用一块又脏又破的黑抹布擦拭着手上的油腻，他明显发胖了，脸上那紫黑色的横肉看上去显得有些可怕。他剃着光头，肥圆硕大的脑袋上泛着青魆的亮光，一身名牌的衣服在他那过于肥胖的身体上裹着显得有些紧绷绷的。他的手上戴着两只又大又显眼的猫眼绿的翡翠戒指，但不知道是不是真的，反正这两只戒指戴在他的手上与他的这身行头以及他现在的这种身份极不相符。他擦完手，又掏出一支大中华烟递给我说："你抽烟不？"

我摆摆手说："不抽，我早戒了。"

梁林福把烟叼在嘴上，从花格衬衫的口袋里拿出一个挺精致的打火机把烟点着，吸了一口，眯缝着眼睛瞅着我说："咋还把烟戒了呢？男人不抽烟，白在世上颠。"顿了顿，又接着说道："咋样，混得不错呗？"

我敷衍着说:"对付吧。"我瞅了瞅他的门市里零乱地摆放在栏柜上的那些摩托车配件,然后漫不经心地问道:"福哥,看你这样,你是发了大财了呗?"

梁林福有些炫耀地说道:"发什么大财发大财,一年弄个几十万块钱还不够给小姐打小费的呢。"然后又吸了口烟接着说道:"昨晚上跟深圳的一个老板玩麻将,一个晚上就输了二十来万。你说,忙忙乎乎挣这俩钱够他妈干啥的?"

梁林福这么一说,我倒不知道说什么好了。我明显地感觉出他的这番话有着很大的吹嘘的成分,我不知道该怎么应对他好,但我知道跟他这种人说话就得用他们这种人常用的语言,于是我就用一句粗话说道:"那你福哥也他妈够牛的了,你一个晚上输掉的这些钱差不多够一个老农民挣一辈子的了。"

梁林福不屑地用嘴吹了吹烟灰说:"我跟你说狗剩子,我这一年光消费就得百十多万。你知道吗?光这房屋水电费一年就得二三十万,就甭说别的消费了。"说着,他又从兜里掏出他的那盒软包中华烟显摆地说:"你知道这盒烟得多少钱吧?这盒烟的价钱差不多就够一个老庄稼人半个月的消费了。"

我不知道我该跟他说些什么好了,现在,我们之间连最起码的可以对话的话题和勉强能够沟通的语言都找不到了,我还跟他在这儿瞎聊什么啊。于是我就想走,但是,就这么走了又显得太唐突,于是我没话找话地又说了一句:"过年的时候我看见环姐了,她没跟我说你从里面出来的事。"

其实,我是故意用这句话来刺激他,让他别太能显摆了。你是啥呀?不就是个劳改释放人员吗?你跟我牛啥呀牛!但是,我估计我的这番潜台词或者说弦外之音梁林福根本就没有听出来,这番话不但没有让他恼怒,反而还引出了他另外的一番话来。他听我说完,就接着我的话茬儿说道："环子在深圳呢，跟她老公倒腾家电什么的呢。她可发了大财了，现在她手里咋也能有个几千万吧。头些日子来电话说，下个月还要跟她老公上法国去度假呢。跟人家一比，咱他妈连老牛身上的一根毛都不是啊，咱有啥可牛的呀！"

我一看他根本就没有听懂我说话的意思，就更觉索然无味了。我笑着说："福哥你忙吧，我得走了。"

就在我跟梁林福告辞的那一瞬间，忽然从他的摩托车配件商店的门市房子里走出一个鲜亮的女人来，她摇摆着腰肢，有些风骚地大声喊着梁林福的名字说："福哥，你的电话。"

我定睛一瞅，竟然是周德华。当时，她并没有注意到我，当她亲昵地喊完梁林福用手去拽梁林福让他接电话的时候，她才看见我。她的脸忽地一下就红了。她闪烁着游移不定的眼神说："哎，司马霖，你啥时候回来的？"

我笑了笑，说："昨天晚上。"

就在这一瞬间，她和梁林福的关系已经清清楚楚地写在她那发红的脸上了。但是，我还是明知故问道："周德华，你怎么跑梁林福这儿来了？"

这时，梁林福轻薄地捏了一下周德华那红红的脸蛋儿说："这是我的马子知道吗，她不上我这儿还能上哪儿去呀？"

周德华猛然厌恶地扒拉开梁林福捏她的那只手，啐道："滚犊子啊！"

梁林福愣怔着，有些不解地瞅着周德华说道："咋还臊了呢？咋回事啊？"说着，梁林福没有再深究周德华反常的神态，看了我一眼，就颠颠地跑进他的门市房子里接电话去了。

但是，对于周德华刚才对梁林福的这个态度我是再明白不过了，她这不过是在我的面前做出的一种姿态罢了。我看着梁林福走进了他的配件商店，然后把脸转向周德华，淡然问道："怎么，你真的跟他搅和在一块儿了？"

周德华神情黯然地看了我一眼，然后轻声说道："我已经离婚了。"

"不管你离不离婚你也不应该跟他这种人搅和在一块儿啊！咱们在一个胡同住了那么多年，他梁林福是啥人你还不知道吗？怎么，这世界上的男人都死光了，离了他你就活不了啦？"我不知道自己这是怎么了，就觉得有一股难以遏制的情绪击打着我的心脏，不把心里的话说出来就不好受似的。说完这句话，我也不管周德华是否生气，转身我就走了。我走出能有十多米远，忍不住回头看了看，这时，梁林福已经接完电话从商店里出来了，好像正在跟周德华说着什么。周德华已经没有了先前的那种风骚劲了，她倒竖着柳眉阴沉着脸子好像要离开的样子。我赶忙把头扭过来，加快了脚步走进市场里那熙攘的人流里去了。从打碰上梁林福又偶遇周德华跟他在一起之后，我的好心情一下子坏透了，我甚至忘记了自己出来的目的了。我在市场上那熙攘的人流里茫然四顾，不知道自己要上哪儿去、要去干什么。我的眼前总是闪烁着周德华刚才那种扭动着腰肢风骚四溢的模样，以及她想跟我上床时那冲动的样子。我不知道这两个周德华哪一个更真实。说实话，在我的心灵深处我还是有些在乎周德华的，不管怎么说我们是儿时的朋友，我们在情窦初开、初谙世事的时候就已经有过肌肤之亲，在后来的岁月里虽然接触不多。但是彼此的心里边还是装着对方的，如若不然她不会在相隔了好多年之后，一见面就让我跟她上床。那一次我之所以没有跟她真正地做成，除了别的原因之外，心底里还是有些不肯轻易破坏我们之间的这种感情的想法。现在，我不知道是什么原因让她这样就投入了梁林福的怀抱，难道是贪图梁林福的钱财？但据我这些年阅人的经验，梁林福手里肯定不会有多少钱的，他跟我说的那些话多半是吹嘘。如果他真的像他自己吹嘘的那么有钱，他就不会亲自钻到摩托车底下去修车，造得满身满手满脸都是油污了。他完全可以花钱雇一个高级修理工来干这活儿，他站在一边当甩手老板，何必自己亲自动手呢？另外，他的那身行头多半也是水货，我不知道周德华为什么会跟梁林福这样的人搅和到一起？也许是她离了婚，寂寞难耐，实在太需要男人的慰藉了才饥不择食地投入到了梁林福的怀抱？即便是这样，她也不应该找梁林福这样的男人啊！梁林福那种丑恶的样子看一眼都会让人恶心半拉月的，她跟他上床怎么会产生男女相悦交欢后的那种快感、那种惬意？她这不是糟蹋自己吗？我站在熙攘的人群里，脑瓜子乱哄哄的，不知道为什么自己竟然会失态到这种程度。我不知道我要上哪儿去，我漫无目的在市场转了转就回母亲家了。整整一天我的情绪恶劣透了，甚至连晚上给父亲过生日我的情绪都非常低落，第二天我就回省城了，我在心里暗暗发誓，我不会再跟周德华这样的女人有什么关系了。女人是靠不住的，爱情也是靠不住的。这个世界上所谓的爱情不过是人类为了迷惑自己制造出来的一种麻醉剂罢了。男女之间的关系说到底还是一种需要和利用的关系。

我在已经过了不惑的年纪里才参透男女之间的玄机，由此可见我这个人是多么的愚钝了。此次回家，与周德华的偶然相遇忽然让我有了一种大彻大悟、看透人生的灰颓的感觉，我大概正是从此才更加走向颓废的吧？

第三十五章

徜徉在灯红酒绿之间

　　我知道肆意放纵自己会给自己带来怎样不可收拾的后果，但是我不能控制自己，我仍然出入于灯红酒绿之中，游戏在男欢女爱的情场之上，让酒精和女人来麻醉自己的这个在人世间行走过程中太过疲倦的灵魂。但是，我的口袋里并没有多少钱，我要想整天在这种生活里浸泡就得出卖自己，跟在那些大款、企业家们的屁股后，给人家出点儿谋划点儿策，在酒桌上说点儿荤笑话，以博取人家的开怀一笑，以此来骗得一顿酒喝或者骗点儿小钱以供自己的挥霍。我知道我完了，我不会再写出什么惊世骇俗的伟大作品来了，我已经完全变成了金钱的附庸、商品的附庸，变成了一个寄生在这个社会上的蠕虫，我用麻木的生命去啃噬这个社会丢掉的垃圾，来让自己的生命得以苟延残喘。从打进入九十年代以来，我几乎就没有认真地创作过什么作品，不是今天给某个企业策划一个广告，就是明天给电视台炮制一台行业晚会，再不就领着一个妖冶美艳的女人跑到有钱的企业去拉广告、去忽悠人家；凡是被我们忽悠过的企业在给了我们一笔不菲的广告赞助之后都有一种上当受骗的感觉。说白了，我们就是寄生在媒体上的一伙打着文化招牌的骗子，在光天化日之下公开行骗。但是，我们都有一个非常好听的名堂，什么著名导演、著名作家、著名制片人等等，不一而足。我们就是靠着这些名堂去行骗的。那些上了我们当的企业，当他们知道受骗之后只能打碎了牙往肚子里咽，因为我们行骗的原则就是周瑜打黄盖——一个愿打一个愿挨，既然你自己愿意往我们设计好的圈套里钻，我们有什么办法，我们只能对你说声"thank you（谢谢）"，仅此而已。

我之所以一再使用"我们"这个词，就是说干这种活儿绝不是我一个人就能够干得了的，我们是一伙人，我为了谋求某种既得利益就得委身于这种公开行骗的灰色文化集团，以满足自己在这个社会上的虚荣，或者说生存需要。一个文化人是怎么堕落的，你去调查一下某个拉赞助的作家或导演的文化背景就会一目了然的。

我现在就是这样的一个文化骗子。这当然是我自己给自己下的定义，或者说自己给自己在这个社会上的定位。我在社会上的公开名称或者说身份仍然是一个著名作家兼电视台的制片人（虽然我不是电视台的工作人员）。我就是在这种文化外衣的掩饰下堂而皇之地混迹于这个社会并消费这个社会的。

好像是在1998年冬天的一个傍晚吧，我一个人正在家里不知道干点儿什么好，正待得难受的时候，我的BP机突然不失时机地响了起来。当时我正躺在床上无所事事地看一部令人倒胃口的垃圾电视剧，听见响声就慵懒地把手伸向床头柜，拿起BP机一看，是一个挺生疏的电话号码，于是我就抓起床头柜上的电话回了过去。我一边用眼睛瞄着电视上那个长得挺漂亮的妞儿跟一个男人接吻，一边有气无力地"喂"了一声："喂，谁打的传呼啊？"

电话那边立刻传过来一个沙哑的声音："哎，我说，老司，你干啥呢？这些日子咋待得这么老实呢？好几天没有看见你了，你忙乎啥呢？"

我一听这声音，原来是一个外号叫裘大脑袋的家伙打的传呼。这小子原来是话剧团的一个混混，在话剧团混不下去了就跑到社会上闯荡，很快就在电视台打开了门路，成了电视台的不可或缺的一个编外人员，在他印制的名片上赫然写着电视台的制片人、导演等名堂，常年靠着在社会上拉广告、给电视台制作行业晚会、当晚会的现场导演来维持他在这个社会上的地位和生命的所需。现在的社会上到处都可以看到这样的一些所谓的文化人，我在前面已经说过了，我就是混迹于这些人中间的一个。

我靠在床头往上挺了挺身子，说道："裘大脑袋你这是在哪儿给我打电话呢？这电话号咋这么生呢？"

裘大脑袋说："我现在正在春湖宾馆呢，你在哪儿呢？"

我说："我在家呢，咋的，有事啊？"

"没事能给你打电话吗？这边有个好事你想不想参与？"裘大脑袋用一种神秘兮兮的口气说道。

"什么好事啊？"我一下子就被他的这种神秘的口气给吊起了胃口。

"你过来吧。"裘大脑袋用命令的口气说道，"你现在就打车过来，我们在春湖宾馆的1214房间等你，等你过来再详细跟你说。"

"好吧。"我就像注射了某种兴奋剂似的腾地一下从床上弹了起来，我媳妇在外屋正在给我准备晚饭，见我又穿又戴又打扮的，就莫名其妙地问道："你这是上哪儿去呀，我饭都要做好了。"

我照着镜子梳了梳头说："饭好了你们吃吧，我出去有点儿事，晚上就不在家吃了。"

我媳妇没说什么，只是轻轻地叹了口气。对于我的事她从来都不闻不问，只是这么轻轻地叹气，所以有时想起来我真觉得有些对不住她。我很快就收拾完毕兴冲冲地出去了。

外边的天色已经很黑了，街面上铺着很厚的残雪，冰冷的雪地上反射着这个城市那些虚假繁荣的店家门口的霓虹灯那诱人的色彩。天很冷，刮着很强劲的小北风，吹打在脸上像刀片刮得那般疼。我走到路口等了好半天才拦截住一辆出租车，我就像一个犯了事的逃犯似的钻进出租车，冲着那个司机说道："春湖宾馆。"

我在春湖宾馆十二楼那迷宫般的楼道里转悠了半天也没有找到1214房间，一个推着装房间备品小车正在走廊里准备去收拾房间的服务小姐用怀疑的眼光打量着我，问道："先生您是住宿的还是找人啊？"

我说："我找人。小姐，1214房间在走廊的哪个方向？"

那个小姐很客气地用她的纤纤玉指往前一指说："顺着走廊往左拐就看见了。"

于是我就按着她的指点一下子就找到了1214房，我故作优雅地在门口按了按门铃，裘大脑袋那沙哑的声音立刻穿透门板传了出来："是司马霖吧？快进来，你咋这么半天才到呢？"

我推门进去，房间里除了裘大脑袋还有另外一个三十多岁的女人，这个女的我见过，叫方圆圆，好像是艺术学校的舞蹈老师。但不知道什么原因她从不上学校去教学，常年在电视台这地方混，跟着一帮大老爷们儿拉赞助、策划行业晚会的节目。我进房间的时候她跟裘大脑袋正并排坐在床沿上看电视，看见我进来她的脸色就轻轻地红了一下，然后很自然地跟裘大脑袋拉开了一定的距离，坐到一边去了。我假装什么都没有看见的样子冲着裘大脑袋说道："哎，我说老裘，这大冷天你把我传过来到底有什么好事啊？"

裘大脑袋用手拍打着床沿说道："坐坐坐，你先喘口气。"然后指着方圆圆又接着说道："具体什么事，让圆圆跟你说吧。"

　　方圆圆的脸色此时已经恢复得非常正常了，一看就知道这个女人是情场上的老手，在我没有进来之前她跟裘大脑袋肯定有过非同寻常的身体接触，若不然在我进屋的那一瞬她不会红脸的。但是，她很快就能摆脱那种尴尬，立刻装得跟没发生过什么事情似的，这你就不能不服了。方圆圆把眼睛从电视上挪到我的脸上，看着我说道："是这么回事，司马老师，有一个日籍华人在你们老家那儿投资兴建了一个奶牛养殖场，已经粗具规模了，但是，这两年经营得一直不是很好，他们想通过咱们的媒体给宣传宣传。在跟外商谈判这方面，我跟老裘都没有你有经验，所以老裘说把你找来咱们共同商量商量看怎么跟他们谈，如果谈成了就算咱们三个人的，除了正常的劳务费之外，广告提成咱们仨三一三十一，你看咋样？"

　　我有些怀疑地看着方圆圆说："这日本籍的商人怎么跟你搭上的呢？这事准成吗？"

　　裘大脑袋叼着烟卷就有些不大高兴地说道："不准成我们能找你吗？"

　　方圆圆则耐心地解释道："是这么回事，司马老师，这个日籍华人他们好像对广告宣传方面不是很在行，就把电话打到电视台的广告部去了，当时正赶上我在广告部跟他们商量一宗广告晚会的事，所以我随手就把电话接了，我一听他说他们要做广告，我害怕走漏了信息我就问他说你在什么地方住，他说在春湖宾馆，于是我就急忙赶过来了。是那个老板的女儿跟我见的面，我把她好一顿忽悠，我说她做广告花不少钱还不一定有什么效果，如果她肯出钱的话，我们可以考虑为她制作一部专题片，这样效果会更好。那个老板的女儿当时就表示可以考虑，并让我们先拿出一个策划方案来。这是前天中午的事。于是我就把这件事情跟老裘说了，我跟老裘策划了两天，弄出了一个提纲也不知道行不行。整个过程就是这么个过程。至于这件事能不能成，那就看咱们的策划方案能不能打动他们了。如果咱们的策划方案能够让他们满意，这件事肯定能成。我们之所以把你请出来，就是这个意思。"

说着话，方圆圆从床上的一个小皮包里拿出几页写着字的稿纸递给我说："这就是我跟老裘弄的那个专题片的方案，在这方面你是行家里手，你给看看行不行。我觉得现在的这个方案肯定不行，司马老师，还得麻烦您重新给弄弄，今天晚上您就甭回去了，就在这儿住，贪黑把它弄出来，明天咱们好跟他们谈。"

直到这时我才明白他们让我参与他们这件事的真正意图，原先他们并没有打算找我的，后来他们对自己弄的那个方案没有了信心，害怕这件事黄了，所以才想到了找我。但是不管怎么说这也是一件好事，搞好了肯定又能够骗到一笔可观的收入。于是我看着方圆圆说："那这宾馆是谁定的啊？房费由谁来结啊？"

裘大脑袋扑扑地吹了两口烟灰说："这你就甭管了，你今天晚上的任务就是把这方案给弄出来，明天咱好跟人家谈。"

我说："裘大脑袋你说得可倒轻巧，我甭管了？我知道你们这是咋回事啊？你们要是做局让我往里钻，明天早晨人家让我结账我不傻眼了吗？"

方圆圆笑着说："司马老师，你就安心地在这儿住吧，这春湖的老板是老裘的老朋友，人家免费提供赞助，连吃饭都不要钱。"

说着，方圆圆把脸转向裘大脑袋说："是不是该吃饭了？人家司马老师这大冷天跑来恐怕还没有吃饭呢吧？"

裘大脑袋就有些不高兴地说："老司我最看不惯你这样，找你干点活儿就好像求你似的，我们这不是让你赚钱呢吗？你老牛啥呀？"

我一看裘大脑袋阴沉着脸子真的不高兴了，就赶忙赔着笑脸说："老裘你也真是的，哥们儿跟你开个玩笑你咋还臊了呢？"

老裴仍然阴沉着脸子，把烟头按死在他旁边的烟灰缸里，站起来说道："走吧，吃饭去吧。"

说着，我们走出了房间。方圆圆在他的身后朝我挤咕了一下眼睛，似乎想讨好我，那意思是，看吧看吧，老裴臊了吧？我朝她笑了笑，也没有跟她表示什么。一直到吃饭前，裴大脑袋的脸子一直也没有开晴，直到我们喝上酒，他的情绪才多云转晴一点儿一点儿地缓和了过来。

当天晚上我就在春湖宾馆住了下来，借着酒劲我把裴大脑袋他们弄的那个专题片方案大刀阔斧地给改造了一番，从专题片的名字到每个单元的结构，从主题立意到拍摄角度，就等于把他们弄的那个方案推翻重新写了一个，一直到后半夜两点多才躺下睡觉。

一阵砰砰的敲门声，把我从梦境那遥远而不可知的地方拉回到现实中来。我腾地一下从床上坐了起来，心跳得如同打鼓般，看着那砰砰作响的门板，直到这时才意识到是有人在敲门，于是我朝着那响声极大的门板大声问道："谁呀？"

门外传来裴大脑袋那沙哑的嗓音："别他妈睡了，都啥时候啦，再睡就睡过去了！"

我这才慵懒地从床上下来，走过去把门给他开开了。裴大脑袋裹挟着一股冷气走进来，哗啦一下子把窗帘拉开了，窗外那刺眼的阳光忽地涌了进来，猛然让我感觉到这个世界有些不怎么真实。我看看枕头旁边的手表，这才知道已经快十点了。裴大脑袋一屁股坐在我对面的沙发上，掏出烟来自己给自己点燃，然后用充满内容的眼光盯着我说："昨晚就你自己在这儿住的吗？"

我说："啊，就我自己呀。"

裴大脑袋忽然一脸坏笑地说："不会吧？给你创造了这么好的一个机会你会白白浪费掉？我还以为你搂着哪个妞儿还在温柔乡里做着

美梦呢。"

我靠在床头上看着裘大脑袋说："昨晚后半夜还真感到挺寂寞的……"

说到这儿，我盯着裘大脑袋半认真半开玩笑地说："哎，你把方圆圆让给哥们儿用两天咋样？"

这时候，方圆圆突然推门进来了，我和裘大脑袋就都笑了起来。方圆圆故作嗔怒看着裘大脑袋说道："你们俩又在背后说啥坏话呢？"

裘大脑袋指着我说："司马霖想跟你好。哎，圆圆你同意不？"

方圆圆竟然没有急，她平淡地说："他那狗嘴里还能吐出象牙来。"然后一本正经地看着我跟裘大脑袋说："别瞎扯了，司马老师昨晚上把那方案弄出来没有啊？"

我一看方圆圆没有生气，就接着她的话茬儿说道："弄出来了，弄出来了，在桌子上放着呢。圆圆，你能不能先上卫生间待一会儿，让我把衣服穿上。"

裘大脑袋一把掀开我的被子说："司马霖你就别装正人君子了，赶紧穿衣服，咱们研究正事吧。"

我这人睡觉喜欢大脱大睡，我的身上除了一条三角裤衩确实是赤条条的，让裘大脑袋这么一掀，我就像一条大白鱼似的，全部暴露在方圆圆的面前了。我看见方圆圆瞅了我一眼，脸色倏然红了一下，然后转身走进卫生间去了。我有些恼怒地瞅着裘大脑袋说："你别瞎整行不行！"但是我在心里暗喜了一下，因为我从方圆圆刚才那有些羞涩的表情上看出来，她对我并没有反感。我三下五除二穿好衣服，冲着卫生间大声喊道："圆圆，你出来吧，我穿好了。"

隔了一会儿，方圆圆才从卫生间里走出来，一边走一边系裤带，很显然她刚刚解完手。我从办公桌上拿起我昨晚写的那份策划方案递给方圆圆说："圆圆，你先看看，有什么意见咱们再商量。"

方圆圆接过我递给她的那份策划方案，坐在桌子旁边的一张矮凳上认真地看了起来，她看完一页就递给裘大脑袋一页，很快他们俩就把那份方案看完了。我瞅着方圆圆说："怎么样，圆圆，还有什么补充的没有？"

方圆圆瞅着裘大脑袋笑了一下，说："你瞅瞅人家司马老师不愧是作家，写出来的东西就是不一样。老裘，你感觉怎么样？"

裘大脑袋慢悠悠地吸着烟，若有所思地说："好像简单了点儿。"

我明白裘大脑袋这是故意在挑我的毛病，如果不挑出点儿毛病来会显得他没有水平，就会在方圆圆和我的面前跌份。但是，就他那水平还想从我写的方案中挑出毛病来那不是笑话嘛，正因为他挑不出毛病所以他才只能这么笼统地说"好像简单了点儿"。我却不能放过他，我故意盯着他问道："哎，老裘你说，怎么个简单了点儿？"

裘大脑袋仍然慢悠悠地抽着烟，吭哧瘪肚地说："这个这个……你看看能不能……再加点儿……这个这个……"

"加点儿啥呀？"我冷眼觑着他逼问道。

"加点儿……"

方圆圆看出了我是故意在憋裘大脑袋的相眼儿，就笑着说："老裘你要是挑不出毛病就拉倒吧，别在鸡蛋里挑骨头了。咱们得赶紧去跟人家谈了，免得夜长梦多，再把事整黄了。"

裘大脑袋有些尴尬地笑了笑，就着方圆圆的这番话给自己找了个台阶说："圆圆说得对，咱们暂时先别在咬文嚼字上浪费时间了，让他们看看方案听听人家的意见再说吧。"

"那好。"方圆圆瞅着我说，"那我现在就跟对方联系。"说着，方圆圆就到床头坐在我那一堆零乱的被子旁边，拿起床头柜上的电话，按了几个电话号码。"喂，您好，您是梅子小姐吗？我是电视台的方圆圆啊。对，我现在就在春湖宾馆呢，对，我们住在1214房间。对的，为了给您策划那个专题片的方案，我们特意请来了省内的一个著名作家在这儿开了一间房，您看，我们对您的这件事情还是比较重视的吧？嗯，是的，您看看咱们什么时候见面谈谈啊？那好，好，我们这就过去。"

在方圆圆打电话的那一刹那，我的第六感忽然觉得有些不对头，就觉得好像有什么事情要发生。方圆圆一放下电话，我就赶忙问她："哎，圆圆，那个日本华人叫什么名字？"

方圆圆看了我一眼说："日本名叫和田梅子。至于她的中国名字嘛，我也不知道。"

我点了点头说："啊，和田梅子。"当时，我把这个梅子误听成了美子，还以为那个女孩儿叫和田美子呢。就在我愣怔着不知道自己在想着什么的时候，方圆圆已收拾好东西对愣在那里的我和抽烟的裘大脑袋说："走吧，咱们过去吧，人家在那边等着咱们呢。"

"他们也在这个楼住吗？"我一边走一边向方圆圆问道。

"他们不在这个楼，他们住在三号楼，就是咱们这栋楼斜对面的那栋。"方圆圆很优雅地背着一只漂亮的女式皮包，她把我写的那份策划方案夹在一个漂亮的文件夹里用手捧着，那样子极像一个供职在外企要害部门的白领。是的，在这个社会里，你要想骗人就得有骗人的一套手段，起码你得会包装自己，让别人对你放心才行。方圆圆在这个行当里久经沙场、历练老到，绝非一般人可比，跟这样的女人上外面去办事，成功率一般来说都是比较高的。不像裘大脑袋那样的人，虽然是演员出身，但是显得比较粗鄙庸俗，人家一看他那样子跟他打交道就得加小心，因此办事的成功率就比较低。

我和裘大脑袋跟在方圆圆的屁股后边走进了三号楼，三号楼是欧式建筑，整个楼的内部装修也是按照欧罗巴风格设计的，大堂里的喷泉、灯饰、楼梯的栏杆以及雕塑都显示着非常传统的欧式风格。这个三号楼以前我还真没来过，我以前只在一号楼和二号楼住过。那还是前年电视台搞春节晚会，他们把剧组的大本营安在了这里。那时我是他们的总撰稿，曾在这儿住过一段时间。

我们走进三号楼坐着电梯直接来到了八楼，方圆圆领着我们在3818的房间门口站定。方圆圆按了按门铃，过了一会儿，房间门轻轻开了，一个小巧玲珑的女人站在门口正微笑地迎接着我们，当我的目光和她的目光在一瞬间碰撞到一起的时候，我们一下子都愣住了，站在我对面的这个所谓的日籍华人竟然是十多年前跟我有过情感纠葛并为我堕过胎的梅子。

第三十六章
旧爱难寻

不知道是这个世界太小了，还是这个世界上的人太多了，如果把我们的这个尘世比作是一汪水的话，我们每一个人就是这水中的游鱼，我们在游动的过程中注定要拥挤在一起、碰撞在一起的。中国的民间有句古语，说是两山到不了一块儿，两人总有能碰面的时候。我跟梅子这意外的相遇不但验证了我们中国民间的古语是多么的伟大、多么的颠扑不破，而且也证明了在拥挤的人群中这个世界显得是多么的狭小。就在我的眼光跟梅子的眼光碰撞到一起的那一瞬间，有一种恍若梦中的不真实的感觉朝我逼迫过来，我似乎一下子又回到了十几年前那个初冬的晚上，我们也是在这个城市，在一家小旅店里的床上，我们相拥着在甜美的梦境里畅游的时候，忽然被一阵莫名其妙的敲门声给惊醒。几个穿着警察服装的男人在服务员的带领下闯进了我们的房间要夫妻证明，我们就那样被人给捉双拿对堵在了床上，为此我们都付出了沉重的代价。就是从那天晚上之后我们再没有见面，这一晃就是十几年过去了，她只是偶尔在我的梦里出现过，而时间这个可怕的魔鬼在销蚀着人的生命的同时也在销蚀着人的情感。十几年的间隔，她在我的感情的世界里已经淡漠了，当年那种纯真的感情也在商品社会和金钱的锈蚀下褪色变种，不复存在了。现在当我看见已经是人到中年的她时，除了惊讶震颤和感慨唏嘘外已经再涌不起任何感情上的波澜了。十几年前她还是一个情窦初开的少女，而今则是一个少妇了。我知道是我把她从一个女孩儿变成了女人的。但是，这十几年的隔离我不知道她是否嫁人，是否找到了意中的情郎，她已经加入了日本国籍，她已经不是中国人了。现在她是以一个日籍华人的身份到中国来投资办企业的，如果我没记错的话，她的母亲就是日本开拓团的后代。改革开放之后，她的母亲打探到了自己在日本的亲人，于是带着他们回到了日本，并且把他们父女由中国人也改变成了日本的国籍。现在她跟着她的父亲又回到了东北来投资兴建奶牛场，从这个意义上说，她不过是在圆着她的日本外公外婆未竟的在海外开拓日本疆土的事业。

在与梅子的眼光相撞的那一瞬间我不知道我都想了些什么，方圆圆和裴大脑袋绝对不会想到，站在我们面前迎接我们进屋的这个优雅的矮个子的小女人竟会跟我有过那么一段缠绵悱恻的爱情故事。因此，方圆圆在我愣神的那一瞬间不失时机地朝着梅子微微笑了一下，指着我给她介绍说："这是我省的著名作家司马霖先生，我们打算做的那部专题片的策划方案就是出自他的手笔。"我看见梅子脸上的肌肉微微颤动了一下，她有些失态地愣愣地看着我好半天，竟然没有想起来跟我握手。那一刻我也有点儿蒙了，也没有把手伸出去。机灵的方圆圆反应得很灵敏，又恰到好处地把梅子介绍给我说："这就是咱们的日本客户和田梅子小姐。"直到这时候，我才从那懵懂的状态中恢复到正常的神态。我轻轻地把手伸出去，握住了梅子那纤弱柔嫩的小手，感慨万端地说："圆圆，你不用介绍了，我们是老朋友了。梅子，我真没想到今生还有缘能够见到你，而且还是在这样的一种场合，梅子……"下边的话我不知道说什么好了。我忽然觉得我的鼻子有些发酸，眼睛有些发潮，但是我还是把我的感情控制住了。我注意到，在我说这番话的时候，梅子的眼圈儿也红了，我发觉她的小手在不住地颤抖，她好半天也没有说出话来，只是不错眼珠地看着我，似乎要看透的我的五脏六腑，看到我的心灵深处到底装着什么似的。

那一刻，站在一边的方圆圆和裘大脑袋也都愣住了。裘大脑袋那母狗般的小眼睛瞪得跟琉琉似的，蠕动着双唇似乎想说什么却什么都说不出来了。方圆圆虽然比较老到，但是也被这意外的情况给弄得有些不知所措。但她毕竟是久经战阵，很快她就看出了我跟梅子之间的故事来，她立刻堆着笑脸说："哎哟喂，原来你们是老朋友啊！那还用我介绍啥了！既然是老朋友那还客气什么，来来来咱们都坐吧。不是说站着的客人难答对吗，司马老师，快跟梅子小姐过来坐呀。"

方圆圆这么一反客为主，一下子就把场面上的尴尬、难堪、复杂纷纭的情感等等气氛都给冲淡了。梅子很快就恢复了常态，说："是啊是啊，你们坐吧，我这就让服务员来给你们上茶。"说着，她走到一边拿起挂在墙壁上的一个电话机说道："服务员，请给3818房间上茶，一共是四个人。"说罢，她挂掉了电话，瞅着我们微微笑了一下，然后很得体地在一圈沙发中的主人位置上坐了下来。

她比十几年前稍稍胖了一些，显得更丰腴，也更有女人味了。虽然她的个子还是那么矮，但是，由于打扮得比较得体，看上去更显得小巧玲珑，也就更招人怜爱了。她脸上的那几颗不甚明显的雀斑不见了，脸色比以前也更显白嫩了。她梳着一头刻意设计的短短的发式，冷眼一看好像一个调皮的大男孩儿。由于她长得小巧精致，因此就显得比实际年龄要年轻得很多，丰满中透露着一股勃发的青春气息。如果仔细端详，便可以从她那深锁的眉宇间和偶尔流露出的忧郁眼神里，发现岁月的沧桑在她生命运行的过程中留下的某些痕迹。

她住的这个房间是一个标准的大套间，里间是卧室，外间是会客室，会客室很大，能有三十多个平米。盥洗室和卫生间是分开的，房间布置得华美典雅、高贵奢靡，整个房间洋溢着欧洲没落贵族的某种糜烂腐朽的气息。以我对酒店行业的了解，这个房间便宜不了，一晚上怎么也得在几千元以上，由此可以看出，梅子在日本确实已经进入了准贵族的行列了。

很快，女服务员用一个大托盘端着四杯茶水进来了。她把茶水给我们放好，然后很有礼貌地退了出去。梅子这时忽然像想起了什么似的，走到旁边的一个保鲜柜里拿出了一些水果和饮料什么的，很得体地对我们说道："我跟司马霖是老朋友了，你们都不要客气，吃水果喝茶喝饮料随便，你们自己拿，千万不要客气。"

方圆圆一面用眼睛揣度着我跟梅子的真实的关系，一面用一些闲话来调节场面上的空气，我们一边喝茶一边说着闲话。方圆圆不失时机地把话题转移到了专题片方面上来，因为这才是今天的主题。方圆圆说："既然梅子小姐是司马老师的老朋友，关于司马老师的才华我就不多介绍了。司马老师昨天晚上贪了一宿黑搞出了这么一个策划方案，请梅子小姐过目，您有什么想法，正好司马老师也在，就直接提出来，我们好进一步修改加工使其更加完美。然后我们就要按着这个策划方案准备片子拍摄的有关事宜了。"

说着，方圆圆打开她手中的那个文件夹把我昨晚写的那份方案从里边拿出来递给了梅子。梅子接过那份策划方案只淡淡地瞄了两眼，就又把它还给方圆圆了，然后说道："这个我就不用看了，你们先拿去打字，要打得正规一点儿，这个文件我们还要给董事长看，还要经过董事会批准。今天咱们就不谈这个话题了，你们在我这儿坐一会儿聊聊天，然后就忙你们的去吧，我还要跟司马霖好好叙叙旧呢。"说着，她看着我微微笑了一下。

方圆圆是何等的冰雪聪明之人，一看这情形就什么都明白了。她立刻站起来说："那好，那我们就不耽搁梅子小姐跟司马老师的叙旧了，我们立刻就去打印这份策划方案。梅子小姐，您看，打印完之后，什么时候交到您的手上呢？"

　　"明天。明天上午怎么样？"梅子用一种征询的口气瞅着方圆圆说道，"明天上午还是这个时候，我在这里恭候你们，你们看这样好吗？"

　　"那好，再见。"方圆圆在离开房间的那一刹那，不知为什么竟然意味深长地瞥了我一眼，从她那飘忽游移的眼神里我觉出那内容有些复杂。而裴大脑袋从一开始就像个木头橛子似的，一直到离开这个房间仍然像一块朽烂的木头橛子呆头呆脑地一副木讷相。梅子很得体、很客气地把他们送到了房间的门口，然后以日本人那种谦恭的礼节朝方圆圆他们躬了躬腰，直到他们消失在走廊的尽头她才走回来把门关上，然后轻轻地靠在门板上用一种难以言说的复杂的表情瞅着我。我注意到，有两滴晶莹的泪花在她的眼圈儿边上闪烁，但是并没有滚落下来。她就那么靠着门板呆呆地注视着我，也不说话，也没有更多的关于感情上的表示。过了能有两三分钟的样子，我从沙发上站了起来，慢慢地走到她的身边，我把双手朝她伸了过去，我想她一定会投入到我的怀抱里来的。但是，没有。她仍然没有动，仍然还是那么呆呆地看着我，而眼圈儿里的那两滴泪花此时已滚落到脸颊上了。我一看她没动，就轻轻把她揽了过来，她就像一条柔弱无骨的温顺的小猫在我的搂抱下一下子就贴在我的前胸上了，然后就呜呜地哭起来。在她的哭声的传染下，我也忍不住哭了起来，我们相互搂抱着，低声而泣。不知过了多长时间，我把嘴唇凑近她的耳朵小声说道："梅子，我们多少年没有见面了，你还记着吗？"她没有吱声，却更加用力地抱紧了我。我几乎是用蚊子般的声音在她的耳边继续说道：

"十六年，我们整整分别了十六年啊！你知道十六年的光阴意味着什么吗？意味着差不多是一个人生命的四分之一已经销蚀掉了，意味着一个初生的生命由婴儿已经变成了一个小小少年。当年的我还是一个刚刚三十岁出头的青年，而今已经年届半百了。这也就是说十六年的漫长的光阴让我从一个青年变成了一个小老头儿，我已经在走向老年了，我的梅子，你知道吗！"

我不知道我怎么了，越说话越多，越说越激动，话语就像开了闸的洪水从我的嘴唇间汹涌而出，一直流泻到她的耳朵里去。而且我也真的被自己的这番话语给感动了，随着流淌着的语言，有一种倾诉的快感在我的周身萦绕，一时间我泪流满面，好多年不曾出现过的真情让我那麻木板结的灵魂开始复苏。这时候我发觉梅子在我的怀抱里瑟瑟地已经抖成了一团。她早已是泪流满面了，她紧紧地拥抱着我，倾听着我对她的倾诉。忽然，有一种欲望在我那干涸的感情世界里滋长，我的双手不由自主地不安分起来，与此同时我把我的双唇也贴在了她的唇上。刚一开始，她可能有些不太适应，晃动着脸颊拒绝着我对她的亲吻，可是随着我动作的加大和深入，她竟然主动地配合起我来。就在我急不可待地趴在她那娇小可人的身上的时候，忽然我的耳边传来了一阵急促的敲门声，我的心里猛然一惊，忽然我的眼前出现了在十六年前的那个冰冷的夜晚发生的事情，想起了就是那阵敲门声敲碎了我们甜美的爱情之梦，我和梅子开始了长达十六年的分离。从那之后她远走扶桑，我则夹着尾巴在这个世界上小心翼翼地苟活。一晃，十六年过去了。现在当我们的生命的欲望和情感可以自由地表达的时候，我不知道为什么那一幕令我心惊胆战的悲剧忽然又出现在我的意识之中，出现在我的眼前。就在那一瞬间，我的所有的欲望、所有的激情顷刻间灰飞烟灭，我的那个男人的生命之根就像一个走了火的老枪，瞬间便疲软下来。我沮丧万分，一下子趴在她的身上泪如雨下。

梅子捧起我那因沮丧而流满了泪水的脸颊，轻声问道："怎么了？司马霖你怎么了？你刚才不是还很好呢吗？"

我一下子搂住了她的脖子狠狠地把她箍在我的怀抱里，哀声说道："梅子，我完了，我不行了，我又想起了十六年前的那个晚上，我的耳边总是出现一阵阵的敲门声，我已经变成了一个废人了。对不起，梅子，真的很对不起呀！"说到这里我几乎已经快要失声痛哭起来了。梅子抚摸着我头顶上那稀疏的头发，好半天也没有说话。当我终于从她的身上爬起来的时候，她已经恢复了常态。她羞赧地朝我笑了笑，然后坐起来很快地穿好衣服。我也把自己的衣服穿好，然后我们并排躺在床上，手拉着手，就像十六年前并排躺在松花江边沙滩上的那个夜晚一样，只不过那个夜晚我们看到的是夜空上的浩瀚星辰和银河两岸的牛郎织女，而今看到的却是宾馆里用石膏粘贴起来的雪白的天花板，时空倒错却已不是当年。一时间我俩似乎都陷入了一种迷惘的状态之中。不知过了多长时间，我扭过脸问道："你结婚了吗？"

她轻声说道："还没有。不过，我已经有了男朋友了。"

"他是日本人吗？"

"是，他是日本人，是一个很好的日本青年。"

"他也跟你一起来中国了吗？"

"是的，他跟我一起来了。这个房间就是我们两个人的。"她仍然轻声说道。

听到这里，我一下子坐了起来，有些紧张地看着他说："梅子，他不会在这种时候突然闯进来，出现在我们面前吧？咱们事他要是知道了……"

梅子淡然而忧郁地笑了。梅子说："你那么紧张干什么？既然我敢让你在我这儿跟你重温旧梦，就不会出什么事的。你放心好了，十六年前的那种噩梦永远不会再发生了。"

听梅子这么一说，我那紧张的心才稍稍有些缓和下来。我瞅着她问道："你的男朋友他怎么没在呢？"

"啊，他跟我爸上沈阳了，是昨天走的。他们在沈阳要办一些事情，可能得今天晚上或者明天才能够回来。我留在这里就是为了电视台那个专题片的策划方案的事情，真没想到，竟然遇上了你。"

"这大概就是命吧？"我看着她说，"我曾经不止一次地想过我这辈子肯定还要见到你一次的，如若不然，在我离开这个世界的时候，我都没有办法对自己的生命有一个负责任的交代。"

"司马霖你说，咱们当年发生的那件事对谁的刺激最大？"梅子盯着我问道。

"谁？"

"我爸。"梅子说，"当年的那件事对我爸的刺激太强烈了，当我爸听说我跟你有了这种关系并且成了一种丑闻传扬开之后，真是悲恸欲绝。你要知道，你们是最要好的好朋友啊！平时你们推杯换盏称兄道弟，他怎么也没有想到他的小老弟竟然把他的女儿给……所以，我们的事情败露之后他为了不再跟你见面，立刻找到了各种关系坚决要调离那里。后来我们之所以加入了日本国籍恐怕跟这件事都有些关系。"

我看着梅子那双清澈发蓝的眼睛，点着头说："是的，我知道我这辈子最对不起的就是你的父亲，感情这个东西是个魔鬼，一旦发作起来，有时用理智很难控制得了的，这东西实在是太可怕了。"

"所以，司马霖，我不想让我爸知道你参与了专题片的这件事情，我也不能让你见到他以及我的男友。你明白吗？"

我看着她，点点头说："我明白了，梅子。我这就离开。"

"我们的故事结束了，司马霖，虽然有点儿遗憾，但是既然是故事就总得有个结尾，你说是吧？"

忽然我的鼻子一酸，有一种要哭的感觉在我的情感世界中发酵。但是我还是把它忍住了。我喃喃地说道："是的，你说得对，是故事总得有个结尾啊，我们的故事结束了，结束了。再见，我的梅子。"

说完，我立刻转身走出了她的这间宽敞明亮、温暖如春的大房间，身后的关门声忽然让我产生了一种解脱感，那个羁绊了我小半辈子的感情的孽债仿佛一下子全部完结了。我用极快的脚步走向电梯间的门口，我发现电梯现在还在一楼，还没有往上攀升，要等到它上来还要等几分钟，于是，我又快步走向步行楼梯口，顺着步行楼梯快步向下走去。

当我通过大堂来到外面，被冬天那不甚温热的阳光和地上的残雪晃得有些睁不开眼睛的时候，忽然觉得刚才发生在3818房间的一切恍如一场不怎么真实的梦境。是的，一场风花雪月的故事、一段刻骨铭心的爱情就这么结束了。我站在冷风刺骨的春湖宾馆的院子里抬头看了看三号楼上边的某个窗口，那窗口里正住着一个叫和田梅子的日本籍中国女人，此刻，她或许也站在那个窗口撩开窗帘在悄悄地窥视着我呢吧？刚才在房间她说得非常好，她说既然是故事就总得有个结尾，我们的故事的结尾就是在她这样精辟的总结中完结了。这很好，完结了就是完结了，没什么可遗憾的。更何况在这样的一个商品社会里金钱已经主宰了一切，所谓的爱情在这个时代里已经变得不重要了。我从三号楼收回我的目光，然后朝方圆圆跟裘大脑袋他们住的一号楼走去。我得告诉他们，这个专题片的一切事情我都不能参与了，我给他们弄的那份策划方案就算我对他们的义务劳动了。

我走进一号楼乘电梯上楼径直来到了1214房间的门口，我不知道此刻方圆圆跟裘大脑袋是否在房间里，更不知道他们在房间里在做什么，于是，我按了一下房间的门铃，很快，门就开开了。我走进房间一看，房间里只有方圆圆一个人在校对我给他们写的那份策划方案。我在房间扫视了一圈，然后坐在了床上，瞅着方圆圆问道："老裘呢？"

方圆圆说："他回家了。"然后她有些奇怪地瞅着我说："你怎么这么快就跟梅子小姐叙完旧了呢？"

我笑了笑，说："我这个人不管是叙旧还是做事就喜欢直奔主题，就凭你这么聪明的一个女人还会看不出我们之间的事情？"

方圆圆是何等冰雪聪明的一个女人，她怎么会听不出这番话里的潜台词呢？所以，我的话音还没等落，她的脸就红了。她讪笑着说："司马老师你说话怎么那么直白呢？以我看来，你们之间肯定有过惊天动地般的爱情故事，我从她看你的眼神里就觉出你们的关系绝不像你说的那么简单，我还以为你们久别重逢，说不定在她的房间里演出什么疯狂的戏剧桥段来呢，没想到，你这么快就回来了。这回好了，有你跟她的这层关系，咱们的这件事情肯定能成了。"

我凑近她，用一种我自己都不相信的腔调说道："圆圆，这件事情要是真的能成，你得怎么感谢我呢？"

方圆圆说："一开始我不就说了吗，咱们三个三一三十一，自己拿自己的那份，你还想让我怎么感激你呀？"

"我那份我不要了，我都给你，你得怎么感谢我呢？"

方圆圆有些不相信地看着我笑了，说："司马老师你怎么老开玩笑呢？我们是凭劳动赚钱，每个人都有一份，为什么你不要啊？"

我故意用一种淫荡的眼光看着她说："我没说我不要，我只是说把我的那份让给你，这回你听明白了吧？"

"为什么要让给我呢？"方圆圆仍然用不相信的眼光看着我说。

"为什么？你为什么非要问为什么呢？"我故意轻轻地抓住她

的一只手，慢慢地揉搓着说，"你不要让我把什么都说直白了好不好？"

当我把方圆圆的手抓在我手里的时候，我一下子就感觉出这个女人不愧是情场老手，虽然我没有铺垫，而且表达方式也不含蓄，但是，她从我看她的眼神里一下子就明白了我真正的意图。她故作羞臊状地绯红着脸说："司马老师你这是干啥啊？你可是大作家呀，你这样多有失你的作家身份啊！我跟你说，我们可是良家妇女，卖艺不卖身，可不是那种随便的女人啊！"

虽然她的嘴里说着"卖艺不卖身""不是那种随便的女人"的呓语，但是此时她已经在我的怀里扭动着身子半推半就地解开了裤带，并且把她那涂得过分夸张的猩红的嘴唇贴到了我的唇上，立时就有一股劣质口香糖和葱蒜混合的气味熏得我有一种要呕吐的感觉。我急忙一把推开她。这时她的一只手已经把裤带解开了，露出里面粉红色的毛裤，我这一推，她外面的裤子就掉了下去。她急忙把她搂着我脖子的那只手松开去提裤子，有些不解又茫然无措地看着我颤声问道："司马老师，你怎么了？你那意思不就是想跟我……你怎么能这样呢？"

我看着她那狼狈和茫然的样子，故意笑了一下说："圆圆，你误解我的意思了，我跟你开玩笑，你怎么还当真了呢。"

方圆圆忽然变了脸色，怒气冲冲地看着我说："开玩笑？你太过分了吧？有你这样开玩笑的吗？"

我一看她真的生气了，赶忙把话拽回来，我指着她正在校对的策划方案说："圆圆，该给你们弄的我都已经弄完了，你们就拿着我给你们写的这份策划方案去跟他们谈，保证能成。圆圆，开玩笑是开玩笑。我再强调一遍，我的那份真的让给你了，从现在开始，我就不再参与你们的事情了。"

　　我注意到，当我认真地说完这番话的时候，从方圆圆的眼睛里流露出来的是一种惊喜若狂的光。但她仍然不解地问道："司马老师，你为什么要退出啊？不管你跟梅子小姐发生过什么事，你总得跟我们把这件事情做完啊。"

　　我站起来，轻轻拍了一下她的脸蛋儿说："该我做的我都已经做完了，剩下的事情你们就自己去做吧。圆圆，你别生气，刚才我之所以那样对你，就是想验证裘大脑袋跟我说的那些话到底有多少可信度。没想到……好了，我不多说了，我只想劝你，往后千万不要再让裘大脑袋那一类的人沾你的身子了！真的，圆圆，我想我们还会有机会合作的。再见！"

　　说完，我就走出了房间。

　　来到外面，走在被冬天的冷风过滤了的阳光下，看着自己那黑黑的影子在雪地上移动着的样子，我忽然悲哀地想到，我在生命行走的过程中，在不断地追赶着自己的影子的同时，却把自己的灵魂、自己的良知、自己的爱情甚至自己的肉体都廉价地出卖了，我活在这个世界上到底还有什么意义呀？

　　那一刻，我泪流满面、悲哀至极，冬天的冷风让我那喷涌而出的泪水在我的脸上结成一层薄薄的冰面，光亮无比。

　　是的，一个故事就这样结束了。

第三十七章
故事还在延续

很快就要进入新世纪了。这个新世纪就是小时候我在梁林福他们家炕上憧憬过的那个二十一世纪。那时候我们就觉得二十一世纪离我们是那么遥不可及，那么虚无缥缈。可是，当年梁林福憧憬过的那个天天端着大茶缸子在白酒管子的水龙头下接酒喝的社会，说来就来了。但是当年我们这些个被喻为共产主义接班人的孩童们在即将进入知天命之年的新世纪，却没有看到当年幻想的那个天堂。我老脸怆然站在新世纪的门口，看着这个忙碌拥挤纷繁混乱的世界在行将进入下一个世纪之前，更加有一种疯狂的情绪在刺激着人们的神经，让人们在疯狂中梦想着上新世纪去寻找开启发财的途路，打开埋藏宝藏的山洞的钥匙。我当然也是一个俗人，我跟那些梦想上新世纪去寻找发财门路的人们的心情则是一样的，我跟在他们的屁股后在新世纪的大门口拥挤着、号叫着、欢呼着、高歌着，以便让自己在未来的日子里生活能更富足一些。

从1999年的十一月份起，我就跟着省电视台《走进新世纪》大型纪实文艺晚会的剧组住进了省内最豪华的大饭店北方名人饭店。我们一边策划，一边在全省各地穿梭般奔跑，把省内各个地区、各个市县迎接新世纪走进新世纪的热点新闻、热点人物通过纪实的办法，然后再使用文艺的手段在电视上呈现出来。由于我是这台晚会的总撰稿，就得跟着摄制组在全省各地穿梭般地奔跑，捕捉新闻线索，发现热点人物，之后还得按着我们晚会几个大的板块就地进行组装，不但要根据晚会的要求撰写解说词，而且还得根据具体人物、具体事件组织文艺作品。所以，这个活儿是很麻烦的。

好像是十一月中旬的一天傍晚吧，我跟着我们这个摄制组的导演、摄像、灯光、美术以及音响等工作人员从外地赶回来，住进了我们摄制组的大本营北方名人饭店。我记得那天的天气嘎巴嘎巴冷，没有雪，就是那种干巴巴的冷。在回来的路上，我们摄制组的面包车还在半道上出了点儿毛病，在修车的那一段时间，差点儿没把我们冻死。所以，回到北方名人饭店之后，我们立刻让制片主任给我们安排了一桌可以驱寒的酒席，我们连澡都没来得及洗就匆匆吃饭去了。那天，由于疲劳再加上寒冷，我喝了不少酒，喝完酒之后，我就回到我的房间洗澡睡觉去了。

北方名人饭店为我们这个剧组一共赞助了两个房间，我跟导演一个房间。导演是个女同志，虽然我们俩一个房间，但是她并不在这儿住。为了不干扰我的写作，如果不商量什么具体的拍摄事情或者不是稿件有重大的改动，她一般是不上我的这个房间来的，她大多数时间都是跟那些工作人员在另外一个大房间里商量事情。所以，这个房间基本上就是我自己的包间。

那天我回到房间，架着酒劲，把自己脱了个溜光，然后放了满满的一浴缸热水，就躺在那温温的水里泡上了。也可能是太疲劳的缘故吧，我躺在浴缸里竟然睡着了。我不知道自己在热水里眯了多长时间，反正当我被房间里的电视机的声音给惊醒的时候，发觉浴缸里的热水已经有些凉了。我有些奇怪，是谁在我的房间里呢？我在洗澡之前并没有把电视机打开啊，难道是我们剧组的工作人员？我忽然想起来我在洗澡之前忘记把房间门在里面插死了。难道是剧组里的哪个混蛋小子跑到我的房间起腻来了？于是，我就在浴缸里坐起来冲着门外大声喊道："谁呀？"

是一个女人的声音："我。"

这声音有些生疏，让我有些发愣。于是，我又问道："你是谁呀？"

依然还是那个女人的声音，声音里含了一种放荡的浪笑："你问我是谁呀？你出来看看不就知道了吗！我是你的一个老朋友，一个被你忘记的老朋友。"

她这么一说更把我说糊涂了，一个被我忘记了的老朋友？这能是谁呢？我疑惑着从浴缸里钻出来，由于我的衣服都在房间的床上扔着呢，来人还是一个坤角（泛指女人），所以，我只好在卫生间找了一条浴巾围在了自己的腰间，遮挡住自己身下的那些耻于见人的小零碎，然后光着上身走了出来。

房间里只亮着一盏床头灯，因此屋子里的光线显得有些昏暗，在朦朦胧胧的昏暗中我看见有一个丰腴的中年女人正坐在我的那张床上看电视。当她看见我从卫生间里出来的时候，朝我笑了一下。直到这时，我仍然没有能够把眼前这个女人的面目看清。因此，那一刻我有些懵懂。这个女人是谁呢？我怎么想不起来了呢？我走到门口，找到房间顶灯的开关，啪地一下把顶灯打开了，刹那间，房间里亮如白昼。我看着那个坐在我床上的女人不禁有些惊讶了，原来是多年没有见面的周德华。我惊愕得半张着嘴，看着笑眯眯的周德华说："你，你不是周德华吗？你怎么，你怎么知道我在这儿呢？不是，——你怎么上这儿来找我来了呢？"

周德华依然笑着说道："要不咋说无巧不成书呢。其实我一直也在这个饭店住呢，我在这儿包了个房间，已经好几个月了。但是，一直到今天晚上你们吃饭之前，我根本就不知道你也在这个饭店住呢。今天你们一大帮人在大餐厅里吃饭喝酒，正好我也在那儿吃饭，你们吆五喝六的喊叫声吸引了我的目光，当我把眼光投向你们的那张桌子时，我一眼就看见了你，你端着个酒杯正跟一个女的在碰杯呢。哎，那女的是谁呀？不会是你的又一个相好吧？"

我瞪了她一眼说："周德华你别瞎说啊，那是我们剧组的导演。"

周德华接着说道："因为我比你先吃完的，所以，吃完饭之后，我就在大堂里等你出来，一直等了半个多小时你们才吃完饭。我本来想上前跟你打个招呼来着，可是，看见你们呼呼啦啦那么一大帮人，我就没好意思过去。我跟在你们那些人的身后，跟着你们上了四楼，我看见你一个人进了房间，我就把你的房间号记住了。后来我看你们那些人大多都走了，你进了房间后就再没出来，于是，我就来到了你的房间门口。我按了一下门铃，也没人应声，我一开门，门竟然没有锁，所以我就进来了。我一看房间里没人，而卫生间的灯光却亮着，我就轻轻推开了卫生间的门，看见你正躺在浴缸里睡觉呢。我就笑了，我怕影响了你的好梦，就悄悄把门关上了，然后把电视打开，在这儿一边看电视一边等你醒来。哎，你知道你睡了多长时间吗？差不多有一个小时了。你也不怕浴缸里的水把你淹着？"

周德华一口气说了这么多，说得我一愣一愣的，脑瓜子就好像反不过劲儿来似的。我看着她的那张化妆化得过分夸张的有些发胖的圆脸，就想，这是怎么回事呢？她怎么在这儿的饭店里包了房间呢？这个饭店的房间最便宜的一晚上也得两百多元哪，她在这包房间是什么意思啊？我上一次看见她还是当年在我回家给我父亲过七十大寿的时候，在梁林福开的车行外面碰见过她一次。从那之后，我就再没跟她见过面。这一晃又是七八年过去了，她明显地见老了，不管她的脸上怎样用化妆品弥补也掩饰不掉岁月刻在她脸上的那些个风尘的印痕。可能由于年岁的关系吧，她的身材也比过去粗多了，原先那细嫩如柳的小腰条现在差不多快赶上一口酸菜缸粗了。女人如果没有了苗条的身材，再没有年轻漂亮的脸蛋儿，那就没法看了。现在坐在我面前的周德华就是这样一个没法看的老女人了。

听周德华把她的一番话讲完，我就抱歉地笑着说："周德华你先坐这儿等我一会儿，我上卫生间把衣服穿上，我还没穿衣服呢。"

周德华笑着说："你跟我还装啥呀？你就在这儿穿呗，你身上那点儿零部件谁没看见过呀？我刚一知道男女是咋回事那时候就跟你有过肌肤之亲了，现在我们都这么大岁数了，你咋还跟我装纯情处男，装得腼腆起来了呢？"说着，周德华一把拽开围在我腰间的那条浴巾，刹那间我便一丝不挂地裸露在她的面前了。那一刻我可真的有点儿无地自容了。我有些生气地一把抓过那条浴巾又围在了自己的腰间，我瞪着周德华生气地说："周德华，你这是干啥呀，咋连点儿羞臊感、耻辱感都没有了呢？"

周德华一看我真的生气了，就讪笑着说："咋的呀，真生气了？跟你闹着玩你咋还真生气呢？咱都这么多年没有见面了，一见面你就跟我这样，你这人咋连点儿老感情都没有了呢？"

说着，周德华扭转身把眼睛盯在了电视上不再理睬我了。我也觉得自己做得有些过分。不管怎么说，她是我小时候的朋友，正像她说的那样，她刚刚知道男女之事时我就跟她有过肌肤之亲，后来也跟她有过肉体的接触，现在怎么突然在她面前装起正人君子来了呢？是不是看她人老珠黄引不起我的兴趣就对她冷淡了？如果这样的话，那我可真就有点儿太不是人了。想到这里，我就笑着说："咋的小华，你不高兴了？咱这刚一见面你就给我扒光腚，你说我能受得了吗？就算咱俩是老相好、老朋友，要重温旧情，你也得让我有个适应的过程啊。"

周德华一看我把口气缓和过来了，再加上我又是用一种可怜巴巴的滑稽样子跟她说的这番话，她就扑哧一下乐了。她把眼光从电视上转到我的脸上，看着我说："人家特意上你的房间来看你，你反倒跟我装，司马霖，你说你够朋友意思吗？"

"好啦好啦别说啦，你让我穿上衣服再跟你说不行吗？"我赔着笑脸看着她说。

在我跟她说话的这个时间里，我迅速地穿好了自己的衣服，为了表示我并没有跟她疏远，我特意拉着她的手跟她并排坐在了床上。我把电视的声音弄小，为了防止我们剧组的那帮浑小子们的突然闯进，我又走过去把房间门插好，这才开始正儿八经地跟她聊起天来。

"你怎么上这儿来了？"我看着她问道。

"我现在在这儿做生意呢。"周德华笑嘻嘻地看着我说道。

"做生意？做什么生意啊？"

"我现在是养'鸡'专业户。我在做养'鸡'生意呢。"周德华仍然笑着说道。

"养鸡怎么还住到这么昂贵的饭店里来了？"我愈发不解地问道。

周德华看着我那一副懵懂的样子，忍不住哈哈地笑了起来。

"你笑什么？"我不解地看着她问道。

"你调到省城这么多年咋还像一个土老帽儿呢？难道你真的看不出我是干什么的？"

我迷惑地看着她摇摇头说："看不出，你一个养鸡专业户怎么会跑到这么高档的饭店来，你养的是什么名贵的鸡呀？"

周德华笑得更加厉害了。周德华强忍着笑说："我养的都是小母'鸡'。"

"什么小母鸡小公鸡啊，你咋越说我越糊涂呢！"

"我看你是装糊涂。"周德华点着我的脑门儿说，"告诉你吧，我现在做'鸡头'生意呢。"

直到这时，我才明白原来周德华干的是操卖皮肉的生意。我在心里有些暗暗吃惊，这几年不见她怎么沦落到这种程度了呢？我平静了一下自己的情绪，说道："这可是有险门儿跟着的生意啊！"

她不屑地笑了笑，说："这年头干什么没有险门儿啊？干啥都不容易，像我这样的，要想发财也只有这一条险路可走了。"

我故意说道："你不是跟梁林福在一起呢吗？他现在干啥呢？"

周德华脸色微微变了一下，但很快就恢复正常了。她用鼻子"哼"了一声说道："我跟你说，司马霖，你千万别跟我提他啊！他早已经下了阴曹地府，你还跟我提他、还吃他的醋有啥意思了？"

周德华的这番话让我大吃一惊："什么？梁林福死了？"

"早都死啦！他都死了好几年了，你不知道啊？"周德华有些不相信地看着我问道。

"不知道。"我摇头说，"我真的不知道。他是怎么死的？"

"枪毙呀。让政府给枪毙了。"周德华一边说一边用手做成手枪状瞄准着电视上的一个人，嘴里还"啪"地叫了一声。

"为什么枪毙呀？"我更加吃惊了。

"贩毒。"周德华说，"那小子从小就那德行，王小二放牛，从来都不往好草上赶。你还不知道他吗？按理说，他开的那个摩托车修理部还挺挣钱的，可是，他老觉着不够口，最后在深圳跟一个贩毒集团勾搭上了，贩了不到三回，就让公安局给摸着须子了，人家深圳的那个毒品贩子跑到泰国去了，他却走了铜（走铜是土话，枪毙的意思）。"

"这是什么时候的事啊？"

"好几年了。好像是1995年吧？对，是1995年。这件事还上了报纸电视呢！你不知道？"

我慨然说道："我真的不知道。想不到梁林福竟然是这么个下场。过去我妈总说，三岁看小，七岁看老，梁林福那小子打一小就坏，不到二十岁就因为强奸和做坏事进了监狱，最后终于死在了枪子儿上了。"

"梁林福跟我说你小时候还揭发过他，是吗？"周德华看着我问道。

我笑了笑，没有正面回答她。我说："那时候我还是个小屁孩儿呢。"

我不想再跟周德华说这个话题，也没有正面回答她的这个问话，我打着哈欠看了一下表，说："哎哟，都这时候了。"

其实，我的这个动作就有些赶她走的意思了，她也明白我的意思，就伸了一个懒腰站了起来，有些讪讪地说："看样子你是不想留我在你这房间里过夜了？"

我赶忙解释说："不是我不留你，我这房间还有一个人，说不定什么时候就得回来，那要是让他给堵在这屋里，那我还咋在这个圈子里混了！小华，你得理解我，我不是那种负情的男人，但是今天晚上我真的不能留你在这儿过夜。"

周德华古怪地看着我笑了笑，说："哎呀，司马霖，这些年我什么事没经过呀，就你这点儿小心眼儿我还看不出来吗？什么我得理解你？什么你不是那种负情的男人？都是扯淡，说白了，就是我现在人老珠黄，身上没有爱人肉了，不招你们男人喜欢了。算了吧，男人哪，都是那玩意儿，什么感情，什么情分，提上裤子啥都不是。既然人家不留我，我还赖在人家这儿有啥意思了！我回去了，我的房间在楼上801，你要是想女人了，就往我的房间打个电话。我回去了。"

　　说着，她站起来走到了门口，我赶紧把门给她开开，闪开身子让她先走了出去。把她送到了房间门口，看着她晃动着两瓣肥肥的屁股消失在走廊的尽头，我这才返身走进我的房间。忽然间，我百感交集。我把房间的灯全部关闭，刹那间，黑暗像涌动的潮水很快就覆盖了我。我在这黑色的潮水中昏昏沉沉，终于走到了一个不可知的地方去了。

第三十八章
对面相逢不相识

正在我在《走进新世纪》剧组忙得焦头烂额不可开交的时候，忽然又接到了母亲的电话，说我的父亲有病住院了，让我赶快回去一趟。我一听父亲有病住院，急忙跟剧组请了两天假，回家探视父亲的病情。

从省城到我家除了要坐一段火车，还得在郭尔罗斯倒换一段汽车，现在的郭尔罗斯和我老家的那个小县城都已经合并归属到一个市领导了，中间虽然隔着松花江还有十几里的路途，但是由于新修了宽阔的大马路，又通了公共汽车，所以交通非常方便。中间这十几里大马路的两侧新修了好多风格迥异的高楼大厦，这个新组建的城市的不少要害部门都设在了这些新盖的楼房里，因此就把这十几里路显得不是那么远了。

我下了火车，在郭尔罗斯火车站又上了公共汽车，心急火燎，恨不能一下子就赶到医院看看父亲到底病成了什么样子。但是，现在的小公共和公共汽车线路几乎全被私人承包了，那些私人业主不把车装满是绝不会开车的，所以，不论我怎么着急他们是不急的。那个司机坐在驾驶座上，叼着烟卷半眯着眼睛，一边听着车上录音机里播放的流行音乐，一边用眼睛的余光扫视着车窗外边南来北往的匆匆过客，而站在车门口的那个女人则扯着个破锣似的嗓子反复地喊着："上车了上车了！走了走了！马上就走了！上车了，马上就走了啊！"可是，不管她怎么喊"马上就走"，那车就是不走。等了差不多能有半个来小时，好不容易才把人等满了，小公共这才哼哼唧唧驶离了郭尔罗斯火车站。这一路上，旅客上上下下，小公共走走停停，停停走走，像个走不动道的孕妇，速度极慢。在开到油田医院的时候，上来了一个气质高雅的女人。开始，我并没怎么去注意她。当她上了车，那个女车长给她找座的时候，我才瞄了她一眼。这一瞄不要紧，我的身子不由得拘挛一下，这个女人正是我的中学同学，曾让我神魂颠倒地迷恋了好一阵子的钟蔷啊。现在她就坐在我的对面，她穿着一件时髦的胭色羊绒大衣，脚下是一双半高跟的白色高靿儿皮鞋，脸上化着不浓不淡的素妆，眼睛上戴着一副变色的高级太阳镜。她的头饰是那种职业女性所特有的很高雅的发型，虽然她的年龄跟我差不多，也已经是快五十岁的人了，但是，由于她的这身打扮和装束把她显得极其年轻靓丽，有一种成熟的女人美在她的周身荡漾。从她一上车被我认出的那一刻，我就不错眼珠地盯着她。我发现，她在上车的那一会儿曾朝我看了一眼，但是，很快她就把眼光转移到车窗外面去了。我不知道她是否认出了我，我想，不管我变得多么苍老，我的基本模样大概还不会变的，她不应该认不出我来。如果她认出我来，又故意装出不认识的样子，我就没有必要再上赶着去跟她套近乎了。我们曾经是那么要好的一对朋友，我记得在我从部队复员的时候，还曾上她家去求过她，让她跟她的姐夫说说给我帮忙办工作的事情。虽然后来事情没有办成，我正式参加工作之后我们来往又少，但她也不至于把我忘了呀！她为什么瞅了我一眼后即刻把眼光转移到车窗外面去了呢？难道她不想认我这个老同学？还是我过去的劣行让她觉得不屑跟我相认呢？我想不明白这是什么原因。我感觉有些伤心，我曾经是那么爱她、迷恋她，有一段时间她也已经接受了我对她的那种情感，我记得在当兵走的时候，她还送过我一本笔记本，那个笔记本我一直也没有用过，可能还在我书架的某个地方安详地躺着呢。我到部队之后，也曾给她寄过一本烫金缎面的笔记本，那是我用自己平生第一次赚的钱给她买的，我还记得我在那本笔记本的扉页上给她题了一首诗。这些，都见证了我们青春时代里的一段刻骨铭心的爱情啊。后来我不知道是什么原因使得我们之间的关系变得疏远了，我知道她后来成了一个很有名的外科大夫，在油田医院有着很高的声望，人们都称她为"钟一刀"。但是这并不应该成为影响我们交往的一种障碍啊！

小公共缓慢地驶上了松花江大桥，桥下的江水已经结冰了，在北方十一月这寒冷的天气里，那曾经涌动着的一脉清流竟然凝结成了毫无生气的固体的冷冰。冷冰上面覆盖着皑皑的白雪，白雪上面又落上了一层黑色的灰垢，冷眼望去肮脏不堪，再加上江岸上那些个光秃秃的树干和倒伏的荒草，给人一种荒凉萧瑟的感觉。我仍然不错眼珠地看着我对面的那个名叫钟蔷的女人，看她到底能否认出我来。可是，一直到小公共下了松花江大桥，她也一直没有把眼睛转到我的这边来。小公共刚驶下桥面，她就叫住了司机让他停车，然后就下去了，自始至终她再没有看我一眼。我有些莫名的感伤，应该说她是我这一生真正用心去爱过的一个女人，可是我们无言的结局竟然是这个样子，竟然相逢相见不相识，如同陌路一般，这真让我伤心。

我在一种混乱的思绪中，在县医院昏昏沉沉地下了车。我父亲的病并不怎么要紧，是老年人常见的那种脑梗塞，打了两天针已经大大见好了，一看我回来，他心里一高兴，病情更加减轻，从他一见我面就张罗出院回家，我们好不容易才劝说他在医院又多住了两天。我一看父亲没什么大事，我那边又忙得不可开交，因此，我在家待了两天就赶忙回省城了。在回去的路上，我暗暗下定决心，回家后我一定要把当年钟蕾送我的那个笔记本找出来给她寄回去。我想，作为一个男人我一定要把自己的自尊找回来。

我就是抱着这种心理从我的老家回省城来的。

第三十九章

盛宴上的淋漓鲜血

在我离开我的家乡的头一天晚上，我的几个战友听说我回来了，就在一家名叫盛天元的饭店摆了一桌酒席，并把我们一些要好的老战友都找来了，一方面为我接风洗尘，另一方面又是为我送行。

那天我们一共来了六七个战友，现在他们在这个街面上都混得不错，都是有头有脸的人物了。我这一年几乎没怎么回家，有时就算回家也是来去匆匆，不跟他们打招呼。因此，这帮家伙都挺生我的气，酒席刚一开始他们就对我发起了猛烈的进攻，我当然不能在他们面前装孙子，也得拿出点儿男子汉的豪气和豪爽来。所以，我是来者不拒，谁提酒我都干杯，唰唰唰唰，不一会儿工夫三瓶子白酒已经干进去了。这帮小子一个个都让我给喝傻眼了，他们也怕我喝多了，这大冷天再整出别的事就不好了，于是就放弃了进攻，由白酒改喝啤酒，而且重新制定了酒桌上的政策，能喝多少就喝多少，这回谁也不兴再拼酒了。本来喝白酒我就不怕他们，现在改喝啤酒再加上有了这个政策，我就更不怕他们把我撂倒了。于是，酒桌上的情绪就轻松多了。我们一边喝酒一边回忆着在部队时的一些有趣的事情，我们都感慨说，现在我们已经到了回忆的年龄了，这说明我们已经老了，我们的青春已经逝去了。说着说着，每个人的话语里就都含了一种沧桑的味道。后来，我们就开始唱卡拉OK，什么《咱当兵的人》《我是一个兵》《真是乐死人》《蓝蓝的天上白云飘》等等老歌，这些旋律好听的老歌让我们给唱得南腔北调一塌糊涂。正当我们沉浸在感情的海洋里，忘情于曾伴随着我们青春的那些个老歌的旋律里不能自拔的时候，忽然听见外面的大厅里传来了一阵撕心裂肺的号叫声："不好了，杀人了！出人命了，赶快给110打电话，杀人了！出人命了——"

我们这些人都是当过兵的出身，虽然没有在战场上跟敌人真刀真枪地干过，但毕竟都曾是热血男儿，都有着一腔的豪情啊。现在再加上酒精的烧灼，一听说外面杀人了，一个个便都跑了出去，都想把那凶手抓住，在人到老年时再建点儿功立点儿业辉煌一把。但是，等我们从包房跑出去的时候，那个杀人凶手早已经跑没影了。只见在大厅里面的一张饭桌的四周围着不少人，有的人正在用手机给110打电话。我走到那人群旁边往里一看，只见饭桌旁的一张椅子上歪坐着一个四十余岁的男人，他的喉咙被人给割断了，血沫子正从那刀口处汩汩地往外冒着，地上、桌子上、椅子上到处都是血，他的面色如纸，头发蓬乱，看样子已经死了。我忽然觉得这张肮脏的面孔有些眼熟，但是一时又想不起在哪里曾跟这个人见过面。于是我就问我旁边的一个人："这个被杀的人是谁呀？"

那个人看了我一眼，说："黄三儿。这个地面上有名的黑社会头子黄三儿，怎么你连他都不认识啊？"

我猛然惊叫道："你说的这个黄三儿是不是叫黄福义呀？"

那人说："对呀，是叫黄福义。不过在咱们这地面上没人叫他的大号，都叫他黄三儿。这些年这小子就不是好作，咋样，终于让仇家给灭了吧！"那个人一边给我介绍着黄福义的情况一边感慨着说。

那一刻，我也不知道自己怎么了，心里边竟有些惊悚得不行。这个黄三儿就是我们戏园子胡同黄瓜种的三儿子，黄瓜种上吊自杀了，他的儿子如今又是这个下场，这一家人家最后的结局怎么竟然是这个样子呢？我清楚地记得我们小时候的一些事情，有一次他欺侮江山的妹妹江萍，我帮江萍打抱不平，用砖头把他哥哥的脑袋给开了。当年他们老黄家的哥儿仨在我们戏园子胡同就是一霸，只有我这样虎拉巴叽的浑小子才敢跟他们哥们儿叫板，跟他们哥们儿抗衡。但是，自从他们的父亲自杀之后，这哥儿仨就都销声匿迹，不那么张狂了。后来我也听说过黄瓜种家的老三是黑社会的头头儿，但从没跟他接触过。没想到在这个寒冷的冬天，一个偶然的盛宴之中，他被他的仇家用这种残忍的方式割断了喉咙，死于非命。这难道是他的必然的命运吗？

就在我站在围观的人群中感慨着命运的无常，回忆着过去的一些事情时，忽然一阵刺耳的警车尖叫声由远及近然后在饭店的门外响了起来，紧接着，一帮警察裹挟着一股股冰凉的冷风从外边冲了进来。围观的人们赶忙给他们闪开了一条通道，这帮警察又是照相又是勘查现场，后来，黄三儿就被抬走了。经过饭店老板的指认，那几个跟黄三儿在一个桌上吃饭的家伙也都被警察带走了。

我们战友的这次聚会本来大家都挺高兴的，但是，由于饭店里这突发的杀人事件，使得我们这充满了欢乐气氛的聚会蒙上了一层血腥气，想再回到我们的包房重新想找回刚才那种欢乐气氛，已经不可能了。虽然我们一个个都强作欢颜，但是总有一层血腥的阴影在我们饭桌上笼罩着，我们不得不草草收场，一次挺有意思的战友聚会就这样被黄三儿的死亡给搅和了。

我想这恐怕是黄三儿那不安分的魂灵在有意跟我整事吧？这小子从小就跟我不对付。我不知道为什么，我们戏园子胡同几个人的死都让我赶上了。还是在我小的时候，我们院的老王头儿上吊自杀就让我看见了，那天晚上我上戏园子去看戏，散戏后，我一个人站在我们家的大门洞子外不敢进院，是老王头儿的儿子——那个被我称作王爷爷的男人把我给领进院里，让我妈给我开门，我才得以进屋的。后米我长大了，参加工作后上农村去抓基本路线教育，意外地遇见了高大眼珠子，正当我要跟他重温旧谊寻找儿时的乐趣时，他却突然上吊自杀了。还有那个被枪毙的梁林福，虽然我没有看见他的死，但是我看见了他在临死之前的那种末日的猖狂。现在这个黄三儿的死又让我赶上了，而且他还搅了我的饭局，真让我感到晦气。

黄三儿死的那天晚上我做了许多乱七八糟的梦，我梦见了疯疯癫癫的江萍，她在梦中抱着我，非让我跟她干那种事，我不干她就跟我哭，我怎么也摆脱不了她对我的纠缠。后来，我又梦见了高大眼珠子，还梦见了死鬼梁林福，梁林福放了一个屁，他说他那是金屁非让我闻，我不闻他就要搂我，后来我不知道我是怎么跑掉的。但是，在我跑的时候他们都跟在我的身后追赶我，这个的影幻刚刚被我摆脱掉，那个影幻随之又出现了，他们一个个如影随形般出现在我的梦幻之中。他们折磨得我大汗淋漓，气喘吁吁，恐怖万分，我醒来的时候，已经是天光大亮了，那些个逼真的梦幻在早晨那乌涂涂的晨光的照射下忽然都显得朦胧起来，我竟然想不起那些逼真的梦境到底都是什么内容了。

吃罢早饭之后，我告辞了父母回了省城。

第四十章
风雪迷茫化废墟

　　我从我父母家的小院里走出来，走在我们老戏园子胡同的时候，我才感觉出原来外面已经下雪了。怪不得刚一起床时我感觉早晨的阳光乌涂涂的呢。雪下得不是很大，但是，在强劲的西北风的吹打下在整个天地间形成了一种迷茫混沌的状态。我知道这就是我们北方的冬天，只有走在这迷茫混沌的风雪中，你才能感觉出北方冬天的那种冰冷强悍的味道。

　　我刚走出不远，还没等走到老戏园子跟前，就发现老戏园子前边那儿围了很多人，我不知道这冷清了多年已经快要倒塌的老戏园子何以又热闹起来。我怀着一种莫名的好奇心走了过去，到跟前一看，原来是一个房地产开发商正在准备用炸药把这个老戏园子给炸掉。开发商是一个肥胖的中年人，我好像认识他，他过去是城建局的一个普通的工作人员，那时他还没有这么胖，是一个瘦得跟豆芽菜似的机关干部。我记得他好像是在房地产开发热的1987年左右下海经商的，我们县的第一幢商品住宅楼就是他开发的。那时，他见谁都点头哈腰地微笑，给人的印象极其谦卑。可是我这才几年没见他，他就跟气吹的似的，竟然胖成了这样，而且见人也不点头哈腰了，一副财大气粗不可一世的样子了。现在，他站在一辆高级小轿车的前头，正一脸严肃地指挥着一帮戴着黄色硬壳安全帽的工人紧张地安放炸药，虽然我就站在他的身边他也没有认出我来，也许是认出我了却不屑跟我说话也未可知。我站在人堆里瞅着站在我旁边的一个人说：“这是要干啥呀？”

那人指着老戏园子说：“要把它崩掉重新翻盖。”

“还盖戏园子吗？”我朝那人问道。

“这年头谁那么傻还盖戏园子？缺心眼儿啊？你没看咱县那现成的大戏园子把座席都拆了改舞厅了吗？这年头谁还看戏呀？”

他说的那个现成的戏园子指的是我们县后来兴建的那个大剧场，那个剧场曾是我们县的标志性建筑，是一个综合性的娱乐场所，不但可以演戏、放电影、放录像，而且还可以搞一些大型的庆典活动。非常可惜呀，自从改革开放之后，一些自称是改革家的家伙走马灯似的去承包那个剧场，一个好端端的剧场被他们承包之后，给造得满目疮痍、惨不忍睹，剧场的经济形势也一天不如一天，这些家伙也不懂得怎样经营剧场啊，盲目地认为演剧不挣钱，就把那个大楼胡乱地给切割成许多部分，然后再转租，不少承包户先后在那里开过澡堂子、办过饭店餐馆，开过游艺厅，甚至还在剧场的票房子开过洗头房。剧场里边的座席不但都被那些家伙给拆掉变卖了，连舞台都给拆了。后来的那个承包剧场的所谓老板一看不赚钱，不但承包费没有交上来，还把转租的房屋钱都给卷走了，剧场的职工已经好几年都开不出支来了。

“既然这个老戏园子不盖剧场，那炸掉后修建什么呀？”我看着我旁边的那个人问道。

那个人好像是三年早知道似的，非常热心地告诉我说：“这个老戏园子炸掉之后将要在这里修建全省最豪华的公寓楼，是一幢三十八层带电梯的公寓楼，全省县级城市只有咱们这儿有这么高的楼。"

我这才明白，原来是在这里兴建一幢公寓楼啊。可是，我们这个小县城就这个大个地方，就这么十来万人口，修建这么大的一幢楼谁来住呀？

我刚把我的这个意思跟我旁边的那个人说出来，那个人就撇着嘴不屑地说道："这就不用你操心了。据说，还没等盖呢，房子就已经卖得差不多了，住在这个公寓里的大多是有头有脸的人物，要不，县里能这么便宜就把老戏园子这么好的位置贱不喽嗖地卖给于胖子让他搞开发吗？"

正在我跟这个人聊得挺热乎的时候，忽然有一个挺着大肚子的女人在我身后扒拉了我一下，说："哎，这不是司马霖吗？你怎么在这儿看热闹呢？"

我回头一看，不禁惊讶了一下，原来是梁林环。我这又是好几年没有看见她了，她的变化可真大，比我上一次见她时明显地见老了。她的肚子鼓得老高，看样子能有七八个月的身孕了。由于怀孕，脸上满布了一块一块的暗褐色的妊娠斑，原来那婀娜的腰肢也变得像油桶般粗壮了。虽然头发烫成了黄色卷曲的样式，但仍改变不了那种因年龄而老化的焦干状。她笑嘻嘻地看着我说："你什么时候回来的呀？"

我也打量着她说："我回来好几天了。"

"听说你家我大叔病了，咋样啊？"她关心地问道。

"我就是因为我爸的病才回来的，不要紧的，就是常见的老年病。"我给她解释着说。

她看我手里拎着旅行包，就问道："咋的，你这是要回去呀？"

"啊，我那边还有不少事呢，我不能总在家里这么待着呀！"我又看了看她那高耸的肚子，说，"怎么，你怀孕了？"

她有些羞涩地说："嗯，已经八个多月了。我这次回来就是来生产来了。"

"你都这么大岁数了，怀孕有危险哪。"我看着她说。

她神色有些黯然，说："我也知道，可是，如果我不生个孩子，将来指靠谁呀？再说了，我先生在香港那边是有太太的，他也想让我生下这个孩子，也算是对我的一种负责和补偿吧。就是害怕他的太太上深圳闹，所以他才陪我回娘家来生产的。"

"啊，你先生也跟你一起回来了？"

"嗯。跟我一起回来了。"梁林环有些不好意思地说。

我们正说着话，一个能有七十多岁的老者来到了我们身边，拽了一下梁林环，用很浓重的广东话说："环子，我们走吧，这有什么好看的，一会儿爆炸再把肚子里的孩子给吓着。"

梁林环看了那老头儿一眼，脸色忽地一下红了，她看了看我，又看了看那老头儿，吭哧了一下，然后指着那老头儿给我介绍说："司马霖，这就是我家先生。"接着又指着我给那老头儿介绍说："这是我的老邻居司马霖先生，现在是省里有名的大作家，他父亲有病回家探病来了。"

那老头儿认真地听梁林环介绍完之后，就客气地朝我伸出手来，操着极浓的广东口音说："幸会幸会，很高兴认识你呀。"

我也敷衍着说："彼此彼此，幸会幸会。"趁此机会，我又仔细打量了那老头儿一眼。这老头儿实在是太老了，在我的感觉里甚至比梁林环的父亲岁数还要大、还要老，我不知道为什么梁林环要找这么一个老头儿，我更不明白这么老的一个老头儿怎么还能让梁林环怀上孕？

正在我跟那老头儿敷衍着说着闲话的时候，围观的人群忽然骚动起来，紧接着，就有好几个戴着黄色硬壳帽的工作人员拿着无线大喇叭叫喊着说："围观的群众赶快闪开，赶快闪开，爆炸就要开始了，爆炸就要开始了！"

他这么一喊，人群就跟炸了窝似的，四散而去。梁林环跟那个老头儿也顾不得跟我说声告别的话，两个人惊悚得跌跌撞撞地随着那四散的人群跑没影了。我也随着那些人躲进了戏园子对面的学校里去。这个老戏园子对于我的生命存在来说实在太重要了，现在它马上就要变成一堆瓦砾变成一片废墟，若干年后当我再路过这里的时候，再也不会看到这个有着铁皮屋顶、拱形圆门的戏园子了，取而代之的将是这个县城的一批新贵居住的高级公寓楼了。我的童年的梦幻、我的生命的流逝将随着一会儿的这声巨响永远地不复存在了。所以，我不能走，我要在这个老戏园子的废墟上凭吊一番，我凭吊的不单单是这个已经变成了废墟的戏园子，更是我那逝去的童年、逝去的青春，我那曾经鲜活过的生命存在。

风雪似乎更强烈了，也更加肆虐了，在凛冽的风声和飘飞的雪花里忽然响起了几声惊天动地般的巨响。一股巨大的黄色的烟雾随之升腾起来，在漫天飘飞的雪花间给人一种恐怖的感觉，就好像原子弹爆炸，好像一场毁灭人类的战争已经爆发了似的。

在那升腾的烟雾中，我恍惚听见了一声声凄厉的哭唱，有男的也有女的，他们唱的是《女起解》，唱的是《打龙袍》，还有《孟姜女哭长城》和《探阴山》，就像鬼魂们的大合唱一样，我的身上骤然间起了一层鸡皮疙瘩。我不知道为什么会有这种幻听出现，而且我还不由自主地随那些号哭也跟着那些魂灵唱了起来：

又只见：大鬼卒、小鬼判、牛头马面，
　　押定了去世的亡魂项戴铁链，

悲惨惨，阴风绕，遍体冷，我心胆皆寒。

站立在望乡台用目观看，

下阴曹，游七殿，一殿一殿哪得安然；

观东方一阵明一阵发暗，

那就是受罪处名叫阴山……

一时间我泪流满面，一条长长的清鼻涕伴随着我的泪水一下子把我那正在哭唱的嘴给封住了。

这时，我的嘴已经被冻麻了。

第四十一章
在郭尔罗斯火车站

我就像一个喝醉了酒的醉汉，我所有的意识都处在一片混沌之中。我甚至不知道我是怎么离开老戏园子那片废墟的，也不知道我是怎么来到郭尔罗斯火车站那宽敞的候车大厅的。我随着那些蚂蚁般蠕动的人流在卖票口买完票，就迷迷糊糊地来到了车站的门口，我看见有一帮人正在围着一个肮脏不堪的老女人，不知道在干什么。于是我就走了过去，到跟前一看，原来是一个算卦看手相的老女人正在给那些人看手相。一个年轻的小女孩儿很认真地把她的那只嫩手伸到那老女人面前让她给看。那老女人装模作样地抓着那女孩儿如同嫩藕般的小手左看右看，然后一脸严肃地说道："你呀，最近在感情上可能遇到了一点儿波折。"

那个女孩儿用她那好看的眼睛充满希望地看着那个老女人说道："没有呀，他对我挺好呀，我们俩没什么波折呀。"

那老女人不屑地撇了一下嘴，说道："别看现在对你挺好，过不了几天他就会跟你闹别扭的。"

那个女孩儿想了想说："他现在有时也跟我闹别扭，但是，是那种非常好、非常有意思的别扭。"

"别扭还有非常好、非常有意思的吗？"那老女人一本正经地说，"你们俩的这个别扭啊，很快就要闹大发的你知道不？你们的关系很可能要出现冰冻严霜期了。"

"如果这样，那你看我们俩有没有恢复的可能呢？"那小女孩儿满怀希冀地瞅着那个老女人问道。

那老女人又装模作样地抓起那女孩儿的嫩手，一边看一边假装一本正经地思谋着说："这可就不好说了，从你的手相上看，那个男的除了你之外，很可能还有两个女的在追她，你们谁能得到他，那就要看你们的缘分了。"

女孩儿听了那个老女人的话后，脸上明显地流露出失望的神色，她从兜里掏出两块钱递给那老女人后，自言自语地说道："我没听说还有别的女孩儿追他呀。"

那老女人显然听见了女孩儿的自语，就接着她的话茬儿撇着嘴说："这种事他能让你听说吗？现在这男人有几个是那么老实的？丫头，别太认真了，你这么年轻、这么漂亮，也不要就在他那一棵树上吊死，你不会也同时找几个男朋友跟他们玩吗？你要真是这样，说不定你的那个男朋友还真能在乎你呢。"

那个女孩儿听完了老女人的这番话后若有所思地点了点头，然后就有些忧郁、有些失落地从人堆里退出去了。那个老女人得意地抬起头来看着围观她的那些人说："谁还看相？花钱不多，就可以知道自己的未来是怎么回事。"

就在她抬头吆喝生意的那一瞬间，我忽然发现这个老女人怎么这么面熟呢，我肯定曾在什么地方见过她。可是，一时我又想不起来曾在什么地方见过她了。忽然间我就对她产生了浓厚的兴趣，我就又往她跟前凑了凑，在仔细地打量着她的同时，脑瓜子急遽地转悠着回忆着我曾在什么地方跟她打过交道。忽然间，我这生锈的记忆像抹了润滑油似的，一下子开启起来，在非常遥远的记忆深处忽然冒出一个人来，这个人就是她，就是眼前的这个老女人，她就是高大眼珠子的妹妹高丫。当年我在农村抓基本路线教育时曾跟她打过交道，那时，她在我所包的村子跳大神儿被我们工作队给抓住了。我怎么也没有想到，经过这么多年光阴的磨砺，她竟然变得这么丑陋、这么下作了。现在的她绝对已经是一个老太婆了，她满脸皱纹，脸色黢黑，松弛的眼皮往下耷拉着，双眼满布了生活的锈色，头发几乎完全花白了，而且稀疏零乱，她上身穿着一件好像是男人的服装，坐在地上把一条灰裤子弄得肮脏不堪，小时候她的牙就往外鼓，是那种被人称作龅牙的那种牙齿，现在鼓得就更厉害了，前面的几颗门牙几乎完全凸出嘴唇的外面了，给人一种獠牙锯齿的凶恶恐怖感觉。她坐在那里毫无羞耻地招揽着骗人的生意。那一刻，我那因老戏园子被爆炸而引起的混沌的状态已经在一点儿一点儿消失，高丫的突然出现使得我那朦胧的意识已经清醒起来，我真想上前让她给我看看手相，看她还能不能认出我来。但是，我想了一下还是控制住了这个荒唐的想法，我太了解高丫这个人了，她说话从来都不管不顾，在这么多人面前她再一口一个狗剩子地叫我，再表现出别的情绪来，那我可就光腚拉磨砢碜一圈儿了。所以，我冷着眼睛站在人堆的外面看她还怎么去蒙骗人，虽然她不断地吆喝、不断炫耀着自己算卦看相的本事如何如何，但是，并没有谁上前去让她给看手相，也可能她那肮脏的模样也太让人望而生畏了吧？

正在她吆喝来劲的时候，冷不防突然从车站的一个办公室里走出来两个穿着警察服装的壮小伙子，他们从办公室出来后直接就奔正在招揽生意的高丫来了。当时高丫鼓着大龅牙正在得意忘形地朝着那些围观她的人们招揽生意，根本没有注意警察已经到她的身边来了。

那两个警察闯进人堆也不问三七二十一，走上前去一把就把高丫给薅了起来，然后就像拎小鸡般拽着她朝警察办公的地方走去了。那一瞬间，高丫先是愣了片刻，然后便杀猪般地号叫起来，她那丑恶的形象和嗷嗷的叫喊引得那些围观的旅客都哈哈大笑起来。

那一刻我有些心痛，我有心上前去亮明自己的身份给高丫解解围，但是，我突然又打消了这个念头，我还是别没事找事了。就在这时，一列火车轰轰隆隆地开进站来了，刹那间火车站就像炸了营似的，人们都像没头的苍蝇般可哪儿乱撞，一下子都挤到了检票口胡乱拥挤起来。我就像漂浮在汪洋大海里的一棵无根的草叶，随着汹涌的人潮也被挤向了检票口。

由于这是中途上车，火车在始发站就已经坐满了旅客，现在在郭尔罗斯的这个小站上车根本就没有座位。我站在列车的过道中间被来来往往的乘客拥挤着、推搡着，一时间意识又朦胧起来。就在火车一声长鸣轰隆隆刚要驶出郭尔罗斯火车站的那一刻，忽然我看见有一个极像高丫的老女人疯狂地朝火车头的方向迅疾跑去，几个警察和车站服务员模样的人在她的身后拼命地追赶，此时，火车已经一点儿一点儿地在加速了，很快就掠过车站和那些惊恐的人群驶向广阔的原野上去了。

第二天，我是在省城的一张晚报上看见一个女人在郭尔罗斯火车站卧轨自杀的消息的。但是，我不知道那个女人是不是高丫，晚报上没有写那个女人的名字，而且高丫的大名叫什么我也早已忘记了。

第四十二章
在新世纪的门口

回到省城的那天晚上，我照例给父母打了一个报平安的电话，其实也没有什么事，就是告诉他们我已经平安地到家了，别让他们惦念了。就在我要撂下电话的时候，母亲忽然在电话里说："梁林环生了个小丫头。"当时我有些懵懂，我在电话里又问了一句："妈，你说啥？"

"我说梁林环生了个小丫头。"母亲又重复了一句。

我今天早晨从父母家里出来时在老戏园子门前碰见她，她还说她只有八个多月的身孕，这怎么说生就生了？于是，我就又随口问道："我早晨从家出来时，在戏园子门口还看见她了呢，她什么时候生的啊？"

"下午。就是今天下午，是在咱们县医院生的。她那个香港老头儿听说她生了个丫头蛋子，转身就走了。听环子她娘说，那老头儿以为环子能给他生个小子呢，这一听说生的是个小姑娘蛋儿，脸子当时就撂下了。听环子她娘说，连住院的医疗费都没给结就走了。听说直接回香港了。"母亲嘟咕嘟咕一口气说了这么多，然后又嘱咐了我几句，就把电话撂了。

撂下电话后，我呆呆地站在那里，大脑一片空白，不知自己都想了些什么。现在梁林环想生个儿子去赌受那香港老头儿家产的梦想终于破灭了。上午我在离开我们的那个小县城之前，在老戏园子即将要爆破的时候，我还看见她了呢，她挺着凸起的大肚子，在冷瑟的寒风中洋溢着一种满足的幸福，不厌其烦地为我介绍着她跟那个香港老头儿。现在那老头儿听说她生了个姑娘，转身就走，连一点儿留恋和安慰都没有，由此可见，这个世界该是多么的冷酷了。

那些日子，我几乎很少回家，一直在《走进新世纪》大型纪实文艺晚会的剧组忙碌。除了上外市县去采访，再就是在饭店的房间里忙乎着撰稿的事宜。但不知道为什么，我再没有看见周德华的身影，不知道是她离开了这里，又上别的一个什么地方去开辟了新的战场，还是她那买卖干出事了，让公安给抓进了局子？我不知道该上什么地方去打探她的行踪。我想把梁林环跟那香港老头儿的事告诉给她，可是，在这个高档的饭店里，怎么找我也没有找到她。为了找她，我曾找到饭店的老板去打探她的消息，可是，那老板冷着脸子，对我说他根本就不认识什么周德华。他说，在他这饭店住过的人多了去了，他不可能谁都认识。我知道他这是托词，他肯定跟周德华认识的，只不过他不想承认罢了。由此我也可以推断出，周德华十有八九是出事了，如若不然，那个老板不会那么冰冷地就把我打发了，我估计他也害怕被周德华的事给挂拉上。后来我也懒得再找了，在忙忙碌碌的工作中竟然渐渐把她给淡忘了。

但是我没有忘记回家在我的书架的某个角落去翻找一本陈年的没有写字的日记本，那还是在我年轻的时候一个叫钟蔷的女孩子送给我的，当时我竟然把它当成了一种定情物。现在想起来真是有些可笑。我以为经过这么多年的搬迁、这么多年的颠沛流离，我不会再找到这个日记本了呢。可是，我没费多大的气力就把它给找到了。在二十世纪最后一年的11月30日的上午，我用一张包书用的牛皮纸把它包好，然后上我们单位附近的一家邮局把它寄给了它最原初的主人。寄走之后，我长吁了一口气，就好像多年的一笔陈年旧账终于被我给了结了似的。

我们的剧组在十二月的中旬就停机开始后期的制作了，因为要赶在12月31日晚上播出，因此必须得抓紧时间进行后期制作，然后还要请台里以及相关单位的领导审查。节目拍摄完了基本就没有我这个撰稿的什么大事了，有一些需要修改的词句我随时就给他们改了。这样，我们剧组就得从饭店撤出来了。我对这个饭店有些恋恋不舍。这不仅仅因为它的条件比较好、住着比较舒适，更让我对它留恋的原因是我曾在这里遇见了周德华，她的出现让我勾起了对于往事的好多好多的美好的回想。当我再想在这个饭店找到她的时候，她却像一阵清风一缕空气那样在这个饭店里神秘地消失了，蒸发了，不知道消失到什么地方去了。

我们是12月8日从饭店搬出来的，搬出来的那天，正好赶上有一对结婚的新人在这里举办婚礼。当时，我们剧组的一些人像是从战场上溃逃下来的逃兵似的，一个个背着包、拿着一些有用的材料从饭店那金碧辉煌的玻璃门里走了出来。这时候，正好赶上接亲的喜车在饭店门外那高大的台阶前停下来，我注意到，一共能有二三十辆高级轿车在饭店的门前一字排开，走在最前边的那辆肯定是新娘子坐的喜车，那是一辆加长的林肯巡洋舰，喜车上装饰的花朵都是用鲜艳的玫瑰花编织排列组合而成的，但是由于天太冷，那些鲜花都已经被冻成了梆硬的蜡状的花朵了。有一层白色的浮霜在蜡状的花朵上点染着一种欢乐的凄寒。在饭店的台阶上有一伙土不土洋不洋的鼓乐班子，在喜车到达之后便开始吹打起来，他们营造出来的声音给这寒冷的冬天平添了许多喜庆之色。我看见，那辆林肯车的车门慢慢打开了，一个胸前戴着鲜花的矮个子男人首先下车拉开了前面的车门，他拉开车门之后，就搀扶着一个身穿婚纱的小女人走下了林肯轿车。那个矮个子男人显然就是新郎官了，当他搀扶着新娘子从林肯轿车里走出来的时候，我不由惊讶得大张了嘴巴"哦"了一声，这新娘子不是别人，正是我从前的情人梅子呀。那一刻我的心乱了。一年前，我曾在春湖宾馆的那幢欧式建筑里见过她，那时候她已经改名叫和田梅子了。我记得她曾跟我说过，只要是故事就总得有个结尾，她说我们故事已经结束了。但是我没有想到，在这个世纪行将结束的时候，我竟然在这里又遇上了她，而且还遇上了她的婚礼，我不明白，她怎么上这饭店结婚来了呢？就在那个矮个子男人搀扶着她被数个闪光灯和摄像机对准着呈现出幸福状的微笑的时候，我赶忙扭转眼光，离开了那个欢乐的人群，急匆匆走向了寒冷的街道。我的心有些发酸，我不知道这是为什么，我明明知道这个女人并不属于我，为什么在目睹了自己曾经心爱过的女人走向新的生活，自己还要这样难受呢？我觉得我是个魔鬼，我阴暗的心灵如果在这个世界上得不到惩罚，将来在另一个世界里也要受到诅咒的。

那天中午，我一个人在一家肮脏的小餐馆里喝了个稀里糊涂。当我晃了晃荡从那小餐馆出来的时候，已经是暮鸦归巢、黄昏将至了。灰蒙蒙的天色呈现着要下雪的态势。正是下班的时候，大街上涌满了蚂蚁般的人流和车流，躁动不安的城市在一天行将结束的时候，就是以这种混乱无序的状态走进黑暗的。我不知道我应该上哪儿去，在冰雪覆盖的马路上我看见马路两旁的建筑都在向我歪斜倾塌，我吓得不知道该往什么地方躲，就抱住了马路牙子旁的一棵干巴巴的枯树，然后哇哇大吐起来，恶臭腥膻的呕吐物令那些过往的行人都极其厌恶地捂起了鼻子。

　　第二天我才知道，是一个好心的警察把我送回家的。我想找到那个送我回家的好心警察好好感谢他一番，却不知道该上哪里去找，我就上了单位。我都好长时间没有上单位来了，刚走到单位门口，门卫老头儿就叫我说："哎哎，司老师，有你一个邮包。"我走到了门卫的窗口，从老头儿手里接过了那个邮包。邮包是用牛皮纸包的，好像是一本书。我把那牛皮纸撕开，一看，原来是那个烫金布面的日记本。我打开了日记本的封面，在扉页上出现了一首用钢笔写的诗：

并蒂莲花根连根，

比翼双鸟心连心；

花经风雨更鲜艳，

鸟击长空搏风云。

　　这是我当年的笔迹，下边的落款时间是1968年4月14日。刹那间，一段尘封的历史忽然在走进新世纪的门槛时被启封开了。我想起来了，这本日记本当年是我用平生第一次劳动赚来的钱买的，我已经把它送给了我自认为这辈子最值得我爱的那个女孩儿了。可是，现在她又把它给我寄了回来。当然，是我先把她的那本寄给她的，她这是在报复我吧？我拿着这本我人生最原初的爱的信物一时间感慨万端，心情万分复杂。后来，我就把这本日记本扔进了我们单位外面的一个垃圾箱里了。现在我写什么都用电脑，这个日记本对于我已经没有什么意义了。

　　当天晚上，我在家无所事事地打开电视，用遥控器把电视挪到本省的卫视频道上，因为《走进新世纪》今晚将在省台的这个频道播出，我想看看效果如何。此时，正是本省新闻联播节目。只见一个穿着西服的男子正对着记者侃侃而谈说着什么。我忽然发现，这个男人怎么这么眼熟呢？再仔细一瞅，天哪，这不是我小时候的朋友江山吗？

这时画面切到电视台的女主持人身上，女主持人用抑扬顿挫的声调说："松江市常务副市长江山同志跟我们的记者介绍说，在新世纪即将到来的时候，松江市将加大对于社会主义新农村的建设，加大在农业机械化、农业产业化、农业科学化等方面的投入力度，下大气力提高农民的收入……"

女主持人下面说的什么，我一句都没听清，我的满脑子都是江山的影子。这一晃，我又是十几年没有看见他了。他现在已经是我家乡的那个市——松江市的常务副市长了。从电视上看，他的变化似乎不大。跟我十几年前上永平去看他时差不多少，只是比那时候显得更成熟，也更有魅力了。

在新世纪的元旦那天，我又回到了我的老家，回到了那个生我养我的小县城。小县城也跟我们的省城一样，也在欢欣鼓舞着走进新世纪，大街上挂满了大红灯笼和各种颜色的纸糊的小旗，这些花花绿绿的装饰物在风雪迷茫的寒冬里营造着喜庆的氛围。我在走进父母的小院的时候，已经是暮色苍茫的傍晚了，我忽然看见上屋王爷爷家的门外边挂着一些灵幡，在冰冷的风雪中那些灵幡呼呼嗒嗒地似乎在倾诉着什么。我有些奇怪，老王家这是谁死了呢？正当我站在门口奇怪地注视着那飘动在风雪中的灵幡的时候，我们家的院门忽然开了，母亲从屋子里走出来，在朦胧的暮色天光中一下子就看见了我，惊讶中带着惊喜的口吻说："狗剩儿？你这是啥时候回来的？"

我说："我这不刚到家吗？"

"站那儿看啥呢？"母亲奇怪地问。

"老王家谁死了？"我瞅着那被冷风吹动的灵幡向母亲问道。

"老王头儿。"母亲淡淡地说。

"是委主任老王太太他那个老伴儿吗？"

"不是他是谁？"

"他好像还不到七十岁吧？"

"七十多了。"母亲说，"赶快进屋吧。"

"他是怎么死的？"我问母亲道。

"上吊。上吊死的。"

我的身子猛然一悚。"上吊死的？我记得他老爹也是上吊死的啊？"我看着母亲说道。

"嗯。"母亲点头应道，"他们上屋可能是太邪了吧？听说当年住在池贵大院的那个老地主，也就是迟贵他爹，就是在那间屋子里吊死的。"

在昏暗的暮色天光中，我的身子忽然就起了一层鸡皮疙瘩。不知为什么，突然间在我的耳边响起了一个孩子的稚嫩恐惧的哭声，我知道那是我的哭声。许多年前的一个燥热的午后，也是在那个屋子里，有一个老头儿上吊自杀了，那个老头儿就是现在自杀的这个老头儿的父亲。我记得那天晚上我上戏园子去看戏，是一出名字叫作《女吊》的鬼戏。演出结束之后，我一个人站在大门洞子外面不敢进院，就是现在上吊的、这个被我称作王爷爷的老王头儿把我领进了院子，叫开了我家的门，我才得以回家的。就在这一瞬间，我耳边那稚嫩恐惧的哭声愈发大了起来。我不知道这哭声是从什么地方飘来的，也不知道为什么我的耳边会出现这种莫名其妙的哭声，更不知道这哭声要把我导引到什么地方去，但是，我似乎知道，那一定是一个不可知的所在，是人类生命的永恒的寄存处。在那恐惧稚嫩的哭声里，忽然，我觉得自己的鼻子一酸，眼泪竟然流了出来。在那一瞬间，我忽然悟到，我已经没有办法再把现在的自己融进那个童稚恐惧的哭声里去了，我已经不可能再走回从前，我的前面正有一个巨大的阴影在笼罩着我，逼着我不得不一步步向着那个不能回头的地方走去。一时间，我泪如雨下。

此时，小县城那迎接新世纪的鞭炮声已经在黑色的暴风雪中炸响开来了……

后　记

对于我来说，这无疑是我创作生涯中的一部重要的作品。

打算写这样的一本书的想法，始于1998年。那时候我还在朝阳桥那边一个破烂的小区里住。那是我搬到长春买的第一幢房子。是一楼。由于开发商在盖房子时，隔潮的基础做得不好，因此屋里常年都非常潮湿。那个房子只有九十平方米，两室一厅，除了睡觉的两个房间，隔不出书房来，我只能把一进门的客厅充作书房，来搁置我的那些藏书。后来我发现放在书橱下面柜子里的书都长毛了。由此可见，那个房子该有多么的阴潮了。我就是在那个房子里开始了我的这个长篇小说的写作的。

我的本意是想写跟我们这个国家同时成长的一代人的命运。我们这代人从五十年代初出生，跟着新中国一路跌跌撞撞地成长。当我们满脸沧桑地站在新世纪的门口回望我们一路走来的途路时，我们才发现，我们已经在不经意间走进了历史迷局里不能自拔了。

1998年，我还在省民间艺术团当职业编剧。我们团不是财政全额拨款单位，只能按着工资的百分之六十来开，余下的百分之四十，得到年底看看能不能赚回来，能赚回来，团里就把那百分之四十补发回来，不能赚回来，那就得自己承担了。所以，那时我一个月的工资只能开八九百块钱。为了养家糊口，我除了完成团里给我的那些创作任务外，还必须得在文化市场上找一些我能干的活计，才能把日子过下去。因此，那时候只要有人找我写东西，我几乎是来者不拒。无论是电视台的晚会撰稿，还是音像公司的磁带光碟；无论是行业晚会的小品演唱，还是文化公司的影视剧本，反正逮着什么写什么。我正是在写那些乱七八糟的各种样式的作品间隙中，带带拉拉地写完了这部小说。从1998年的三月一直写到2001年的十一月，几乎用了三年时间，总算把初稿写完了。由于我那时整天忙于写稿赚钱，养家糊口，因此，这个小说写完后就撂下了，几乎再没正眼看过。就这样一直放到2005年的春天，那时我家已经从朝阳桥那间阴湿的破房子搬到了东岭南街。彼时我正给省电视台的某频道策划创作大型栏目剧《北方故事》，根本就没有时间顾及小说的创作。某天中午，跟朋友吃饭，席间认识了一个在出版社当编辑的朋友，他就问我："马老师，你有没有长篇小说稿之类的东西，若有，我能帮你出版。"他这么一问，我一下子就想起了我的这个已经在电脑里放了四五年的长篇，于是我就跟他说："我还真有一部长篇稿件，抽时间你帮着给看看呗。"于是，吃完饭回家我就赶忙从电脑里找出了这部长篇小说，从头到尾粗略地捋了一遍，然后发给了那个朋友。几天之后那朋友打电话说："小说写得还不错，你看能不能改个名字？现在这名字不行。"我就说："只要能出版，改啥名都行啊。"但后来那边就没动静了，我又忙着别的乱事，也没有再催问，这事就这么撂下了。

因为在此之前我已经出过几本小说了，深知当下出版市场的艰难和出版家们的不易。所以，我之前出版的那几本书在选材上基本上都是在图书市场上好卖的那类题材，像什么《人在江湖》呀，《谁玩谁》呀，《逃亡日记》什么的。我知道像我现在写的这种相对来说比较严肃的出版物，如果不是出自有市场号召力的名家之手，是很难有市场的。而出版社又是一个比较特殊的文化企业，赔钱赚吆喝的事基本上是不会去做的。所以，这本书我就撂下了。心想，等有机会再说吧。

退休之后，团里不再给我创作任务了，事也就不像以前那么烦琐、那么多了，我也想静下心来写一点儿自己喜欢的东西。但自己再喜欢如果没有市场也是白费劲。因此，大约是去年的冬天吧，我构思了一个系列作品，第一部是《我混官场那些年》，第二部是《我混黑道那些年》，第三部是《我混商场那些年》。我想以一个曾经给某市长当过秘书的官场混子，以第一人称的口吻来叙述他自己在当下的这个社会里，如何混迹于官场，之后又是如何沦为黑道军师而摸透了黑道的规矩，最后把自己洗白，混迹于商场的人生沉浮过程。因为之前我曾写过官场题材的小说，也写过黑道题材的小说，出版后反响也还都可以，所以我想这种书肯定有出版社乐意要的，市场上也会受欢迎的。没想到，第一部《我混官场那些年》写完之后，送到出版社碰了一鼻子灰。人家说，现在这样的题材不好出的，书稿就这样给退了回来。于是，我也就打消了继续创作后面两部小说的想法。

好像是今年五月份的时候，北京有一个叫苏雷的作家来长春办事。这个苏雷跟王朔、冯小刚、海岩他们是同时期的作家，当年他们曾合作过电视剧《编辑部的故事》《海马歌舞厅》等作品，而且，当年在北京有一部很有影响的小剧场话剧《火神与秋女》也是出自他的笔下。那天朋友做东请他吃饭，约我去作陪。因为那天吃饭我挨着他坐着，席间，他跟我说他新出了本小说叫《钟鼓楼下》，说在网上一搜就能搜到。于是第二天我就在网上搜索了一下，果然搜到了，我就大概其地瞄了几眼。这小说写的是他们那拨大院的孩子小时候在钟鼓楼下成长的故事。我翻看了几章，忽然就想起了我的这部小说。我自认为我的这部小说不比他写得差，我是以东北一个名不见经传的小县城一条名叫戏园子胡同的地方为出发点，写了这个胡同的那些孩子他们从小到大各自命运的变化。写戏园子胡同，是因为它是一个很有象征意义的文化符号。我把这个小说找出来之后，很认真地重新修改了一遍，然后便给了时代文艺出版社。这个带带拉拉写了十多年的小说，这才得以见到天日，跟读者见面。

在这里我要非常诚挚地感谢时代文艺出版社的陈琛同志。在"同志"这个词被叫烂了的当下，我之所以要称陈琛为"同志"，是因为我真的觉得我跟他是志同道合的朋友。说起来，我跟陈琛的交往并不是很多，我们之间甚至连见面的次数都是有数的。我只知道他当年曾在《小说月刊》当过编辑，很有独到眼光。记得很多年前，我上北京中国电影出版社去跟一个叫刘仰宁的编辑谈一本小说出版的事，在那儿遇见了陈琛，他也在那儿办事。当时因为都有事，只匆匆聊了几句。当我们再在长春见面，这中间差不多已经隔了能有十几年的时间了。后来我才知道他上时代文艺出版社当社长去了，而且很有一番作为。后来我家搬到开运街那边去住了，离他们出版社就比较近了，但我也很少上他们社里去，毕竟人家工作忙，不像我，散仙一个，没啥事老往人家那儿出溜，不用人家说，自己就觉得很有些讨厌了。但在我去过的有数的那么几次里，陈琛都是非常热情地接待了我，给我烧水沏茶，洗杯换盏，倾心交谈，其情其景，令人感动。我跟他的交往，真应了中国的那句古语，君子之交淡如水。

另外我还要感谢我的两位责任编辑李天卿和刘兮同志。如果不是他们认真地看稿，并提出很多中肯的修改意见，这本书肯定不会这么

后记

295

顺利地出版，跟读者朋友们见面的。他们为了说服我让我修改，甚至连一些细节都提得面面俱到，令我受益匪浅。

在这本小说付印之前，我拉拉杂杂地写了以上这些文字，算是给读者朋友们一个交代吧。

这是我此生出版的第十三本作品。除了上下卷的《马金萍剧作选》和另外两本长篇报告文学《与死神搏斗的人们》和《光明行》之外，其余的全是长篇小说。这本小说与我先前写的那些小说是完全不一样的，因此它在我的心里分量也是比较重的。

在此，再一次感谢为此书付出大量心血的编辑朋友们。

作者

2017年7月初写于长春净月忘忧斋